JOANNA FABICKA

SEKS I INNE PRZYKROŚCI

ydawnictwo
w
a b
wnic
two

Koniec...
(Na szczęście nie mój, tylko września)

Wczoraj wieczorem w zaciszu domowej łazienki zostałem stuprocentowym mężczyzną. W czasie golenia zebrałem pokaźną kupkę zarostu na łyżeczce do herbaty! Wsypałem ten obfity plon do pudełka po egipskich papierosach Ozyrysa. To wielki dzień. Właściwie już od dawna miałem zadatki na prawdziwego samca. Spełniałem wszystkie kryteria:

– siedemnaście razy dziennie myślałem obsesyjnie o seksie,

– nie opuszczałem deski klozetowej po skorzystaniu z toalety,

– regularnie nie chodziłem do dentysty,

– miałem stany depresyjne,

– byłem leniwym malkontentem (w tajemnicy),

– ziałem nienawiścią do feministek (mama nic o tym nie wie),

– byłem totalnie zagubiony w dzisiejszym świecie, gdzie od mężczyzn się wymaga, by wyrywali sztachety, depilowali klatę i umieli się wzruszać na zawołanie.

Tylko na twarzy wciąż miałem puch, czym narażałem się na podejrzenia, że jestem pogromcą brzydkich kaczątek. Aż powoli, po kryjomu sypnęła mi się szczecina aż miło. Ma piękny, ciepły, głęboki złotordzawy kolor.

Chociaż mama określa go dosadniej: świński.

4 października, w szkole

Rok i miesiąc. Tyle czasu trwa moja odsiadka w więzieniu o zaostrzonym rygorze, jakim jest to krwiopijcze liceum. Miał być luz. Specjalnie wybrałem szkołę dla odrzutów. Były do niej zsyłane nierozgarnięte istoty ludzkie, które nigdzie indziej się nie dostały, i niezdyscyplinowana kadra pedagogiczna. Ale jak zwykle mam pecha. W ciągu pierwszego roku przesunęliśmy się do pierwszej dziesiątki najbardziej bezwzględnych placówek oświatowych, zdobyliśmy czternaście finałowych miejsc w olimpiadach tematycznych, w tym siedem indeksów na wyższe uczelnie. Jednostki kruche i nieodporne odpadały z wyścigu. Podobno zmieniały szkołę, ale podejrzewam, że umierały z wycieńczenia i były unicestwiane na tyłach boiska. Jest tam coś na kształt prowizorycznego krematorium, choć woźny się upiera, że to tylko lokalna kotłownia. Taa... Na domiar złego nasza szkoła walczy o to, by być „z klasą", i dziobaki ciągle nam przykręcają śrubę. Jak tak dalej będzie, to obawiam się, że nie doczekam matury.

Przez cały ten czas ciężką orką pełną wyrzeczeń i upokorzeń przesuwałem się mozolnie na jedno z czołowych miejsc w klasie. Oczywiście nie byłem jeszcze bożyszczem tłumów, ale też nie podzwaniałem już dzwoneczkiem trędowatego, stojąc w kącie i zbierając odpadające kończyny. Śmiało mogę powiedzieć, że dla niektórych osób stałem się autorytetem w sprawach ogólnych i... szczegółowych. Jednakże muszę być do końca szczery. Znaczny wpływ na mój awans społeczny miała nowa fryzura od tej nawiedzonej kapłanki gwiazd show-biznesu – Baby Łupało (na wizytę zbierałem kasę przez pół roku, a potem jeszcze czekałem trzy miesiące na wolny termin).

Opiszę wam teraz, jak wyglądam w pełnym rozkwicie moich niespełna siedemnastu lat. Uwaga, zamknijcie oczy i spróbujcie sobie wyobrazić (ale na własne ryzyko!):

Wzrost 166 cm

Waga 72 kg

Proporcje ciała dalekie od helleńskiego ideału piękna

Pryszcze nieliczne, ale za to ropne

Kolor włosów głębokie złoto Jagiellonów (moja wersja), sraczkowate (wersja mamy)

Fryzura od Baby Łupało (tysiąc złotych polskich, o Kyrie eleison!)

– grzywka o długości półtora centymetra rozpłaszczona na czole. Boki krótko wygolone. Na środku głowy dorodny irokez pyszni się i rozprzestrzenia jak epidemia ptasiej grypy. Jako że moje włosy samoistnie układają się w loki, irokez przypomina wielkiego francuskiego pudla. Z tyłu głowy mam wygryziony plac o powierzchni czterech centymetrów kwadratowych, za to na kark spływa mi majestatyczna plereza karbowanych niby-dredów, co upodabnia mnie do piłkarza enerdowskiej drużyny z lat osiemdziesiątych. Kiedy się zobaczyłem w lustrze, dosłownie zachciało mi się płakać, co ta obłąkana fryzjerka wzięła za oznaki zachwytu i wzruszenia. Ale dziewczynom w szkole się podoba, zwłaszcza że Baba złożyła mi za uchem swój autograf wodoodpornym markerem. Po moim powrocie do domu ojciec chciał dzwonić na policję, by zgłosić chuligańskie wybryki. I to ma być znawca awangardy!

Środa, 6 października

Dziś mam wyjątkowy dygot egzystencjalny, może dlatego zasnąłem na sprawdzianie z niemieckiego. Czy wspominałem już, że mam bardzo mądry organizm, który w obawie przed zawałem w chwilach szczególnego napięcia odcina mnie od wszelkich bodźców? Wtedy, chcę czy nie, muszę się zdrzemnąć. Może więc nie mam wielu rzeczy, ale za to mam narkolepsję (przeczytałem w *Małym słowniku medycznym*), co bez wątpienia czyni mnie wyjątkowym. Gruczoł twierdzi, że samo przejdzie, ale on powiedziałby tak samo nawet facetowi z nożem w brzuchu.

Na historii nauczycielka znowu zaproponowała nam płatne korepetycje po lekcjach:

– Wiadomo, że w nieprzyjaznej atmosferze polskiego szkolnictwa państwowego za wiele się nie nauczycie. Przecież nie mogę dzielić swojej uwagi na kilkadziesiąt osób w klasie. A tak, jestem dla każdego z was osobno, tylko do waszej dyspozycji. Ten system się sprawdza, co widać po naszych wynikach w olimpiadach przedmiotowych – zakończyła tę niemoralną propozycję, uśmiechając się jak właścicielka salonu uciech cielesnych.

W naszej klasie prawie każdy bierze korki. Każdy oprócz mnie. Z jednej strony nie popieram korupcji (a korki to korupcja w czystej postaci), z drugiej zaś muszę znacznie bardziej przykładać się do pracy. Dobrze chociaż, że mam Internet. Rodzice solidarnie odmawiają inwestowania w moją przyszłość. Nie przekonały ich nawet argumenty, że jak teraz zapłacą za prywatne lekcje, to potem będę miał lepszą pracę, będę więcej zarabiał i oddam ich na starość do jakiegoś wypasionego domu starców. A jak nie, to będą musieli mieszkać ze mną i jeść ziemniaki ze skwarkami. Mamę to trochę ruszyło, ale w końcu oświadczyła:

– Rudi, perspektywa stetryczałego dogorywania pod twoją opieką jest zaiste wstrząsająca, jednak ważniejsze są zasady. Jeśli wszyscy będą uczyć się prywatnie, to państwowa szkoła nie będzie brała już żadnej odpowiedzialności za to, co do niej należy. Poza tym i ja, i ojciec nie mieliśmy prywatnych lekcji, a wyszliśmy na ludzi. – Tu spojrzała na ojca i widząc, że się zagalopowała, uściśliła: – No... przynajmniej ja wyszłam.

Ojciec jęknął boleściwie i jeszcze bardziej się skurczył upokorzony świadomością, że jest wykształconym bezrobotnym. Jeśli w najbliższym czasie nie znajdzie pracy, to niedługo mama będzie go mogła nosić ze sobą w kieszeni jako pokazowy model Jednostki, Która Przegrała z Transformacją. Chociaż sam już nie wiem, co jest gorsze: ojciec pracujący czy bezrobotny? On ma wprost niebywałą umiejętność pakowania się w tarapaty. Gdy był kuratorem wystaw awangardowych, wdał się w lubieżny romans ze skośnooką artystką. W końcu wyleciał z hukiem z posady za obrazę uczuć wszystkich możliwych formacji społeczno-filozoficznych, poczynając od katolików, a na gejach kończąc. Trzeba przyznać, że mało kto ma taką siłę rażenia. Uważam, że choćby ze względu na to powinni dać mu honorowe członkostwo partii SAMOZAGŁADA. Tam przyjmują samych straceńców.

Potem został dyrektorem mojego gimnazjum i od tamtej pory budzę się w nocy z krzykiem. Na szczęście stamtąd też wyleciał, dzięki czemu mogłem skończyć tę szkołę bez papierowej torby na głowie. Problemy mojego pechowego taty wynikają nie tylko z tego, że ma na imię Gaweł, przez co nikt go nie traktuje poważnie. On jest nieuleczalnym idealistą, wierzy w humanitarną naturę człowieka, w wartości, które już dawno się zdewaluowały. Właściwie jako potencjalny pracownik jest kompletnie do kitu, bo:

– jest człowiekiem, a nie cyborgiem,

– nie donosi,

– nie szpieguje na rzecz firmy,

– zachciewa mu się takich fanaberii jak wolna niedziela lub urlop,

– domaga się pensji,

– nie umie grać w squasha.

Hm... sam bym go nie zatrudnił.

Czwartek

Ojciec coś knuje. Mam nadzieję, że nie zastanawia się, jak nas wytruć. Rodzina staje się dla niego coraz większym ciężarem. Cierpi na syndrom samca, który nie sprawdził się w stadzie. W dodatku mama ciągle daje mu do zrozumienia, że jest felerny. Na jego miejscu już dawno zaciukałbym ją siekierką. Ten błysk w jego oku może oznaczać tylko jedno: albo jest już w fazie gotowości do mordu, albo znowu ma na oku jakąś młodą artystkę i kroi się romans. Musiałaby ona jednak na stałe rezydować w domu wariatów, bo nikt przy zdrowych zmysłach nie uwikła się z własnej woli w jakiekolwiek, a co dopiero w intymne, konszachty z moim starym.

Weekend. Noc z soboty na niedzielę

Przed chwilą ojciec wyjawił mi swój tajemny plan. Chce zostać posłem. Wtedy wszystkim nam będzie się żyło po królewsku. Przynajmniej do pierwszego aresztowania. Nawiązał już kontakty z Partią Sejmowego Planktonu, bo tam najłatwiej kupić członkostwo. Ma zastąpić pewnego posła na przymusowym urlopie. Już nawet dostał jakieś zadanie. Sądząc po jego niewyraźnej minie, chodzi o losy świata.

Na razie postanowił radykalnie zmienić swój system wartości.

– Zostanę Brudnym Harrym polskiego sejmu. Przez te wszystkie lata dość się najadłem upokorzeń z powodu mojej łatwowiernej natury. Moje motto życiowe od tej chwili brzmi: „Dead or alive".

O Boże! A więc nadeszło najgorsze!

Poniedziałek, 11 października

Całe szczęście, że mam szkołę. Z ulgą opuściłem rodzinną oazę szaleństwa, zostawiając spanikowanych rodziców przy kuchennym stole nad resztkami przypalonych tostów. Niech się teraz sami głowią, co zrobić. Ja od początku miałem obawy, że te polityczne aspiracje ojca źle się skończą.

– No i wykrakałeś – powiedziała mi z wyrzutem mama, jakby to była moja wina, że jej zidiociały mąż, chcąc się wykazać jakąś spektakularną inicjatywą społeczną, zobowiązał się przyjąć pod nasz dach rodzinę albańskich uchodźców z Kosowa. Dziwna rzecz, ale na wieść o tym poczułem ogromną ulgę. Gorzej już być nie może.

Dwa dni później. Nadal w szoku

Dzwoniła pani z urzędu ds. uchodźców. Jutro ktoś do nas przyjdzie omówić kwestie tymczasowego pobytu w naszym domu tych nieproszonych gości. Odpowiedziałem, że to pomyłka. Na samą myśl o tym, co nas czeka, skóra mi cierpnie.

Rodzice gorączkowo przygotowują naszą ruderę na nadejście apokalipsy. Mama pojechała nawet do Tesco, gdzie zrobiła gigantyczne zapasy. Sądząc po ich rozmiarach, nasi nowi współlokatorzy zostaną z nami na zawsze.

– Błagam was, wytrzymajcie – skamlał ojciec. – Jeśli dam przykład wspaniałej obywatelskiej postawy, to być może na następnym zjeździe zostanę szefem partii. Oprócz mnie są tam ostatnie szumowiny. – Zatrzepotał rzęsami jak jelonek Bambi i nagle sam zawstydził się swoich niskich pobudek. – Yyy... tego, poza tym nam też pomagano, gdy dławił nas totalitarny reżim.

No ładnie, a kto mnie pomoże?! Ja od lat jestem dławiony przez własną rodzinę, ale mną nie zainteresuje się nawet pies z kulawą nogą. A przecież wszystkie badania alarmują, że do najbardziej drastycznych aktów przemocy dochodzi w czterech ścianach!

Reasumując: 16 października możemy się spodziewać kulturalnego albańskiego małżeństwa z wyższym wykształceniem, czteroletnim dzieckiem i niekonfliktowym usposobieniem.

Finałowe odliczanie: 3, 2, 1, 0...
16 października!!!

Zastanawiałem się, co zrobić, żeby uniknąć konfrontacji z tym trudnym sprawdzianem politycznej poprawności. Nie zniosę w moim domu ani jednej osoby więcej! Po godzinie nerwowego wiercenia się w łóżku doszedłem do wniosku, że jedynym wyjściem będzie dla mnie śmierć. Niestety, nie zdążyłem przedsięwziąć żadnych kroków, bo przyszła mama i siłą wykopała mnie z barłogu. Lada chwila spodziewamy się albańskich uchodźców. Jasna cholera! W tym domu jest taki ruch, że nawet spokojnie umrzeć nie można! Mimo braku sił zwlokłem się z łóżka i postanowiłem wykąpać, bo nawet mnie ciężko już było znosić mój zapach. Rozmiękałem spokojnie w wannie, gdy usłyszałem dobiegające z podwórka podniesione głosy, ujadanie okolicznych psów i niepokojące odgłosy przypominające PGR w czasach dobrobytu (czyli przed moją erą). Szybko wytarłem się ręcznikiem, narzuciłem szlafrok mamy i zbiegłem po schodach. W salonie stała długo oczekiwana albańska rodzina. Musiała jednak zajść jakaś pomyłka, bo zamiast pary nieśmiałych małżonków z dzieckiem na dole kłębił się dziki tłum:
– jedna gruba baba z drugą grubą babą, obie okutane czarnymi chustami,

– chmurny postawny mężczyzna w futrzanej czapie na głowie,

– trzech umorusanych młodzieńców, na oko dwudziestoletnich,

– zjawiskowo piękna nastolatka,

– starzec zrośnięty z ogromnym łóżkiem pełnym puchowych pierzyn,

– koza,

– owca,

– torby, rondle, tobołki, paczki i nogi oskubanego kurczaka wystające z plastikowej reklamówki.

Między tym wszystkim uwijała się z obłędem w oczach pracownica socjalna nadaremnie próbująca nadać chaosowi jakiś cywilizowany charakter. Rodzice stali w kącie, nie ukrywając przerażenia. Tylko Gonzo asymilował się z nowymi mieszkańcami, ochoczo dojąc wierzgającą kozę, która niebawem okazała się rozpłodowym capem.

Niedziela

Naprawdę trudno opisać, co się tu dzieje, niemniej jednak spróbuję. Na głównym miejscu w salonie stoi łóżko wymoszczone poduchami, na którym godnie spoczywa posągowy i małomówny nestor albańskiej rodziny. Wokół niego skupia się całe życie tej kolorowej, ale bardzo patriarchalnej gromadki. Mama po dwóch dniach wzdycha coraz głośniej. Czuję, że niebawem przystąpi do kontrataku. Na razie jednak uśmiecha się fałszywie do Rezy (syna nestora) i biega w kółko z niezliczonymi imbrykami herbaty, filiżankami na kawę i kieliszkami na śliwowicę, która stoi w naszym przedpokoju w wielkich baniakach

14

po wodzie mineralnej. Pół łazienki zajmuje skomplikowana aparatura do pędzenia bimbru. Sądząc po
atencji, z jaką o nią dbają, stanowi ona ich najcenniej-
szy plemienny skarb.

Trzej małomówni synowie Rezy: Hodża, Ismail
i Gino, całe dnie spędzają u wezgłowia swego dziadka. Grają w karty, popijają samogon i raz po raz pyka-
ją z przepięknie inkrustowanej fajki wodnej. Wyglądają tak groźnie, że jeszcze ani razu nie spojrzałem im
w oczy. Co innego Gonzo. Natychmiast znalazł z nimi
wspólny język, z dumą demonstrując imponującą
kolekcję scyzoryków, sztyletów i noży rzeźnickich.
No, ale to dziecko szatana, więc strach jest mu obcy.

Osobne miejsce zajmują w albańskim klanie kobiety. Ponad wszelką wątpliwość nie jest to miejsce,
które zadowalałoby moją mamę. Dwie niewiasty
w czerni okupują kuchnię, kłócą się zawzięcie i splu-
wają za każdym razem, kiedy widzą Krystynę
Gąbczak. Wyobrażam sobie, jak wielki szok kulturo-
wy musiały przeżyć na jej widok. Mama przecież
nie rusza w domu nawet palcem, pozwalając, by rodzina przymierała głodem. Ostatnia białogłowa, piękna i tajemnicza Fatima (najmłodsza z rodzeństwa),
umieszczona została na piętrze. Nikomu z nas nie
wolno nawet zbliżać się do jej drzwi. Nad jej cnotą
czuwają wszyscy męscy członkowie klanu. Cieszę się,
że Bulwiak wyjechał z babcią na kolejną wyprawę
ekstremalną, bo jego słabość do kobiet w każdym wieku na pewno doprowadziłaby tu do krwawej wende-
ty. Wczoraj wieczorem próbowałem zajrzeć przez
dziurkę od klucza, by zobaczyć twarz tej księżniczki
z albańskich stepów, ale natychmiast wyrósł przy
mnie rząd jej braci groźnie błyskających złotymi zęba-

mi. To straszne, żeby w tym wieku mieć tyle sztucznych kłów! Muszę dodać, że z naszymi gośćmi lepiej nie zadzierać! Jak się okazało, nie są żadnymi uchodźcami politycznymi, tylko musieli wiać ze swojej górskiej wioski przed gniewem sąsiadów. Gino pohańbił bowiem córkę tamtejszego hodowcy owiec. Jej rodzina poprzysięgła, że on i wszyscy mężczyźni z jego rodu umrą w potwornych męczarniach. No to się wpakowaliśmy, szkoda gadać! Jak nas tu dopadnie armia killerów, którzy nielegalnie przekroczą granicę w workach z cementem, to już po nas. A wszystko przez ojca! W dodatku przeniósł się do biura swojej Partii Sejmowego Planktonu! Mówi, że w domu jest teraz za ciasno, ale ja wiem swoje. Woli spać na pokrowcu od garnituru, niż zostać wykastrowanym przez bałkańskich mścicieli. Mama się odgraża, że też się wyniesie. Boże! Będę musiał sam stawić czoło niebezpieczeństwu! Jak Bruce Lee. Mam nadzieję, że nie dosięgnie mnie cios wirującej pięści. Po raz pierwszy cieszę się, że jest przy mnie Gonzo.

Poniedziałek

Wpadł BB Blacha 450 i na widok Albańczyków pędzących w naszym salonie samogon stanął jak wryty.

– Kręcicie film?

Kiedy mu wyjaśniłem, że to humanitarna akcja popierająca uciskane narody naszego kontynentu, skrzywił się z niesmakiem, prezentując haniebną postawę sympatyka nacjonalistycznej prawicy.

– Uważam, że rząd powinien ograniczyć liczbę uchodźców. Oni tylko zabierają nam pracę, dość

mamy w kraju bezrobotnych – wyrecytował sztanda-
rową formułkę, spoglądając jednocześnie płochliwie
na trzech braci.

– Ale oni nigdzie nie pracują – sprostowałem,
licząc, że dostrzeże luki w swoim rozumowaniu.

Blacha jednak był bardziej oporny niż beton i kon-
serwa razem wzięte.

– Wszystko jedno. W takim razie zabierają nam
nasze... nasze... powietrze! – wykrzyknął z tryumfem,
jakby nagle znalazł dowód na istnienie cywilizacji
pozaziemskiej.

Spełniwszy swą dziejową misję, zaczął wyco-
fywać się w kierunku furtki. Już miał wyjść na ulicę,
gdy podszedł do niego radosny Reza i najwidoczniej
biorąc go za przyjaciela domu, wyciągnął dłoń w jego
stronę. Pozdrowił go szerokim uśmiechem i albańskim „dzień dobry":

– Mir dita!

Blacha był tak ogłupiały, że bezwiednie uścisnął
mu rękę i, oddając uśmiech, powiedział rozbrajająco:

– Polska dla Polaków.

Była to scena, która w moim rankingu najbardziej
absurdalnych wydarzeń zajęła niekwestionowane
pierwsze miejsce.

Kiedy kładłem się spać, przysłał mi na komórkę
wiadomość:

Kurde, żem przez tych albańców zakiblował. Może byś
napisał jakiś kawałek do tej naszej kapeli? I nie odwalaj
popeliny bo ci lutnę. Twój ziomo.

No tak. Na śmierć zapomniałem, że mamy z Blachą wspólny zespół PRÓBNY WYBUCH. Szczerze
mówiąc – bardzo próbny. Nie mamy dotąd w swoim
repertuarze żadnego utworu. W ogóle coś za bardzo

ten Blacha się ostatnio koło mnie kręci, czego nie można powiedzieć o dwójce moich najlepszych przyjaciół – Ozim i Elce. Ci mają mnie kompletnie w dupie, bo jak dotąd żadne z nich nawet nie zapytało, co słychać. Nie wspominając już o pomocy w obliczu tego domowego kataklizmu.

Środa, popołudnie

Zaczynam przyzwyczajać się do domowej ciasnoty, tym bardziej że żona Rezy gotuje nam wszystkim wspaniałe obiady. Robi to w wielkim kotle, rozpalając na środku podwórka gigantyczne ognisko. Zbiega się wtedy cała ulica, jakby to był darmowy festyn. Wścibstwo sąsiadów doprowadza mnie do zaburzeń jelitowych. Natomiast ojciec jest bardzo zadowolony. Im większy rozgłos, tym lepiej dla niego. Udzielił już tutejszej kablówce kilku wywiadów, w których kreuje się na współczesnego Janosika, Robin Hooda i wielkiego obrońcę praw człowieka. Jak zwykle mam ochotę wspomnieć w tym miejscu o moich prawach, ale nie będę nudny.

Tak czy siak wieczorne ogniska gromadzą nas wszystkich i jednoczą całą ulicę. Chociaż ostatnio ktoś nielojalnie złożył donos do Fundacji Praw Zwierząt, że przebywające na podwórku owca i cap w biały dzień uprawiają sodomię. Jednak przybyły na miejsce weterynarz nie stwierdził nieprawidłowości.

Czwartek, 21 października

Jakim cudem udaje mi się dojrzewać, frustrować seksualnie, gościć mniejszości narodowe i jeszcze chodzić do szkoły – sam doprawdy nie wiem.

Na szczęście w domu panuje prawdziwie rodzinna atmosfera. Przynajmniej jest na czas ugotowane, uprane i posprzątane. Coraz bardziej podoba mi się patriarchalny model małżeński. Ojciec z lubością przebywa wśród swoich nowych kumpli, rozkoszując się nieobecnością kobiet w salonie. Mają tam zakaz wstępu, dopóki mężczyźni grają w karty i rozmawiają o polityce. Po takich ilościach śliwowicy znikają jakiekolwiek bariery językowe. Patrząc na ojca, dałbym sobie głowę uciąć, że jego ojczystym językiem jest albański, a Rezy i chłopaków – nieskazitelna polszczyzna. Tylko ja jeden nic z tego nie rozumiem. Ale może dlatego, że spożywam tego samogonu znacznie mniej niż pozostali.

Hodża, Ismail i Gino zamienili nasz największy pokój w warsztat stolarski i wieczorami mozolnie coś strugają, pokrywając całą przestrzeń mnóstwem wiórów. Tym sposobem kuchnia stała się królestwem kobiet. Mama jest z tego bardzo niezadowolona. Twierdzi, że Albanki wywierają na nią niemą presję i ganią wzrokiem sposób, w jaki się ubiera. Dlatego przystąpiła do kontrofensywy.

– Ta sytuacja nie może trwać wiecznie. Trzeba tym ludziom umożliwić normalne funkcjonowanie, a nie pozwalać im w nieskończoność żyć na cudzej łasce. Muszę uruchomić wszystkie swoje znajomości, bo jeszcze jeden dzień pod wspólnym dachem, a dostanę korby.

Moim zdaniem korbę to ona ma już od dawna.

Piątkowy wieczór (bez żadnych szans na chwilę odosobnienia)

Mama wróciła do domu bardzo podniecona. Za pomocą kieszonkowych rozmówek polsko-albańskich wyjaśniła naszym współlokatorom, że znalazła dla nich samodzielne mieszkanie. Urząd ds. uchodźców przyznał im tymczasowe prawo pobytu w naszym kraju i półroczną zapomogę. Poza tym wszyscy mężczyźni w rodzinie znajdą zatrudnienie w szkółce leśnej pod Piasecznem. Jakoś nikt za bardzo nie ucieszył się z tej nowiny. Mimo że na pozór sprawiamy wrażenie ludzi egoistycznych i gburowatych, to w głębi naszego Gąbczakowego serca jesteśmy bardzo sentymentalni i szybko się przywiązujemy. Na myśl o kolejnym rozstaniu pociągaliśmy smutno nosami. Tylko mama udawała twardziela:

– No, głowa do góry. Polska to piękny kraj, może trochę... chory, ale na pewno będzie wam tu dobrze. Unikajcie tylko młodzieżowych bojówek polskiej prawicy.

Łatwo powiedzieć. Właśnie za płotem stoi Blacha i wdzięczy się do przywódcy klanu. Pewnie znowu ma nadzieję na szklaneczkę śliwowicy.

Sobota

Jutro pożegnalna impreza. Nie wiem, co się jeszcze może wydarzyć, skoro już teraz całe podwórko tonie we krwi. Reza i jego trzej synowie dokonali barbarzyńskiego mordu na owcy, szlachtując ją za szopą. Jej zwłoki opiekane na rożnie mają ukoronować dzisiejsze przyjęcie. Ja rozumiem, że to z ich strony wyraz największego szacunku, ale wytłumaczcie to kozłowi, który z rozpaczy chce popełnić samobójstwo. Przecież razem z tą owcą stanowili przykład idealnego związku partnerskiego! Co za okrucieństwo!

Garden party

Wspaniale się wszyscy bawimy! Śpiewamy albańskie pieśni, tańczymy w kole i zajadamy się baranem. Gonzo jako nadzieja rodziny został uhonorowany pieczonym okiem. Ojciec zemdlał, więc nie widział, jak jego diaboliczny wnuk pożera je ze smakiem. Podobno to wzmaga męskość i dodaje sił. Litości!!! Jemu raczej trzeba czegoś na uspokojenie. Na przykład jakiegoś kieszonkowego hrabiego Draculi, który co noc będzie z niego wysysał nieokiełznaną siłę życiową.

Wszyscy sąsiedzi stawili się w komplecie, a nad ranem odwiedziły nas także cztery bataliony straży miejskiej wezwane przez mieszkańców okolicznych uliczek. Nie miałem pojęcia, że to takie zabawowe chłopaki! Zostali do bladego świtu, urządzając sobie prawdziwy turniej strzelania do celu. Niestety, przegrali z kretesem z albańskimi gierojami. Impreza pożegnalna skończyła się dopiero wtedy, gdy po samogonie zostało wspomnienie i rząd pustych baniaków. Jestem pewien, że jutro czeka wszystkich kac gigant, czyli „tupot białych mew".

Poszedłem na górę, postałem trochę pod pokojem, w którym więziono Fatimę, i poddałem się nadciągającej chandrze. Nienawidzę rozstań! Zawsze, gdy kogoś polubię, ten ktoś znika, rozpływając się w przeszłości. A może ja jestem drugim Davidem

Copperfieldem, tylko jeszcze nie zacząłem na tym zarabiać?

Poniedziałek

Nareszcie święty spokój. Wszyscy mają kaca, a po naszych gościach została tylko wystrugana przez nich dla zabicia czasu dziecięca kołyska. Wyniosę ją do piwnicy i zatrzymam na przyszłość. Może się kiedyś przyda, jak już zacznę się rozmnażać i znajdę do tej działalności miłą i mało oporną wspólniczkę.

Wtorek, 26 października, po powrocie ze szkoły

Hm, w domu tak pusto i cicho... Aż mnie ciarki przechodzą. Ciekawe, jak sobie radzą na nowych śmieciach nasi albańscy uciekinierzy. Trudno nam się pogodzić z ich wyprowadzką. Gonzo najbardziej żałuje, że zabrali ze sobą aparaturę do pędzenia bimbru. Zachodzące tam procesy chemiczne przykuwały go do niej na całe dnie. Oczywiście odbywało się to kosztem szkoły, ale w ostatecznym rozrachunku podstawówka Gonzo zyskała dzięki jego zapałowi nowe kółko chemiczne. W chemii mój bratanek był zresztą niezły od urodzenia. Już sam skład jego krwi sugeruje pozaziemskie pochodzenie. Poza tym ja zawsze czułem od niego siarkę.

Czwartek

No i sprawa się rypła. Gonzo produkował na kółku chemicznym pochodne amfetaminy. To dziecko, żeby nie wiem co się działo, zawsze będzie samo-wystarczalne! Mama i ojciec już drugą godzinę świecą oczami w gabinecie dyrektora. To się dobrze składa, bo mam wreszcie w domu święty spokój. Przed chwi-lą dzwonił Reza, żeby powiedzieć, co u nich słychać i jak sobie radzą na nowej drodze życia. Rozmawia-liśmy przeszło pół godziny! Niestety, nic nie zrozu-miałem, bo nie znam albańskiego.

30 października (nastrój mi fika)

W weekendy mój zbzikowany bratanek ma areszt domowy. Mimo to poszliśmy dziś po południu na targ zakupić gigantyczną dynię na Halloween. Na miejscu okazało się, że jest sobota i targ o tej godzinie już nie działa. Gonzo był na skraju histerii, więc czym prędzej wygrzebaliśmy jakiś najmniej zgniły egzem-plarz ze śmietnika, gdzie kupcy wyrzucają przywiędłe warzywa. Trochę się bałem, że ktoś ze znajomych nas zauważy, ale Gonzo pożyczył mi swoją kominiarkę. Wyglądałem jak zawodowy złodziej.

Wracając do domu, rozmyślałem o Halloween. Wszystko we mnie protestuje przeciw temu jawnemu sprzeniewierzeniu się wartościom narodowym. Jako Polak, który nie wstydzi się swego polactwa, wy-chowany na martyrologicznej tradycji cierpiętniczej obłudy, „mesjanizmu i prometeizmu narodów", skła-niam się zdecydowanie ku staropolskiemu obrzędo-wi dziadów. To lepiej koresponduje z nadchodzącym świętem zadumy i przemijania. Jutro cały dzień będę „dziadował".

Niestety, Gonzo należy już do kosmopolitycznej generacji dzieciaków z mózgami przeżartymi przez frytki i hamburgery, dla której pojęcie suwerenności i granic jest bajką o żelaznym wilku. Z takim pokoleniem nie mamy żadnych szans na jakąś poważną wojenną rozpierduchę w przyszłości. Oczywiście jestem zagorzałym pacyfistą, od kiedy pogodziłem się z myślą, że przemoc fizyczna nigdy nie będzie moją mocną stroną, choćbym spędzał całe dnie w kuźniach napompowanych mięśniaków, czyli siłowniach. Poza tym oni mają podobno małe siusiaki, więc chyba jest oczywiste, na co postawiłem. Nie można mieć w życiu wszystkiego. Chociaż teraz, dźwigając z rynku dziesięciokilogramowy okaz zmutowanej dyni, żałuję, że w takiej pogardzie miałem dotychczas rozwój własnej muskulatury.

W domu Gonzo natychmiast zajął się patroszeniem nadgniłego warzywa, a ja ległem na tapczanie. Charczałem z wycieńczenia tak głośno, że wreszcie w drzwiach stanął wściekły ojciec z pretensjami, że przeze mnie nic nie słyszy. Ojciec jest ciągle bez etatu i jego jedyną życiową przyjemnością stało się podsłuchiwanie sesji terapeutycznych pod drzwiami maminego gabinetu. Bo mama znowu musiała wziąć na barki ciężar utrzymania rodziny i otworzyła gabinet psychoanalizy. Kiedy wychodzi czasem do kuchni, przewraca tylko oczami i rysuje sobie kółko na czole. Ona wprost nie znosi swojej pracy, a ludzie zawsze działali jej na nerwy. Twierdzi, że nie ma cierpliwości do kretynów, którzy najpierw sami spaprali sobie życie, a potem oczekują od niej cudu. Jest mi ich naprawdę szkoda. Trzeba cholernego pecha, aby mając do wyboru bogactwo różnej maści psychologów, uzdrowicieli, oszołomów i oszustów, trafić właśnie na moją matkę!

Wszystkich Świętych. Wolny
(ale nie swawolny) poniedziałek

Stoimy wszyscy nad grobem, snując niewesołe rozważania na temat kondycji ludzkości i naszej kadry piłkarskiej. Ściślej mówiąc – nad grobem nieodżałowanej Adeli H., która zmarła na salmonellozę zeszłego lata po łakomym pochłonięciu kogla-mogla z unijnych jaj. Nigdy nie zapomnę, że to ona pierwsza poznała się na moim całkowitym braku talentu aktorskiego... Ona też zafundowała mi pierwszy aparat nazębny. Co prawda z przeceny, ale liczą się dobre chęci.

Staliśmy tak i staliśmy, aż wreszcie wszyscy dostali napadu kataru i smarkali dyskretnie w chusteczki. Zrobiło się naprawdę smutno, bo luka po Adeli jest nie do wypełnienia. Była moją pierwszą i ostatnią (nikt inny nie chciał się podjąć) nauczycielką dykcji i melorecytacji. Fascynująca, intrygująca kobieta. Prawdziwa dama ze sztuczną szczęką...

Cóż, dziś został mi po niej jedynie cennik na artykuły antykoncepcyjne z 1923 roku (który jej potajemnie wykradłem) i podejrzenie, że jako aktor będę naprawdę do kitu. Jednak Adela nie byłaby sobą, gdyby nie trzymała w zanadrzu jakiejś niespodzianki. Otóż zapisała mi w testamencie... swoje mieszkanie! Tak! Jestem posiadaczem własnych czterdziestu dwóch metrów kwadratowych. Z niewydolną instalacją wodno-kanalizacyjną, stolarką okienną do wymiany i niedrożnymi przewodami wentylacyjnymi. W starym budownictwie na Ochocie.

W dzisiejszych czasach własna chata to nie byle co! Jeśli więc nie mogę być najseksowniejszym mężczyzną roku, to przynajmniej zostanę dobrą partią z widokiem na tył sklepu Biedronka. Oczywiście rodzice chcieli natychmiast spieniężyć moje wiano, na szczęście Adela wpisała klauzulę o zakazie sprzedaży. Na razie wynajęli je studentom. Ufff! Mam więc swoje gniazdko, z którego co prawda będę mógł korzystać dopiero po maturze, ale już zacieram ręce na myśl, że nikt nie będzie mi tam brudził i smarkał do zlewu.

– Te cmentarze są bez sensu. – Mama z dużą wprawą wytrąciła mnie z błogiego nastroju. – O wiele bardziej estetyczna i ekonomiczna jest kremacja. Stawia się urnę na kominku, i cześć.

Spojrzałem na nią z jawną dezaprobatą. Ona nie ma za grosz wyczucia!

Mama stropiła się nieco:

– No to przynajmniej ten japoński pomysł z przytulnymi kwaterkami na dachach domów. Japończycy mają niesamowity zmysł do zagospodarowywania terenu. Idziesz sobie na górę powiesić pranie, a przy okazji odwiedzasz babcię lub dziadka. A my? Tłuczemy się godzinami autobusem, stoimy w korku tylko po to, żeby przez minutę podreptać w błocie i przypalić sobie rękaw od znicza. A nie mówiłam?

Ojciec odskoczył gwałtownie, chlapiąc czerwoną stearyną na moje nowe bojówki. Co roku puszcza z dymem prawy rękaw palta. Jest to nasza rodzinna tradycja. I proszę mnie nie pytać, co oznacza, bo nie mam zielonego pojęcia.

Atmosferę szacunku dla zmarłych zakłócał także Gonzo swoim niekonwencjonalnym strojem. Od wczoraj ma na głowie wielki baniak z dyni i odmawia zdjęcia go nawet na chwilę. Nie pomagają logiczne argumenty, że Halloween już minęło. Wprowadza tym niezły popłoch wśród ludzi tłoczących się wokół grobów ich bliskich. Podejrzewam, że ten dzieciak nadużywa środków halucynogennych i odmieniających świadomość. W swojej szkole jest uważany za nieślubne dziecko Hannibala Lectera, zwłaszcza od czasu, gdy w ataku szału przegryzł metalową siatkę prowizorycznej izolatki dla uczniów szczególnie agresywnych. Przed przymusowym pobytem w zakładzie poprawczym chroni go jedynie to, że jest nie tylko młodocianym psychopatą, ale też młodocianym geniuszem matematycznym. Oto niezłomny dowód na chimeryczność matki natury. Ale przynajmniej jest z tego taki pożytek, że co roku Gonzo wypełnia PIT-y całej rodzinie. No i zawsze gdy zbliża się półrocze, a tym samym moja pała z matmy, Gonzo daje mi korepetycje. Nie muszę dodawać, jak strasznie mnie to upokarza. Potem przez tydzień śnię, że mój uroczy bratanek wyjeżdża na wakacje w jakieś malownicze miejsce, na przykład do Palestyny, gdzie jako nadworny lokaj Arafata zostaje poszatkowany przez zazdrosnego dostawcę szoarmy i kebabów.

Hm... niegłupi pomysł.

Wieczorem

No i jak zwykle moje plany można o kant stołu rozbić! Przed chwilą w TV powiedzieli, że Arafat jest śmiertelnie chory, więc nie sądzę, by na obecnym etapie życia był mu potrzebny jakikolwiek lokaj. Zwłaszcza że jest w stanie śpiączki.

A tak na poważnie, martwię się o losy świata. Wszyscy twierdzą, że jak Arafat umrze, to dopiero się zacznie jatka. Czasem się cieszę, że mieszkam w Polsce. Przynajmniej nikt do mnie nie strzela na ulicy. Chociaż jak się rozkręci Orlengate, to chyba trzeba będzie chodzić w kamizelkach kuloodpornych. Najbardziej martwi się ojciec, bo jest trochę podobny do pana Kluczyka, tylko bardziej łysy, ale zawodowi mordercy nie zwracają uwagi na takie szczegóły. No i rzecz jasna pan Kluczyk jest szczerozłoty albo nawet brylantowy. Ojciec ze złotych rzeczy ma tylko stringi, które mama kupiła mu kiedyś na bal przebierańców.

Swoją drogą, to dziwna rzecz z tą modą na komisje śledcze. Niedługo pewnie ogłoszą nabór ochotników, bo zabraknie im ludzi do śledzenia...

Poszedłem do kuchni zrobić sobie uspokajający napar z melisy. Latka lecą, a ja wciąż mam nerwicę. Znów muszę przerzucić się na wegetarianizm. Łucja twierdzi, że to oczyszcza i uspokaja. No nie wiem... Hitler też nie jadał mięsa, a nieźle mu waliło pod kopułą. Aż strach pomyśleć, co by zgotował światu po takim na przykład krwistym befsztyku...

Na środku kuchennego stołu leżał „obcy, ósmy pasażer Nostromo" w ostatniej fazie aktywności, czyli sinobrunatna breja wypatroszonej dyni. Gdyby Gonzo został kiedyś seryjnym mordercą, to policja z pewnością szybko wpadłaby na jego trop. Chyba że wcześniej nauczy się sprzątać po sobie miejsce zbrodni.

Ponieważ jako jedyny w domu jestem miłośnikiem czystości, a do tego nie znoszę marnotrawstwa, postanowiłem upiec z brei tradycyjny amerykański przysmak *pumpkin pie*, czyli po prostu ciasto z dyniowym puddingiem.

Wezmę przepis z Internetu i do dzieła.

Przepis na PUMPKIN PIE
ciasto kruche:

2 szklanki mąki, szklanka smalcu gęsiego ubitego wcześniej w szklance (??? skąd ja wezmę gęsi smalec, u licha!), *pół szklanki zmrożonej wody. Wszystkie składniki posiekać nożem, starając się nie używać do tego rąk* (a czego, przepraszam, nóg?), *potem szybko uformować kulę i włożyć ją na min. 3 godziny do zamrażalnika.*

Hm, kurczę, jakiś dziwny ten przepis. Myślałem, że ciasto wkłada się raczej do piekarnika... Ci Amerykanie mają nierówno pod sufitem. Teraz mnie nie dziwi, że nie mogą wygrać wojny w Iraku.

Miałem nieco trudności z wymieszaniem wszystkich składników, bo woda przez ten czas zamieniła się w bryłę lodu. Zmiksowałem to w shakerze i wrzuciłem ponownie do lodówki.   ·

Dobra, lećmy dalej.

Legumina z dyni:

Miąższ dyni pozbawiony pestek pokroić w kostkę i dusić na małym ogniu z dodatkiem cynamonu, imbiru, wanilii i cukru, aż masa zgęstnieje. Cały czas mieszać, by się nie przypaliła. Można dodać kieliszeczek wytrawnego porto lub madery.

Nie mam ani porto, ani madery, ale w kredensie stoi wiśniówka. Spróbuję odrobinę, czy dobra. Mniam, bardzo dobra. Jeszcze odrobinkę. Co tam dalej trzeba z tym ciastem zrobić?

Wyjąć uformowaną kulę z zmrażalnika i podźlić na czy części... – ale gorąco od tej wiśniówki – *wsdzic do pikarnika, piec* – troche zostało w szklnce, to wypiję – *nakryc. Przykryć, nakłuć.* Auć!!! Piec. Cikawe, jaka tmperatura? A, wezmę na maksa.

Ale mie zmogło... Yyyk!

Dwie godziny później

Całe szczęście, że zacząłem się dusić, bo inaczej cały dom poszedłby z dymem. Gryzące opary zbudziły mnie w ostatniej chwili. Muszę powiedzieć, że wyrabianie ciasta nożem bez użycia rąk jest bardzo wyczerpujące, pewnie dlatego zdrzemnąłem się małą chwilkę. Mama się wściekła, bo *pumpkin pie* eksplodowało w piekarniku, a smród jest taki, że ciężko wytrzymać. W dodatku ojciec powiedział, że tę wiśniówkę trzymał na czarną godzinę i nie wie, co ze mnie wyrośnie, skoro już w tym wieku jestem złodziejem i anonimowym alkoholikiem. Wielkie mi halo! No i co się takiego stało? Że ściany trochę okopcone?

– Nie wstyd wam robić aferę z powodu zwęglonego przysmaku jankesów, kiedy teraz w jakimś zakątku globu spada lawina, trzęsie się ziemia, Arafat być może ma przedśmiertne drgawki, a dziecko umiera z głodu? – zapytałem, wycelowując w nich oskarżycielski palec.

– Czyje dziecko? – Ojciec rozejrzał się w popłochu, bo od czasu romansu z Hee Jong mama nieustannie go straszy, że ma pewnie nieślubne potomstwo, które zdekonspiruje się w najmniej oczekiwanym momencie.

– Wszystko jedno jakie dziecko. Jakieś. Symboliczne – zakończyłem i, czkając rozdzierająco oraz roztaczając wokół intensywny aromat przetrawionej wiśniówki, udałem się do swojej jaskini.

A to ciasto i tak by się nie nadawało do jedzenia, bo zapomniałem wyjąć pestki. Więc właściwie bardzo dobrze, że się zwęgliło niczym moje marzenia o seksualnym zespoleniu się z Łucją. Eeeeh, życie...

3 listopada (z nieba pada)

Holenderscy muzułmanie zasztyletowali reżysera, bo nie podobał im się jego film. Matko Boska! Uprawianie sztuki należy, jak widać, do zawodów o najwyższym stopniu ryzyka obok profesji policjanta, kaskadera, szefa mafii i polityka. Trzeba się ciągle mieć na baczności. Jak nie poluje na ciebie Centralne Biuro Śledcze, to biorą cię na cel zawistni gangsterzy lub rozkapryszona publiczność. Muszę zweryfikować swoje plany zawodowe. Jak tak dalej pójdzie, to zostanę NIKIM. Jak miliony moich rodaków.

Dzisiaj w szkole na godzinie wychowawczej rozmawialiśmy o granicach osobistej wolności i indywidualnych wyborów. Nasza wychowawczyni Tarczyca (nazywamy ją tak, bo ciągle nerwowo przełyka ślinę) poprosiła o wyważone wypowiedzi. Poprawiłem swojego ondulowanego irokeza i podniosłem rękę do góry. Tarczyca na wszelki wypadek od razu wzniosła oczy do nieba, ale dopuściła mnie do głosu.

– Uważam te wszystkie dyskusje za stratę czasu, bo wiadomo, że Polacy nigdy nie mogą się ze sobą dogadać. Wystarczy pooglądać programy publicystyczne w TV, na przykład *Debatę* czy *Warto rozmawiać* (chociaż według mnie lepszy byłby tytuł *Nie warto rozmawiać*). Więc jeżeli chodzi o mało konstruktywną przepychankę, gdzie antagonistyczne strony w kółko będą się tylko przekrzykiwać, to może by mnie pani zwolniła do domu, bo muszę jeszcze zetrzeć ziemniaki na placki, a to od cholery roboty.

Zrobiłem się ostatnio bardzo cyniczny, ale życie nigdy mnie nie rozpieszczało, więc naprawdę nie rozumiem, dlaczego mam jeszcze wierzyć w cokolwiek.

Tarczyca jednak była bardzo zawiedziona. Stwierdziła, że zabiłem dyskusję w zarodku i nie dałem szansy innym na wyrażenie swojego zdania. Ona jest jednak bardzo naiwna, jeśli myśli, że moją klasę coś może zainteresować bardziej niż nowa kolekcja Prady (dziewczyny) i dziewczyny w nowej kolekcji Prady (chłopaki). W dodatku ta Nauczycielka z Powołania (tacy są najgorsi) nabazgrała coś w dzienniku. Zajrzałem jej przez ramię. No tak. Nasza szkoła nie chce nas stresować stopniami, więc nie stawia ocen konwencjonalnych. Każdy nauczyciel ma swoje własne znaczki, które stanowią dla niego wskazówkę na temat danego ucznia. Ja to rozumiem, ale jak mam się czuć, kiedy widzę, że Tarczyca rysuje przy moim nazwisku już czwartego WISIELCA?!

Na wszelki wypadek rozmowa została przekierowana na zbliżającą się wywiadówkę i wszyscy zaczęli nerwowo obgryzać paznokcie, a na twarzy Tarczycy wykwitł pełen satysfakcji uśmiech.

Przez cały czas starannie omijałem wzrokiem Elkę, starając się nie prowokować jej do radykalnych reakcji i deklaracji. Elka od początku roku szkolnego zrobiła się jakaś drażliwa. W dodatku konsekwentnie manifestuje swoje potępienie dla amerykańskiej inwazji na Irak, nosząc na głowie muzułmańską chustę. Chociaż to tylko połowa prawdy, bo jej sympatia dla islamu ma także bardziej materialne, powiedziałbym cielesne, podłoże. Tym podłożem jest Ozyrys. Wszyscy w klasie wiedzą, że ze sobą chodzą, ale tylko ja widziałem, jak w szkolnej szatni Ozi ssał jej małżowinę uszną. A to, jak powszechnie wiadomo, jest gra wstępna, po której może już nastąpić tylko ta... no, hm... penetracja. I pomyśleć, że zaledwie dwa lata temu Ozyrys mimo swoich egipskich korzeni był bardziej proamerykański niż wszystkie kowbojskie buty prezydenta Busha razem wzięte. Cóż, świat jest pełen paradoksów. Patrzę na Elkę już kilka lat i jestem pełen podziwu dla determinacji, z jaką szuka swego życiowego przeznaczenia. Najpierw była owłosioną feminizującą nastolatką, aż tu proszę: brawurowa przemiana w muzułmańską kobietę. To może być jak bomba zegarowa. W dodatku strasznie ostatnio przytyła. Muszę ją zapytać, czy nie ma znowu kłopotów z hormonami. Jeśli tak, to niedługo będzie miała większy biceps niż ja.

Dyskusja nad granicami wolności osobistej jak każda dyskusja w naszej klasie skończyła się totalną rozróbą i podziałem na grupy. Po lekcjach cała ta nieokrzesana banda idzie na nawalankę. To taki ich sposób na rozładowanie podskórnego napięcia. Obiecuję sobie, że już ostatni raz przymykam na to wszystko oczy. Chciałbym uzmysłowić im, że działania na poziomie podstawowych biologicznych instynktów i popędów nie wystarczą do stworzenia pełnowartościowego społeczeństwa. Zresztą jak patrzę na nasz kraj, to mam wrażenie, że wszyscy zapadliśmy na wściekliznę, a w panelach dyskusyjnych mało kto używa jeszcze noża i widelca – żrą władzę łapami, bekając i dłubiąc w zębach! Muszę ratować ten kraj!

Obiecałem sobie, że w tym roku koniecznie zrobię coś dla świata, żeby zostawić po sobie nie tylko niemiłe wspomnienia. Rzecz jasna, na wypadek nagłej śmierci. Może zostanę antyrasistą i będę tępił wszelkie przejawy dyskryminacji? Oczywiście w wolnym czasie, bo przecież nie można ode mnie wymagać w tym wieku aż takich poświęceń.

Piątek (to osobny wątek)

W domu nic nowego się nie dzieje. W kółko to samo, czyli dantejskie sceny. Mama cały czas spotyka się ze swoimi pacjentami w naszym mieszkaniu, przez co wszyscy jesteśmy sterroryzowani. Nie wolno nam w określonych godzinach nawet wychylać się z pokoi, żeby nie natknąć się na psychicznych, którzy od nas wychodzą. Mama twierdzi, że lepiej dla jej zawodowego autorytetu, żeby żaden pacjent nie zobaczył ani jej męża, ani syna. Mówi, że moglibyśmy ją skompromitować. Wczoraj o mało nie zsikaliśmy się z ojcem w majtki, bo taki jeden już przy drzwiach zaczął mamie opowiadać, że śniło mu się, iż zgubił wszystkie zęby, i pół godziny zastanawiali się, co to może znaczyć. Mój przepełniony pęcherz był na skraju wytrzymałości i omal nie krzyknąłem przez ścianę, żeby może poszedł do dentysty, zamiast tak przynudzać. Mimo wszystko nie zrobiłem tego, ale sam nie wiem, czy z litości dla tych biedaków, czy ze strachu przed mamą.

Jezu, nie przypominam sobie, żeby mnie poświęciła kiedyś więcej niż trzy minuty za jednym zamachem. Zżera mnie zazdrość. Muszę z nią koniecznie porozmawiać. Poza tym nie czuję się zbyt bezpiecznie w swoim pokoju ze świadomością, że po domu kręci się jakiś psychopata. Kto wie, co może mu strzelić do głowy. Czasem z gabinetu dochodzą bardzo niepokojące odgłosy, ale mama wyraźnie zastrzegła, żeby nas ręka boska broniła interweniować, nawet jeśli będzie kwiczała niczym zarzynane prosię. To straszne! Czy ona sobie wyobraża, że będę się bezczynnie przysłuchiwał, jak jakiś zwyrodnialec morduje moją, co prawda toksyczną, matkę?

Dobrze, że babcia z nami nie mieszka. Ona wprost nie znosi, jak się jej ogranicza naturalną ekspresję i swobodę poruszania się. Mogłaby mamie powiedzieć parę brutalnych słów prawdy. Jest jedyną osobą, która nie boi się jej przeciwstawić. Niestety i stety, babcia bryka po świecie, wciąż przeżywając kryzys wieku starczego. Twierdzi, że chce zwiedzić przed śmiercią jak najwięcej nieznanych zakątków. Kiedy widziałem ją w zeszłym roku na pogrzebie Adeli, wyglądała co prawda jak tysiącletnia mumia, ale humor jej cały czas dopisywał. Mogłaby tylko mniej się malować. Natomiast Bulwiaczek jest łysy jak kolano, powykręcany artretyzmem, ale wciąż ma na nosie swoją dorodną brodawkę i jest zakochany w babci na zabój.

Sam nie wiem, skąd biorą siły na to, żeby żyć z taką pasją. Mnie czasem brak motywacji nawet do tego, by iść rano do klopa. A może oni już dawno umarli na jednej z malowniczych wysp Oceanu Indyjskiego i teraz są po prostu zombi? No tak, to by wszystko tłumaczyło. Zombi czy nie – i tak im zazdroszczę. Teraz są w Liberii i, jak mejlowali, wspierają tam przewrót wojskowy. Mam tylko nadzieję, że żadne z nich nie zostanie wybrane na prezydenta wyzwolonego kraju.

Natomiast w moim kraju wszyscy bawią się w chowanego lub w przebierańców. Najchętniej politycy. Szczególnie popularne stały się ostatnio wystawne śniadania na Jasnej Górze. Jednemu z członków komisji śledczej zaserwowano tam jajko z niespodzianką, czyli z panem Kluczykiem w środku. Wielki polityk wypierał się co prawda, że pożarł jajo, potem przyznał, że było śmierdzące, a na koniec przyciśnięty do muru wyraził ogromny żal, że mimo peruki i ciemnych okularów nie udało mu się podczas niemoralnego posiłku zachować anonimowości. Powinien częściej chodzić do nocnych klubów dla gejów na występy drag queens. Może wtedy podciągnąłby się trochę w charakteryzacji.

Sobota, 6 listopada

Jak zawsze o tej porze roku mam jesienną depresję. I jak zawsze mój prywatny psychoterapeuta (mama) oraz mój osobisty lekarz rejonowy (Gruczoł) odmawiają mi fachowej pomocy. Jestem zdany na własne wątłe siły.

Cały poranek zajęło mi karmienie Opony. Nie ma już zębów i muszę jej rozdrabniać każdy pokarm. Czuję się, jakbym był kwoczą mamą, a ona małym pisklaczkiem. Opona przekroczyła wszystkie prawomocne limity wieku dla psów rasy mieszanej, lada moment może nastąpić zgon. To życie w cieniu śmierci powoduje, że starzeję się w ekspresowym tempie, borykając się z problemami nieznanymi moim rówieśnikom. Dzięki temu mam fascynującą, skomplikowaną osobowość. Że też jeszcze nikt tego nie odkrył! Ale jestem cierpliwy, ciągle czekam.

Ostatnio przeczytałem interesującą książkę artystki Ultra Violet, kochanki Salvadora Dali i muzy Andy'ego Warhola. Ona twierdzi, że każdy ma swoje piętnaście minut sławy.

Hm... w tym wypadku nie przesadzałbym z demokracją.

Po obiedzie

Ojciec właśnie oznajmił nam, że zrobiono go w balona. Po brawurowej akcji ratowania bałkańskich opozycjonistów, do której została zaprzęgnięta cała nasza rodzina, miał wreszcie dostać awans w swojej partii politycznych szumowin. Niestety, na ostatnim zebraniu obwieszczono mu, że to za mało, by wejść do ścisłego zarządu, i musi dalej zbierać zasługi. W związku z tym ojciec ma depresję.

Wieczorem

Ja się zastrzelę! Teraz mama ma kryzys. Po tym, jak na ostatniej sesji pacjent zamknął się na godzinę w naszej kuchni, doszczętnie wyjadając ugotowaną dla Opony wątróbkę, stwierdziła, że podłość ludzka nie zna granic. Przerzuca się z terapii indywidualnej na grupową. Zapisała się na kurs jakiegoś niemieckiego szamana, po którego sesjach ludzie zbiorowo popełniają samobójstwa. Wieczorami ma trenować na nas. Skończy w kryminale, a my na cmentarzu. O dżiza!

Arafat nie obudził się ze śpiączki. Palestyńczycy mają nowego przywódcę. Jest tylko jeden problem: on odsiaduje wyrok dożywocia w izraelskim więzieniu. Chociaż z drugiej strony nie rozumiem, czym się martwią. Powinni wziąć przykład z nas. W Polsce nie przejmujemy się takimi drobiazgami. Na przykład prezydent Piotrkowa Trybunalskiego zarządza zza krat i nawet to sobie chwali. Podobno nic nie zakłóca mu perspektywy. Albo taki poseł Pętak: przesiadł się z klimatyzowanego mercedesa na więzienną pryczę, a nadal sprawuje swoją funkcję. Bierze poselskie diety i prowadzi biuro. Ojciec doszedł do wniosku, że skoro nic mu w życiu nie wyszło, ani kariera naukowa, ani małżeństwo, to zostaje mu już tylko skompromitować się do reszty i zostać politykiem. Tylko że ojciec ma jedną wadę: jest do tej pory niekarany. Co za pech!

Niedziela

Przyszedł BB Blacha 450 i przyłapał mnie, jak słuchałem nostalgicznego zawodzenia Elli Fitzgerald. Wyraził dezaprobatę w charakterystyczny dla siebie sposób:

– Pogięło cię, ciołku niemyty???

Blacha ma niewyparzoną gębę, ale tak naprawdę miękkie serce. Kiedy ostatnio oglądaliśmy film *Upadek*, tak mu było żal Hitlera, że aż się posmarkał, płacząc. Miałem mieszane uczucia, bo jednak moim zdaniem to nie Hitlera powinien żałować, ale dobrze, że w ogóle ma jakieś ludzkie odruchy.

Zbliżyliśmy się rok temu, kiedy postanowiłem go zlikwidować. Nie mam jednak znajomych wśród zawodowych morderców, wobec tego zostały mi tylko mądrości Wschodu. Jedna z nich mówi, że jeśli chcesz pokonać swojego wroga, to musisz się z nim zaprzyjaźnić. I tak jakoś poszło. Poza tym wkrótce Łucja go rzuciła i straciłem jedyny powód, żeby pragnąć jego śmierci.

Niestety, odchodząc od Blachy, Łucja nie zaczęła automatycznie chodzić ze mną, na co w skrytości ducha bardzo liczyłem. Ona powoduje, że zamieniam się w neandertalczyka. Jak ją widzę, to od razu pocą mi się ręce, wygaduję głupoty, dostaję skrętu kiszek i się nieprzyzwoicie ślinię. Jednym słowem, jestem beznadziejnie zakochany miłością tragiczną i nieszczęśliwą, bez cienia nadziei. Założyliśmy z Blachą fan club naszej ukochanej, a potem wspólny zespół hip-hopowy, a właściwie duet, więc za każdym razem kiedy chcieliśmy coś zagrać, musieliśmy robić łapankę na jakichś muzyków. Wszystko to wyglądało raczej przygnębiająco. Proponowałem do stałego składu Ozyrysa, ale Blacha się sprzeciwił („wyp...dalaj mi z czarnuchami"). Coraz bardziej niepokoją mnie jego ultraprawicowe skłonności. Całe szczęście, że ojciec o nich nic nie wie, bo nie wpuściłby już Blachy za próg. Oprócz tego, że nie mamy stałego składu, instrumentów, menedżera i motywacji, nie mamy też chórków. Blacha stwierdził: „Foczki z chórków zrobiły mi taki przewał w życiu, że przez nie Łucja spuściła mnie ściekiem prostym". Moim zdaniem nie trzeba było zaraz z każdą z nich odgrywać erotycznych scen z filmu *Dziewięć i pół tygodnia*.

Tymczasem jako jedyny intelektualista w naszej formacji muzycznej pisałem teksty i lepiej wychodziło mi rapowanie na żywca, więc tak jakoś zostało. Blacha twierdzi, że mamy szansę na prawdziwą karierę, i dlatego tak się wkurza, kiedy słucham jazzu. Pozwala mi jedynie na *acid jazz*, ale tylko ze względu na to „acid". Teraz też piana mu ściekała z pyska, że się nie inspiruję. Wyjaśniłem, że to te same czarne korzenie i że muszę inwestować w swoją wrażliwość, bo tylko wtedy będę wiarygodny jako bluzgający artysta. Kurczę, nie znam żadnych bluzgów oprócz: „madafaka". Muszę znowu iść na korepetycje do Gonzo. Mam tylko tydzień na napisanie nowego tekstu na Przegląd Młodych Talentów.

Wtorek

Czekam na natchnienie.

Oczywiście w przerwach między tysiącem innych codziennych i monotonnych czynności, które muszę wykonywać, by rodzice nie dali mi eksmisji. Żadne z nich nie przejmuje się niemocą twórczą swego syna. Mama reaguje alergicznie na moje marudzenie, a przed chwilą stwierdziła:

– Wszystkie czujniki mam nastawione na Wschód. Nasłuchuję, czy bestia nie zaryczy.

???

Na Wschodzie, czyli na kanapie pod oknem, leży tylko Opona, która łypie bielmem i macha rachitycznym wspomnieniem po bujnie owłosionym ogonie. Biedna, gdyby ojciec w czasie któregoś sylwestra nie strzelił w nią racą, może nie byłaby taka wyliniała? Nazwanie jej bestią, która w dodatku może zaryczeć, jest ze strony mamy dużą niedelikatnością.

Wracając do owłosienia, to stwierdziłem, że otaczają mnie dwie kategorie ludzi:

1. łyse dziwolągi

a) dobroduszni poczciwcy (babcia, ojciec, Bulwiak, pies)

b) jednozwojowce mózgowe (BB Blacha)

2. kudłaci obłąkańcy

a) niepoczytalne aspołeczne indywidua (mama, Gonzo, Filip)

b) romantyczni wariaci (Łucja, Ozi)

40

Poza kategorią jest Elka. W jej przypadku nigdy nie wiadomo, czy skoro teraz jest kudłata, to czy za godzinę nie będzie łysa. Mało tego! Pamiętam nawet okres, gdy się zastanawiałem, czy w ogóle można jednoznacznie określić jej płeć!

Środa, 10 listopada

Ciągle czekam na natchnienie, ale już mi coś fermentuje.

To kapusta z grochem. Nie powinienem jeść przed telewizorem. Coś się dzieje na Ukrainie. Nie wiem dokładnie co, bo poszedłem do kuchni po dokładkę.

Czwartek

Nie mam czasu na czekanie. Żadna muza nie przyjdzie, te baby są dziś takie leniwe. Muszę zacząć działać. Naszkicuję sobie ogólne założenia tekstu:

1. ma być o życiu
2. z drugim dnem psychologicznym
3. kilka cytatów filozoficznych (może coś z Heideggera?)
4. ma być absolutnie nowatorskie i odkrywcze
5. ma spowodować wstrząs i przemianę osobowości u każdego, kto to usłyszy

Hm... obawiam się, że to niewykonalne.

Próba nr 1

To moja klatka,
Cienka na niej gadka,
Nawijka, ściemka,
Jointy i beemka.

Aha, aha...
Yee, joo...

A ty sobie nic nie robisz,
W adidasach Pumy stoisz,
Patrzysz na mnie jak na śmiecia,
No bo mam za ojca ciecia,
Matka moja tam przy garach,
Twoja zaś na Balearach.
Status społeczny
Jest niebezpieczny,
Nas ogranicza.
Bo mnie czeka prycza!
Aha, aha...
Yee, joo...
O mada, o mada,
O madafaka!

Własny mój rachunek...

Rachunek... yyy... rym do „rachunek"? Trunek, meldunek, kierunek, ćpunek? Eee, bez sensu. Ale nuda! Ciekawe, czy jakiś artysta umarł już kiedyś z nudów przy tworzenia swojego dzieła. Chyba nie, mam szansę być pierwszy. Już wolę posłuchać Roberty Flack, ta to miała teksty! *Killing me softly with his song...*
Aż mi ciarki po plecach przeszły. Jak ja bym chciał kogoś zabić swoją piosenką! Najbardziej Łucję.

Przyszpilić ją strzałą Amora jak dobrze wypasioną kaczkę. A potem pożreć z piórami. Mniam...

Sobota

W naszym domu panuje niezdrowe rewolucyjne podniecenie. Rodzice solidaryzują się z przewrotem na Ukrainie. Ja, jak każdy intelektualista, zachowuję stosowny dystans, na wypadek gdyby prezydent Putin zainstalował w naszym domu podsłuch. Rosji nie podoba się, że naród ukraiński sprzeciwił się uznaniu ważności sfałszowanych wyborów i domaga się ich powtórki. Kandydat opozycji Juszczenko także okazał się nad wyraz krnąbrny, mimo że zastosowano przeciwko niemu broń biologiczną nowej generacji. Co prawda nie jest już taki ładny jak dawniej, ale wciąż żyje. A to z jego strony duża nieuprzejmość wobec wzmożonego wysiłku tamtejszych służb specjalnych. Ludzie koczują na ulicach na kilkunastostopniowym mrozie, a kolorem rewolucji jest pomarańczowy (czerwony jakoś źle się kojarzy). Mama na znak solidarności przefarbowała włosy na marchewkę, a ja mam ugotować barszcz ukraiński. Zarządziła, że póki Ukraina nie będzie wolna, nie weźmiemy do ust niczego innego. Ojciec się załamał, bo ma uczulenie na buraki.

Niedziela, 14 listopada

Nasz prezydent pojechał na mediacje do Kijowa. Prezydent Rosji coraz bardziej marszczy czoło. Zaczynam rozumieć, jaką bestię miała na myśli mama.

Strasznie mi żal tych Ukraińców, że muszą znosić niewolę, ale z drugiej strony za bardzo bym się nie wtrącał. Jak się Rosja wkurzy, to będzie siwy dym. Podobno ich tajne laboratoria już pracują nad wskrzeszeniem Stalina.

Mama zaproponowała, bym ufarbował włosy na rudo. Jezu, przecież wykopią mnie ze szkoły. Poza tym w rudym mi nie do twarzy. Ojciec jest rozgoryczony moją postawą:

– Nie masz pojęcia, ile inni musieli się naskakać przez płoty, należeć na styropianie, byś teraz żył w wolnym kraju, a tobie nie chce się choćby tylko symbolicznie zamanifestować solidarności z uciskanymi braćmi!

Zwariował! Poza tym to nie moja wina, że sam się nie może przefarbować, bo jest łysy, i teraz go zazdrość zżera. W końcu może sobie rzucić farbę na nogi, nie? Ma strasznie owłosione.

Godzina 14.00

Wpadł Blacha, wywalił garnek z barszczem ukraińskim (ma u ojca sto punktów) i krzyknął w przelocie, że musimy już jechać. Przed domem stał zdezelowany polonez truck jego szwagra, który nerwowo bawił się klaksonem.

Konkurs Młodych Talentów rozpoczyna się za dwie godziny. A ponieważ bezsprzecznie się do nich zaliczam, muszę być tam obecny. Postanowiłem na razie BB Blasze nie mówić, że ciągle nie mam puenty hitu, dzięki któremu mamy wygrać ten konkurs. Liczę na przerwanie imprezy z powodów technicznych.

Jako fan club jedzie z nami Gonzo. Rodzicom się nie chce. Nic nowego.

Dopiero w samochodzie zorientowałem się, że jesteśmy tylko w trójkę, z czego jedynie Blacha dysponuje brutalnie wyeksploatowaną gitarą basową. Ale Rysiek-Pysiek (tak się przedstawił przyszywany szwagier Blachy) uspokoił mnie, że pożyczył keyboard od dzieciaka sąsiadów. Jeeeezu! To będzie jazda bez trzymanki.

Alternatywny dom kultury Syfiarnia

Rany, ale tu syf! Już na Przystanku Woodstock było czyściej (może dlatego, że pomyliłem imprezy i trafiłem na Przystanek Jezus). Mam tremę. Blacha poszedł do kibla zapalić. Obawiam się, że nie zwykłego papierosa. Rysiek-Pysiek trenuje na keyboardzie i robi nam straszną oborę. Wszyscy z nas leją. Próbuję udawać, że nie jesteśmy razem, ale ten wesołek co chwila pogrywa coś w stylu lat osiemdziesiątych i drze się na cały korytarz:

– Fajna solóweczka, pasi?

Po dwudziestu minutach wrócił Blacha w doskonałym humorze i obwieścił, że miał wizję:

– Stary, wygramy. To pewne, wystarczy uwierzyć w siłę twojego przekazu, i już!

O rany, tylko ja nie mam żadnego przekazu, bo nie skończyłem wymyślać kawałka. Nie mówiąc już o sile. Rozejrzałem się wokoło. Wszędzie siedzieli smutni ludzie o smutnych twarzach. Wyglądali jak pacjenci Monaru lub poeci, których się nie opłaca wydawać. Jedynymi zadowolonymi byli chichoczący Blacha i Gonzo, którzy razem wdrapywali się na reflektory. To dziecko jest nie do okiełznania. Przypomniałem sobie, jak kiedyś trzeba było go wyprowadzić z cyrku podczas numeru z tygrysami, bo odgrażał się, że przegryzie kraty. A ja się nauczyłem, że słowa Gonzo należy zawsze traktować serio. Dlatego teraz miałem się na baczności. Musiałem mieć na oku uroczego bratanka, uroczego kolegę i uroczego szwagra kolegi. Resztę energii pochłaniał mi trud, jaki wkładałem w to, by nie zasnąć.

Od jakiegoś czasu cierpię na intrygującą przypadłość: w chwilach wielkiego stresu zasypiam bez względu na okoliczności. Widziałem już kiedyś coś takiego na filmie Woody'ego Allena. Nawet zaniosłem kasetę Gruczołowi, ale zdaniem tego konowała mój problem polega na tym, że zamiast się porządnie wyspać, myślę o dupie Maryni i dlatego potem jestem zmęczony. Ale ja nie znam żadnej Maryni!

Tymczasem impreza miała już dwugodzinny obsuw, bo zginęło szacowne jury i dopiero po następnej godzinie znaleziono je w pobliskiej knajpie. W takim stanie będzie im wszystko jedno, kto wygra. Jedynym dźwiękiem, na jaki zareagują, będzie pewnie brzęk butelek po piwie. Poszedłem wyciągnąć Blachę z WC, chociaż właściwie powinienem go tam zostawić. Zakumplował się z jednym z jurorów, a w pomieszczeniu było więcej dymu niż tlenu. Na mój widok wybuchnęli śmiechem, twierdząc zgodnie, że jestem podobny do Ala Pacino. Popatrzyłem na skręty, które trzymali w palcach, i dotarło do mnie, że nie tylko zażywają narkotyki, ale też Blacha dokonuje w tej chwili ewidentnego przekupstwa. Tego już było za wiele dla mojego morale. Wiem, że w tej sytuacji mogliśmy wygrać przegląd, ale już dawno sobie obie-

46

całem, że będę kultywował przedwojenne wartości, takie jak: prawda, honor i cnota (z tym kultem cnoty to się nie upieram, ale na razie nie mam wyjścia). Poza tym chcę się zapisać do Transparency International. Będę tropił i niszczył patologie, zanim one zniszczą mnie. A mam niezłą wprawę w stawianiu im oporu – przeżyłem w mojej rodzinie prawie siedemnaście lat!

W ostatecznym rozrachunku impreza się nie odbyła, bo odłączono prąd. Podobno Syfiarnia już dawno zalegała z rachunkami elektrowni. Muszę przyznać, że targały mną ambiwalentne uczucia, no bo w końcu to jakaś kpina. Mam już dość prowizorki! Powiedziałem Blasze, żeby na przyszłość wynajdywał jakieś bardziej profesjonalne imprezy, ale on błysnął niesłychaną jak na niego elokwencją (zdarza mu się to z taką samą częstotliwością jak przelot komety Halleya):

– Jaka muza, taka impra.

Howgh.

W trucku

Wracamy po Gonzo i po keyboard. Rysiek-Pysiek zaproponował nam spółę w swoim interesie. Możemy obskakiwać z nim wesela na prowincji. Adela przewraca się w grobie, mimo że zawsze podejrzewała mnie o skłonności do jarmarcznej rozrywki.

Następny weekend

W szkole nie dają nam złapać oddechu. Jak pomyślę o czekającej mnie za rok maturze, to chce mi się płakać. Muszę już chyba zacząć składać kasę na przeprowadzenie badań i doświadczeń oraz skompletowanie sprzętu audiowizualnego niezbędnego do prezentacji maturalnej. Odkąd przeprowadzono reformę szkolnictwa, znacznie wzrósł wśród młodzieży odsetek nerwic i przypadków nieuzasadnionych ataków furii. Filip twierdzi, że za jego czasów, by zdać maturę, potrzebna była zwykła kartka, długopis i umiarkowanie wywrotowe poglądy. No tak, ale z drugiej strony jakoś specjalnie ta matura mu w życiu nie pomogła. Wystarczy popatrzeć na dzisiejszą generację trzydziestolatków: banda zblazowanych nieudaczników, generacja NIC. W odróżnieniu od moich rówieśników – generacji PIC. BIG PIC.

22 listopada

Przy śniadaniu (czerstwa bułka z musztardą i jogurt malinowy) ojciec podsunął mi pod nos gazetę.

– Może to cię zainteresuje?

To było ogłoszenie agencji reklamowej poszukującej modeli do zdjęć na billboardy. Zadzwoniłem, choć wolałbym jakieś konkretne zadanie aktorskie, by szlifować swój talent. Mam przyjść pojutrze o jedenastej. Szczegółów dowiem się na miejscu. Mam nadzieję, że nie chodzi znowu o reklamę sztucznych szczęk albo leku na prostatę. Na razie nic o tym nie wspomnę rodzince, żeby nie mieli powodów do bezdusznego śmiechu.

Muszę tylko rano zadzwonić do dyra i udać nagły atak jakiejś choroby uniemożliwiającej mi stawienie się na lekcjach. Padaczka będzie w sam raz.

Środa. Agencja
NIEMATOTAMTOALEITAKWSZYSTKOJEDNO

Ktoś chyba upadł na głowę, żeby nazwać firmę w ten sposób. No, ale to nie moja sprawa. Moją sprawą jest, żeby wykosić konkurencję i dostać się na billboardy. Rany! Cała Warszawa oklejona moją podobizną! Nie znam nikogo, kto by w takiej sytuacji nie uległ grzechowi pychy.

Na korytarzu histeryzował umiarkowany tłum. Nawet się zdziwiłem, bo na poprzednim castingu (prehistoria, ale do dzisiaj mam uraz) był istny sajgon. Musiałem się bić o rolę z bandą zażywnych staruszków. Wtedy przegrałem, dziś – zwyciężę. Przecież wyraźnie zaznaczono, że poszukują różnych typów urody.

Automatyczne drzwi co chwila się otwierały i wypluwały kolejnych kandydatów na Leonarda DiCaprio.

– I co? – rzucał się na nich rozgorączkowany tłum.

– Powiedzieli, że oddzwonią.

Wszystkim tak mówią. Postanowiłem, że nie będę się denerwował, jestem przecież profesjonalistą. Całe szczęście, że zabrałem kasetę ze sztuką *Flaki, bebechy, odchody*, którą w zeszłym roku pobiliśmy z Filipem i Kasicą Łasicą wszystkie undergroundowe przedsięwzięcia. Na pewno spojrzą na mnie inaczej i poznają, że jestem prawdziwym artystą, który czuje sztukę, jak Murzyn bluesa. Ledwie jednak usiadłem i zrobiłem kilka ćwiczeń dykcji, wyczytano moje nazwisko. Nie zdążyłem się psychicznie nastawić i spociły mi się ręce. Mama twierdzi, że to kompletnie dyskwalifikuje przeciwnika. Zastanawiam się, ile jeszcze razy w życiu będę musiał stawać przed plutonem egzekucyjnym, który będzie chciał podważyć mój niepodważalny talent.

Już w domu

No i po wszystkim. Po mojej karierze też. Ci kretyni w ogóle nie chcieli obejrzeć kasety! Nie interesowała ich też moja aktorska koncepcja metadyskursu wobec roli robaków, jaką odtwarzałem w tym przedstawieniu. Banda dyletantów! Zaczęli mnie oglądać i mierzyć mi czaszkę niczym naziści mniejszościom etnicznym. Takie traktowanie człowieka powinno być zabronione! Jednak najgorsze nadeszło wtedy, gdy rozpoczęto dyskusję nad moją fizjonomią.

– Nieee... ten koleś się nie nadaje. To ma być ktoś propagujący zdrowy tryb życia. Czy on wygląda na zdrowego?

Na dziewięć osób tylko ja podniosłem rękę do góry. Próbowałem jeszcze się bronić, że teraz cała młodzież taka cherlawa, ale nie pomogło.

– I głowa jakaś... zdeformowana. – Jedna z kobiet przyglądała mi się z niesmakiem. – Czekaj, czekaj. Czy mi się zdaje, czy jeszcze mamy tu krzywą przegrodę nosową? No i cera łojotokowa. Absolutnie wykluczone.

Kurczę, to niesprawiedliwe! Sama miała na oku jęczmień jak baza Guantanamo, a czepiała się mojej czaszki, rasistka jedna! Tak się zdenerwowałem, że powoli te wszystkie odgłosy zaczęły mi się wydawać coraz dalsze i coraz cichsze. Zacząłem odpływać. Było mi wszystko jedno, chciałem się tylko przespać. Mój organizm, jak zawsze w chwilach wielkiego stresu, przeszedł na tryb ekonomiczny.

Nagle ktoś podszedł do mnie i ryknął mi do ucha:

– To niesłychane! Ten dupek zasnął!

I wszyscy wybuchnęli śmiechem.

Zebrałem więc do kupy całe roztrzaskane poczucie własnej wartości i skierowałem się do wyjścia. Nie doczekam się tu owacji ani konwulsji zachwytu.

– *Sorry*, stary, ale może innym razem, jak będziemy robić kampanię o wyniszczających skutkach alkoholizmu.

Już w drzwiach dosięgła mnie jeszcze seria z karabinu:

– Nie oddzwonimy.

26 listopada

Nadal jestem zdruzgotany. W tym społeczeństwie nie ma miejsca na żadną anomalię. Przeżyć mogą tylko ludzie piękni, nieskalani żadnym pryszczem i łojotokiem. To straszne. Oczywiście zdawałem sobie sprawę, że jestem „urodziwy inaczej", ale jeszcze nikt nie potraktował mnie tak bezdusznie tylko dlatego, że odbiegam od obowiązującego kanonu urody! Cóż, nie jestem i nigdy nie byłem metroseksualny, nie lakierowałem paznokci u nóg i nie depilowałem włosów w nosie. Czy tylko dlatego nie zasługuję na szacunek? Czy można mną pogardzać i mieszać moją godność z błotem?

Po kolacji (nutella i chipsy) ojciec próbował dyskretnie wysondować, jak mi poszło, ale widząc moją nieszczęśliwą minę, wycofał się do toalety. Jak bardzo mój los leżał mu na sercu, świadczy to, że głośniej niż zwykle puszczał tam bąki.

Bezsenna noc

O nie! Tak dalej być nie może. Muszę coś zrobić, by się przeciwstawić nieludzkiej tyranii piękna. Brzydale wszystkich krajów, łączcie się!!!

Ale dopiero po świętach, bo teraz w ramach przedświątecznej orki muszę wypastować nasze popękane parkiety.

Czwartek, grudzień

O Boże! Wybacz mi, że wzywam imię Twoje, ale przekonasz się, że nie nadaremno!

Dzisiaj tuż po szkole studiowałem sobie w skupieniu przepis na staropolski bigos. Postanowiłem mieć w tym roku święta z prawdziwego zdarzenia, jakich w naszej rodzinie właściwie nie pamiętam. Za każdym razem wydarzało się coś, co mąciło ten wyjątkowy czas. Nie ukrywam, że były to głównie skandale obyczajowe albo nieoczekiwane komplikacje natury kulinarnej. Szczególnie zapadła mi w pamięć Wielkanoc sprzed dwóch lat, gdy ówczesna nałożnica mojego skundlonego brata Kasica Łasica zabarykadowała się u nas na górze po proteście Filipa przeciwko popełnieniu bigamii (już jednego bigamistę mamy w rodzinie). Albo Boże Narodzenie z wybuchami pirotechnicznymi i strażą pożarną. Gonzo skonstruował wówczas cudowną instalację na choinkę. Z samozapłonem. Mam nadzieję, że w tym roku będzie inaczej i moja rodzina wreszcie dorośnie do poważnego traktowania świąt.

No więc gdy tak się martwiłem na zapas (przezorny zawsze ubezpieczony), z hukiem i łomotem wpadło do mieszkania całe to nieokrzesane tałatajstwo, czyli moi domownicy, wołając: „JEEEEŚĆ!!!". Pięć par wygłodniałych oczu (mama, tata, Gonzo oraz Filip z Helą na gościnnych występach) wbiło we mnie pełne napięcia spojrzenie. Ja rozumiem, że jestem w tym domu zaopatrzeniowcem, praczką, kucharzem, sprzątaczką, a czasami nawet wychowawcą tego ośrodka dla nieprzystosowanych, ale na Boga! Zdążyłem tylko zająć się Oponą. Prawie pół godziny pomagałem jej zrobić kupę, bo jedną z wielu jej dolegliwości są uporczywe zaparcia. Kiedy tak stałem w upokarzającej pozie na trawniku przed domem, trzymając jej ogon do góry i pokrzykując zachęcająco: „e, e", wtedy właśnie musiała zobaczyć mnie Łucja! Powiedziała „cześć" i nic więcej już nie zdołała dodać, bo umarła ze śmiechu. Ja to mam pecha! Czy jakakolwiek dziewczyna zwiąże się z kolesiem, który jest od niej piętnaście centymetrów niższy i w dodatku podciera tyłek łysemu psu? Opona co prawda była potem bardzo wdzięczna i nie mogła się nacieszyć swoimi klejnotami, ale to dla mnie za mała satysfakcja.

Przybyli tymczasem wywołali w przedpokoju małe tornado, kłębiąc się przy wieszakach na palta. Gonzo, uradowany wizytą swych wyrodnych rodziców (to nasza tradycja przekazywana z pokolenia na pokolenie), pobiegł na górę po ostatnio skonstruo-

53

wane wynalazki. Kreatywność tego dziecka jest zdumiewająca, ale też budzi mój głęboki niepokój od czasu, gdy Gonzo wymyślił obcinarkę do rybich głów działającą na podczerwień. Mała gilotynka uruchamiała się znienacka, wymachując ostrzem na oślep, gdy tylko coś znajdowało się w pobliżu. O uniwersalnym zastosowaniu tego przyrządu może świadczyć palec ojca przyszywany na pogotowiu. Gonzo przytargał też ostatnio do swojego pokoju mnóstwo wikliny i jakichś badyli. Obawiam się, że ktoś może od niego dostać na Gwiazdkę elektryczny fotel bujany. A siedzenie w nim będzie jednorazową przyjemnością połączoną z automatyczną teleportacją na tamten świat. Taaak... Życie z Gonzo pod jednym dachem jest pełne wyzwań.

Kiedy wkroczyłem do dużego pokoju z naprędce rozmrożonym stosem pyz ziemniaczanych z nadzieniem mięsnym, na dywanie trwała gorączkowa narada. Filip niczym Dżyngis-chan roztaczał wizję przyszłego imperium Gąbczaków, które zmaterializuje się natychmiast, gdy rodzice podżyrują mu kredyt.

– Tylko pięćdziesiąt tysięcy, to naprawdę niewiele w porównaniu z potencjalnymi zyskami – przekonywał, a Hela jako lojalna i wspierająca małżonka uśmiechała się promiennie, oczadzając swym powabem uczestników dyskusji.

– Żądam szczegółowego biznesplanu. Inaczej nie dam złamanego grosza. – Mama jako profesjonalny specjalista od wspierania bliźnich pozbawiła ich wszelkich nadziei na to, że można ją zrobić w konia.

Spojrzałem na Filipa i nawet zrobiło mi się go żal, bo wyglądał jak chory w ostatnim stadium malarii, któremu kazano lizać przez szybę chininę ratującą życie. Ale to bardzo w stylu mamy. Jest przecież doktorem psychologii, więc musi trzymać stosowny dystans. Zwłaszcza wobec własnych dzieci.

Wkrótce z tego informacyjnego chaosu, z którego zdecydowanie wybijały się krytyczne uwagi o niedogotowanych pyzach, złożyłem sobie krótką i treściwą notatkę na temat planów mego brata. Była prawie tak wstrząsająca jak notatka szefa UOP-u na temat stopnia skręcenia rogalików, które p. Kluczyk spożywa w tajemnicy w jednej z wiedeńskich kawiarni. Oto ona:

Filip Gąbczak, używając wszelkich dostępnych mu narzędzi szantażu, manipulacji, pomówień i osobistych powiązań, postanowił zainwestować przyszłość, oszczędności całego życia i dobre imię rodziny w ryzykowną działalność gastronomiczno-rozrywkową pod trywialną nazwą SŁONECZKO. Lokal ma zacząć działać od stycznia i przynieść natychmiastowe zyski. Zostały już po temu podjęte stosowne kroki, które mogłyby wzbudzić zainteresowanie takich formacji jak Transparency International i prokuratura. Brawurowy pomysł szybkich zysków opiera się na niewolniczym wyzysku rodziny, w tym uciskanej mniejszości, jaką stanowią małoletni: Wiktorek-Potworek, czyli Gonzo, i Rudolf. Obaj mają pracować na czarno, przy czym pierwszy ze względu na swoje uzdolnienia matematyczne ma wspierać pion księgowości, drugi zaś (czyli ja) ma zasuwać przy zmywaku, sprzątając także toalety w czasie wolnym od zmywania.

Jednym słowem, przypadnie mi fundamentalna i wiekopomna misja kultywowania tradycji zarówno chłopa pańszczyźnianego, jak i czarnego niewolnika na plantacji bawełny, chłostanego przez panią

i gwałconego nocami przez pana. O, niedoczekanie!!!
Składam donos do inspekcji pracy i urzędu skarbo-
wego.

Niedziela, 5 grudnia
(mam dół jak studnia)

Popsuł się komputer! Wysiadła stacja dysków.
Zostałem odcięty nie tylko od najnowszych nowinek,
ale także od całej rzeszy wiernych przyjaciół na forum
Nerwice Natręctw. Był tam fascynujący wątek o przymusowej stymulacji seksualnej. Szlag by to wszystko
trafił! Teraz muszę całe kieszonkowe wydać w kafejce
internetowej. Cała nadzieja w tym, że Gonzo okaże się
również geniuszem informatycznym.

Środa

Komputer w dalszym ciągu nie działa. Zacząłem
wobec tego czytać książki. Na śmierć zapomniałem,
że jestem intelektualistą i muszę trzymać poziom. Na
pierwszy ogień poszła nagroda Nike (i pomyśleć, że
niektórzy kojarzą to ze sportową firmą od adidasów).
Książka mówi o koszmarze dzieciństwa w cieniu ojca
psychopaty. Mnie co prawda nikt nie bił, ale emocjo-
nalne spustoszenie poczynione przez beztroskich rodziców jest równie dotkliwe jak kary cielesne. Hm... to
podobno powieść autobiograficzna, a jednak jej autor
nie wygląda na nienormalnego. Może więc i przede
mną jest jakaś przyszłość. P o m i m o mojej rodziny.
Jak nie zostanę sławnym aktorem, to może będę
pisarzem. Choć podobno wśród nich jest najwięk-

sza śmiertelność z powodu niedożywienia i życia w ubóstwie.

Poświęćmy im minutę ciszy.

9 grudnia

Czytam: *Żyjąc tracimy życie* Marii Janion, która jest guru oświeconego feminizmu. Poraził mnie fragment:

Człowiek jest jedyną istotą wydaną na pastwę swego dzieciństwa (...). Jego los wstrząsa nami dlatego, że mógłby się stać także naszym losem, ponieważ wyrocznia przed naszym urodzeniem zawiesiła nad nami to samo przekleństwo (...).

Czy to znaczy, że ja też jestem przeklęty? Co robić?

Sobota, 11 grudnia

Mam dość, na razie odkładam na bok intelektualne aspiracje. Za bardzo mnie przerażają.

Po południu

Poszliśmy z Elką do kina na *Super Size Me*. Jest bardzo przygnębiona decyzją Ozyrysa o wyjeździe do Londynu. Jakaś muzułmańska fundacja zaproponowała mu roczną naukę w angielskiej szkole. Oby tylko nie został mułłą. Uważam, że to nieładnie ze strony Oziego tak bezceremonialnie zostawiać tu kobietę, która mimo swego feministycznego światopoglądu pozwoliła się dla niego zakwefić. To wielkie poświęcenie z jej strony. Ale cóż, taki jest dzisiejszy świat i dzisiejsi mężczyźni. Nie liczy się drugi człowiek, a każdy z nas jest tylko chybotliwą tratwą na oceanie losu. Boże... jakie to smutne!

Film był obrzydliwie realistyczny, odechciało mi się hamburgerów na resztę życia. Podobno robią je ze zmielonych kopyt i ogonów! Elka przez całą projekcję bekała z obrzydzenia, ale myślę, że raczej z powodów pochłonięcia popcornu w rozmiarze XXL. Po kinie zaszliśmy do McDonalda, bo zgłodniała (podobno na skutek permanentnego stresu). Solidaryzując się z przesłaniem filmu, odmówiłem wejścia do środka. Podczas gdy Elka pochłaniała podwójny zestaw ZDROWA KROWA, ja zaaranżowałem na zewnątrz mały happening. Już wkrótce liczna gromadka przechodniów ze mną na czele wznosiła gromkie okrzyki: McDonald, I'm shit it!!!

Cała akcja trwała dopóty, dopóki nie wybiegli do nas rozjuszeni pracownicy z mopami w rękach. W dodatku Elka strasznie mnie skompromitowała, bo wychodząc, wręczyła mi małego szejka ze słowami:

– Waniliowy, twój ulubiony.

Ponieważ nie lubię, jak się marnuje żywność (podczas gdy tyle osób głoduje), wypiłem go ze smakiem. Ale dopiero w metrze.

Pogadaliśmy jeszcze chwilę o tym, że samce to świnie, i odprowadziłem ją do domu, podziwiając po drodze szybkość, z jaką powiększają się jej biodra.

Coś mi tu nie gra.

W nocy przyśniła mi się Elka jako babcia Oskara z książki *Blaszany bębenek*. Siedziała na polu, piekła ziemniaki, a pod spódnicą ukrywała cały oddział Hezbollahu. Kiedy podszedłem bliżej, zobaczyłem, że

Elka wkłada sobie do ust nie ziemniaki, ale hamburgery z malutkimi Ozyrysami w środku. Przy każdym kęsie Ozi wychylał się z bułki i krzyczał: „Szalom!".

Nawet najbardziej stuknięty reżyser nie wymyśliłby takiej sceny. Muszę to opatentować!

Poniedziałek, 13 grudnia

Dziś jest niezwykle ważny dzień dla całej naszej rodziny. Mama właściwie tylko tego dnia patrzy na ojca z większą czułością. Od samego rana zapalają też w oknach świeczki na znak pamięci o stanie wojennym, który ogłoszono w 1981 roku.

Kiedy zszedłem na śniadanie, wszyscy już siedzieli wokół kuchennego stołu, a Gonzo z rozdziawionymi ustami słuchał nostalgicznych opowieści o prawdziwych czołgach na ulicach, robiących czystki formacjach ZOMO i tajemniczym panu podobnym do wrony.

– Wtedy to były czasy... – rozmarzył się ojciec, a w oku błysnęła mu łza – ciężkie, niebezpieczne, ale jakieś takie... wzniosłe. Wszyscy mieliśmy świadomość, że uczestniczymy w wielkim wydarzeniu, że kształtujemy bieg historii, że jesteśmy odpowiedzialni za nowy ład!

Znowu mu żyła wyszła na skroni, lecz tym razem mama pogłaskała go wyrozumiale po łysinie. Ojciec był bohaterem wojennym, przemycał nielegalną prasę i drukował ulotki. Ale jak zwykle miał pecha. Kiedy wydano na niego nakaz aresztowania, ostrzegł go znajomy milicjant, dzięki czemu ojciec zdążył uciec i nie został internowany. I to jest właśnie cholerny niefart, bo teraz z przeszłością więzionego i katowanego opozycjonisty mógłby zostać nawet ministrem. Więzienie to dzisiaj wspaniała rekomendacja!

Ale ja i tak najbardziej lubię inną martyrologiczną historię z tamtego czasu, której bohaterką jest babcia i mało elegancka część wieprza.

– Tato, opowiedz, jak babcia przemycała świńskie ogony – poprosiłem, maczając rogal w mleku.

Wszyscy uśmiechnęli się na samo wspomnienie. Już tyle razy to sobie opowiadaliśmy, a wciąż nas śmieszy.

– Ja powiem, ja powiem! – zaryczało najmłodsze pokolenie. – No to babcia pojechała na wieś po mięso, ale były tylko świńskie ogony. No to nabrała dwie torby, hm... – zastanowił się młody, a już niebezpieczny, naukowiec. – Jakbym miał tyle ogonów, tobym spróbował tę świnię sklonować.

– Wtedy jeszcze genetyka nie stanowiła zagrożenia dla świata – wyjaśniła mu mama.

Gonzo jednak nie mógł przeboleć takiej okazji do eksperymentów.

– No i w pociągu była rewizja i babcia schowała te ogony do stanika, i miała takie melony jak Lara Croft. Cha, cha, cha!

O Boże! Melony! Gonzo łypnął machinalnie na piersi mamy, a raczej miejsce, gdzie powinny być. Mama odruchowo zasłoniła się szlafrokiem, wylewając ojcu herbatę na spodnie od pidżamy. Na szczęście herbata nie była zbyt gorąca, ale i tak ojciec pobiegł do łazienki spazmatycznym krokiem tancerzy flamenco.

Wracając do historii, to faktycznie, część ogonów znalazła się w babcinym biustonoszu, potrajając jego rozmiar, a część babcia schowała pod spódnicę. Kiedy pojawili się milicjanci, jednemu z nich zebrało się na amory i zaczął babcię miętolić, szepcząc, że ma niezłe cycuchy, a potem wsadził jej komunistyczną łapę reżimu pod spódnicę i zgadnijcie, na co trafił? Uciekł ze strasznym krzykiem – należy pamiętać, że Polacy żyli wtedy za żelazną kurtyną i nie wiedzieli, że istnieją na świecie transwestyci. Może nieborak nie przeżyłby szoku na widok mojej babci z siusiakiem. Choćby nawet świńskim. Dzięki temu jeszcze długo cała rodzina była karmiona kapuśniakiem na ogonach, który nazwano u nas w domu „kutaśniakiem".

Ach, zatęskniłem za babcią i Bulwiaczkiem. Mam nadzieję, że przyjadą na święta.

Po szkole

Zwolniłem się z dwóch ostatnich lekcji, bo dziś oprócz rocznicy stanu wojennego są imieniny mojej Łucji. Jesteśmy z Blachą umówieni z nią przed Tesco. Mamy jej pomóc w zakupach i przygotowaniu małej imprezki. Pewnie znowu przyjdzie to jej rasowe towarzystwo z rodowodem, z Batorego.

W nocy przygotowałem prezent. Jest to obrazek, a właściwie oprawiony w ramki wiersz z wyciętych z gazet liter, jakich używa się do sporządzania anonimów. Mówiąc krótko, jest to donos. Donos na mnie. Na powalającą, atomową siłę mojego uczucia.

jesteś dla mnie
świętą prostytutką świata
nadchodzi świt
między twymi udami
piję go łapczywie

z mojego gardła skowyt
pożądania

Trochę odważne, ale nie mogę dłużej ukrywać, że za każdym razem, kiedy o niej myślę, mam długotrwałą i uciążliwą erekcję.

Na widok Łucji obaj z Blachą omal nie zabiliśmy się o wózki na zakupy. Nasza bogini obdarzyła nas ciepłym i wyrozumiałym uśmiechem, jakim opiekun obdarza dzieci specjalnej troski. Zapakowaliśmy do wózka chyba tonę zakupów, a potem musieliśmy to wszystko zawlec do jej domu. Blacha niósł część siat i robił z siebie idiotę. On chyba nie potrafi normalnie chodzić, bo cały czas nerwowo podryguje. Zupełnie jak kiedyś pani H., gdy miała owsiki. Za życia, rzecz jasna, bo teraz już zbytnio nie podryguje. Przypomniałem sobie, jak wspólnie ćwiczyliśmy tai-chi i wypadł jej dysk. Tak się wzruszyłem, że zamazała mi się ostrość widzenia i walnąłem torbą w krawężnik, rozbijając słoik z korniszonami w occie.

Łucja – jak każda święta – wybaczyła mi. Dreptałem za nimi, próbując podsłuchać, o czym rozmawiają, ale byli za daleko. Ten cwaniak Blacha wpakował do swojej torby chipsy, snacki i paluszki, zostawiając mnie z litrami coli, puszkami tuńczyka, kukurydzy, melonami, ziemniakami i mnóstwem innych rzeczy, z których lekkomyślnie zobowiązałem się zrobić przekąski.

Na miejscu postanowiłem natychmiast unieruchomić Blachę, zaganiając go do krojenia i smarowania masłem maciupeńkich kanapeczek z bagietki. Z wolna zaczęło się schodzić zblazowane towarzystwo. Słyszeliśmy powitania, chichoty, okrzyki, piski.

Ale nic nie widzieliśmy, bo był huk roboty. Od czasu do czasu wpadała Łucja i porywała kolejny talerz z zagrychą, rzucając nam w locie:

– Och, chłopaki, jesteście wspaniali.

Spędziliśmy w jej cudownie urządzonej kuchni cztery godziny, w trakcie których przygotowaliśmy:

– 3 kilogramy pieczonych ziemniaków z masłem czosnkowym,

– 2 kurczaki z jabłkami,

– 3 talerze koreczków z serów pleśniowych, ananasa i winogron,

– miskę sałatki z tuńczyka,

– miskę sałatki greckiej,

– 2 półmiski bagietkowych kanapek,

– makaron tagliatelle z grzybami i śmietaną.

Kiedy skończyliśmy, wpadł do nas jakiś laluś, prosząc o wyrzucenie petów z popielniczek, a panienka z kolczykiem w języku zapytała, czy dużo bierzemy za catering, bo chętnie by nas wynajęła na swoje urodziny. Blacha od razu zaproponował full serwis także z innymi usługami, ale panienka nie zareagowała na tę oczywistą propozycję seksualną.

Jestem załamany, Łucja o nas zapomniała. Widzieliśmy ją jedynie w przelocie, ale załapaliśmy tylko zapach jej perfum. Spoglądałem na Blachę, licząc na jego siłę przebicia, ale wyglądał tak smutno na stołku z kuchenną ścierką w ręku, że zrezygnowałem z walki o wydostanie się z kasty trędowatych. Wreszcie Blacha przestał polerować gałki przy szafkach i się ocknął:

– Takiego wała! Niech sobie sama zmywa!

Rzucił fartuch na podłogę i wyszedł z mieszkania, jak na niego, bardzo dystyngowanym krokiem.

Podkradłem się pod drzwi salonu, gdzie trwało rozpakowywanie prezentów. Usłyszałem głos Łucji:

– To wiersz!

– Dawaj na głos! – wykrzyknął jakiś pryszczaty leszcz przed mutacją, a potem wyrwał jej z rąk moje dzieło.

– „Jesteś dla mnie..." – nerwowo zarechotał i nie wiem, co było dalej, bo jak zwykle w chwilach wielkiego stresu zdrzemnąłem się ździebko.

Wtorek

Przed chwilą była u mnie Łucja. Nie wiedziałem, jak spojrzeć jej w oczy po tej całej historii.

– Wiesz – zaczęła, siadając z wdziękiem na oparciu mojego fotela, od czego natychmiast zakręciło mi się w głowie – właściwie nie powinnam się do ciebie odzywać po tym, jak nazwałeś mnie prostytutką...

Poderwałem się na równe nogi i zacząłem nerwowo wyjaśniać, że to była tylko metafora, a w starożytnej Grecji to były nawet święte dziwki, które opiekowały się świątyniami, no i do dzisiaj są bardzo lubiane, wystarczy zobaczyć, jak świetnie prosperują agencje towarzyskie. Tak się zaplątałem, że nie wiedziałem już, jak z tego wybrnąć. Właściwie to może faktycznie nie powinienem porównywać jej do prostytutki, ale przecież nie miałem na myśli nic złego. Wreszcie Łucja przerwała mi ten nieskładny bełkot:

– Dobra, wiem, że zawsze wszystko komplikujesz. Wybaczam ci, ale tak naprawdę, to przyszłam porozmawiać z twoją mamą.

Jeszcze przez kilka minut próbowałem podstępem wydobyć z niej powód tej wizyty, ale była niezłomna jak słuchaczka Radia Maryja.

Mama miała sesję, więc musieliśmy zaczekać, aż skończy i jakiś nieszczęśnik z obłędem w oczach opuści jej gabinet. Zapadła między nami cisza pełna seksualnego napięcia. Plułem sobie w brodę, że siedzę w pokoju sam na sam z kobietą mego życia i zamiast oddawać się czynnościom nieaprobowanym przez Kościół katolicki, wyłamuję sobie nerwowo palce. Tymczasem z sąsiedniego pokoju dobiegały odgłosy, które sugerowały fundamentalny przełom w terapii.

– Przestań tłumić swoje obawy! Bądź sobą, powiedz prawdę! – nalegała mama.

Wreszcie rozległ się zduszony falset:

– Góóóóówno! Gówno, gówno, gówno!

Łucja spojrzała na mnie z dużą wyrozumiałością.

– Kiedy moi rodzice wyjeżdżają na weekendy integracyjne, też muszą robić takie rzeczy. No ale to dotyczy wszystkich pracowników ich firmy.

Wreszcie drzwi mojego pokoju otworzyły się z charakterystycznym skrzypieniem i ukazała się w nich skołtuniona głowa mamy. Zobaczyła Łucję, uśmiechnęła się z zawodową precyzją i subtelnie dała znać, że może już z nią porozmawiać:

– Następny proszę.

Zakiełkowała mi w głowie złowroga myśl, że Łucja ma jakieś problemy osobiste i przyszła do mamy po poradę. Jeśli sprawy przedstawiają się tak źle, to muszę ją natychmiast ratować. Jeszcze nigdy żaden z pacjentów mamy nie odzyskał równowagi psychicznej!

Wieczór

Nie wiem, co jest grane, ale mama już cztery razy zaglądała do mojego pokoju z głupkowatą zajawką: „Wszystko gra? Ra ta ta tata?". Podejrzewam, że wali jej w dekiel, jak by to określił jeden z polityków.

W europarlamencie skandal międzynarodowy! Posłom z LPR-u ktoś zakosił piętnaście biało-czerwonych flag, dziesięć proporczyków z orłem w koronie i duże zdjęcie Romana G., które stało na ich biurkach w sali obrad.

– To przemyślana krucjata przeciw wartościom katolickim i zamach na polskość! – grzmiał jeden z naszych eurodeputowanych.

Przewodniczący parlamentu był wyraźnie skonsternowany. Podobno wszyscy w Brukseli znają już porywczość naszych narodowców. Był nawet plan zakupienia dla nich z funduszu reprezentacyjnego śliniaków, bo w czasie zabierania głosu za często toczą pianę z pyska.

Środa, 15 grudnia

Wiadomość dnia: gadżety posłów znalazły się w kuble na śmieci. Przesłuchiwane są służby porządkowe. Najprawdopodobniej nie doszło do żadnego zamachu na polskość, tylko jakaś sprzątaczka okazała się nadgorliwa. Trwa ustalanie jej narodowości, bo może to mieć kluczowe znaczenie dla sprawy. Jeśli okaże się Niemką, to musimy się szykować do wojny.

Piątek

Dzisiaj po lekcjach mama zrobiła ćwiczenia oddechowe, po czym, spojrzawszy mi prosto w oczy, zaczęła dramatycznie:

– Synu!

O rany, umiera na gruźlicę i zostało jej pół roku życia? Jestem adoptowany? Zawsze była mężczyzną?

– Najdroższy syneczku... hmm, tego...

A więc jest gorzej, niż myślałem. Zaczyna się klimakterium. Uszczypnąłem się na wypadek, gdyby to wszystko mi się śniło. Nic z tego. Ruda zjawa z poplątanym afro na głowie nie tylko nie zniknęła, ale jeszcze usiadła na Oponie, biorąc mnie za rękę. W tym samym momencie cała nasza trójka podskoczyła jak rażona piorunem. Bezsprzecznie najbardziej poszkodowana była Opona. Już dawno nie widziałem jej tak pobudzonej. Cały czas tylko śpi, niejednokrotnie już się zastanawiałem, czy ona w ogóle jeszcze żyje... Teraz jednak nie miałem wątpliwości. Skowyczała przejmująco, patrząc z wyrzutem na mamę.

– No przepraszam, myślałam, że to sweter Rudolfa – kajała się moja rodzicielka.

Kiedy już udobruchaliśmy psa mentosem, znowu znalazłem się na celowniku.

– Rudi, dlaczego ja właściwie nic o tobie nie wiem? – spytała mama z rozbrajającą naiwnością, choć według mnie było to raczej pytanie retoryczne.

– Dlatego, mamo – zacząłem, cedząc mściwie przez zęby każde słowo – że jedyną osobą zasługującą na uwagę jesteś ty sama.

Uuuuu... ale strzał poniżej pasa! Mama w pierwszym odruchu zachowała się jak amerykański policjant chwytający za broń na dzień dobry. Jednak po chwili zrezygnowała z zabijania i, przełykając ślinę, powtarzała afirmacje przepisane jej przez znajomego psychiatrę: „Kocham moje dziecko bez względu na to, jak dalece nie spełnia moich oczekiwań".

Łucja zwierzyła się jej, że znalazła mnie śpiącego podczas imieninowego przyjęcia. Przeprowadziły wspólnie śledztwo, z którego wynikało, że moja śpiączka nie była spowodowana ani spożyciem alkoholu, ani zażyciem narkotyków. Blacha na potwierdzenie swojej prawdomówności zaryzykował wszystko, co ma („A niech mi więcej nie stanie, jak kłamię"). No i finał jest taki, że mama zamówiła mi wizytę u jakiejś neurologicznej sławy, która ma mnie kompleksowo przebadać za sumę dwustu pięćdziesięciu złotych polskich brutto. Mam tam iść jutro. Razem z nią. Ale najgorsze miałem usłyszeć za chwilę:

– Wiem, że do tej pory cię zaniedbywałam, ale teraz to wszystko nadrobię. Będę przy tobie na każdym kroku.

Ja się zabiję!!!

Sobota. Prywatna Klinika
Neurologiczna „Bodziec"

Założyłem starą anarchistyczną skórę Filipa, która pamiętała jeszcze złote czasy polskiego punk rocka, na głowę wcisnąłem pomarańczową czapkę prezerwatywkę, ale mój strój nie zdołał zniechęcić mamy. W jej sercu z siedemnastoletnim opóźnieniem wybuchł gejzer matczynych uczuć. Jestem tym przerażony. Już dawno przywykłem do tego, że rodzice nie bardzo interesują się moim życiem i wszystkie ważniejsze problemy muszę rozwiązywać sam. Zwłaszcza teraz, gdy nie ma pod ręką babci ani Bulwiaczka, a śp. Adela gryzie ziemię. Aż tu nagle zjawia się moja matka w całej krasie swego rodzicielskiego majestatu i zaczyna przytłaczać mnie swoją nadgorliwą opieką. To się nie może udać. Nikt nie odda mi zaprzepaszczonego dzieciństwa, samotnych godzin przepłakanych w poduszkę i tysiąca upokorzeń. Mam traumę i już do końca życia zostanę psychicznie pogięty. Daremne żale, próżny trud, moja pani. Dlatego teraz po prostu wściekam się, że polazła ze mną do tego lekarza. W dodatku w metrze wciąż mi naciągała czapkę na uszy. Co za obciach!

W gabinecie stanowczo sprzeciwiłem się jej obecności, co zaaprobowała pielęgniarka, utrzymując, że badanie ma charakter intymny. Trochę się spłoszyłem, bo tyle się teraz słyszy o molestowaniu seksualnym. Ale kiedy zza parawanu wysunął się malutki, skurczony staruszek w okularach jak denka butelek, od razu poczułem fizyczną przewagę. A nie mam po temu zbyt wielu okazji.

Po krótkiej rozmowie kazał mi się rozebrać do slipek i usiąść na krześle. Dwadzieścia minut później zacząłem się nerwowo kręcić, bo trochę już zmarzłem, na co lekarz rzucił się łapczywie w moim kierunku i zaczął mi badać puls. Gdy tylko otwierałem usta, by o coś zapytać, syczał:

– Milczeć.

No to milczałem spłoszony, podczas gdy on wziął do ręki mały młoteczek i zaczął krążyć wokół mojego krzesła niczym czujny jastrząb. Gdy się znalazł za moimi plecami, znienacka doskoczył bliżej i z całej siły walnął mnie tym młotkiem w kolano.

– Ożeż kurwa mać! – wydarłem się na całe gardło, zwijając się z bólu.

Mały człowieczek oblizał się z zadowoleniem.

– Znakomicie! Reakcja jak najbardziej na miejscu.

Polecił pielęgniarce zapisać wszystkie moje odruchy, miażdżąc mi równocześnie w palcach nadgarstek. Jak pragnę zdrowia, doktor Mengele! Z tego wszystkiego zaczęła mi drgać górna warga, co mi się czasem zdarza w chwilach szczególnego podenerwowania. Jak to zobaczył ten mały sadysta, przysunął swą pomarszczoną twarz do mojej tak blisko, że prawie dotykaliśmy się nosami. Miałem okazję obserwować przepiękny, malowniczy tik na jego górnej powiece. I tak trwaliśmy niczym zaklęci kochankowie – ja z pulsującą wargą, a on z rozklekotanym okiem – póki nie weszła mama i nie zapytała, czy jestem normalny.

– Jak najbardziej normalny. Powiem więcej, normalny ponad normę.

No świetnie, tylko ta diagnoza zabrzmiała raczej jak przepowiednia delficka, którą można dowolnie zinterpretować.

Dostałem jakieś ziołowe tabletki na uspokojenie. Lekarz zapewnił, że moje nagłe śpiączki są tylko chwilowym przejawem rozedrgania hormonalnego. Jednym słowem, wszystko wróci do normy, gdy podejmę regularne współżycie seksualne i przestanę się onanizować jak dziki wariat.

Poniedziałek

Gonzo znowu został szkolnym bohaterem tygodnia. Jego zdjęcie powieszono na Tablicy Skandali

Obyczajowych (wisi już przed gabinetem lekarskim, biblioteką i stołówką). Gonzo ma zakaz wstępu do wszystkich tych miejsc. Podejrzewam, że dawno już by wyleciał ze szkoły, gdyby nie to, że dyrektor ma do niego słabość. Na szczęście nie jest to słabość ani dyrygenta do chórzystów, ani księdza do dzieci z Tylawy. Chodzi po prostu o to, że Gonzo jest uczniem szczególnie niesubordynowanym, ale też szczególnie uzdolnionym, co podnosi poziom szkoły. Dyrekcja chwali się jego matematycznym geniuszem przy każdej okazji. Obawialiśmy się nawet, że ruszy z nim w objazd po Polsce niczym z jakimś wybrykiem natury.

Tym razem na lekcji religii pani katechetka poprosiła, by dzieci w dowolnej formie napisały parę słów na temat swoich dobrych uczynków, tego, że czyniły dobro, jednym słowem, głosiły chwałę Pana. Jego koleżanki i koledzy najczęściej prezentowali wierszyki w stylu:

Krzyś słucha mamusi
więc go diabeł nie kusi
lub:
Ola odmawia paciorek
i ma rajtuzki we wzorek

Ale Gonzo prędzej by umarł, niż się zniżył do takiego banału. Mój wspaniały bratanek napisał o sobie istny hymn pochwalny w formie... nekrologu. Dostaliśmy ksero od dyrektora:

16 grudnia odszedł, wysadzając się niechcący w powietrze, nieodżałowany Wiktorek (dla przyjaciół Gonzo), znany twórca wiekopomnych wynalazków takich jak: prze-

nośny fotel ginekologiczny, automatyczny ksiądz zdalnie sterowany, zestaw ślubny dla dwóch panów czy też żelazny pas cnoty dla młodych kleryków.

Mama dostała ataku spazmatycznego śmiechu, ale widząc srogą minę katechetki, obiecała kłamliwie, że w akcie pokuty popełzniemy wszyscy na Jasną Górę. Całe szczęście, że zbliżają się święta. Rodzice będą mieli czas na przemyślenie, jak wychowali tego młodego markiza de Sade.

Wtorek, 21 grudnia

Przeczytałem w gazecie o fundacji Dr Clown, która rozśmiesza dzieci przebywające w szpitalach. Szukają ochotników na Świętych Mikołajów. Serce ścisnęło mi się ze wzruszenia. Jeśli już jestem na tym świecie, to muszę zrobić coś pożytecznego. Mimo odstręczającej fizjonomii jest we mnie ogromna wrażliwość i gotowość niesienia pomocy. Zadzwonię do nich i zapytam o szczegóły.

Wieczorem spotkaliśmy się z Elką i Ozim w jaskiniach solnych. To chyba nasze ostatnie spotkanie w tym składzie. Ozyrys wyjeżdża zaraz po świętach, więc sylwestra spędzi już w Londynie. Wdychaliśmy ten jod i wdychaliśmy, mało nie dostaliśmy hiperwentylacji. Rozmowa jakoś się nie kleiła. Ozi wyraźnie spławiał Elkę, a ona sama wróciła do wyznawanych wcześniej skrajnie feministycznych poglądów:

– Bujaj się, męski kundlu...

To były bodaj najczulsze słowa, jakie do niego wypowiedziała. Zrobiło mi się strasznie smutno, bo wręcz namacalnie poczułem, że kończy się jakaś epoka w naszym życiu. Oddala się bezpowrotnie, pozostawiając gorzki smak przemijania. Stanęły mi przed oczami te wszystkie wspólnie spędzone odjechane chwile: Ozi taszczy mnie pijanego do schroniska Katharsis, Ozi w swojej wannie jako gangster z *Pulp Fiction*, Ozi i Elka śpiący w brokatowych makijażach po jakiejś imprezie. A jeszcze później oni razem, tak nieoczekiwanie w sobie zakochani... Taaa... każdy kolejny dzień zbliża nas do śmierci.

Cholera jasna! Ależ ta Elka przytyła!

Środa

Po nieprzespanej nocy wykonałem klasyczny rzut na taśmę. Konkretnie – Filipem. A zaczęło się od tego, że nie mogłem pogodzić się z nieuchronnością Ozyrysowego wyjazdu do Anglii. Po tylu dramatycznych latach burzliwej przyjaźni mieliśmy się ot tak, po prostu i banalnie rozstać? Nie byłbym sobą, gdybym przeszedł przez to bez cienia histerii. Postanowiłem zafundować Oziemu prawdziwe pożegnalne fajerwerki. Coś, czego długo nie zapomni. Filip właśnie uzyskał zgodę MZK. Oczywiście po uiszczeniu zapłaty w postaci moich oszczędności przeznaczonych na pogrzeb. Teraz pochowa mnie opieka społeczna, pijany grabarz wrzuci do zbiorowego grobu, a sknerusowata rodzina zapłaci za najtańszą tabliczkę: N.N. (nieznany). W tym kraju nie ma nic za darmo!

„Tramwaj zwany pożądaniem"
Całe wieki zajęło mi namawianie Oziego, żeby ruszył dupsko i przyszedł na swoją własną imprezę.

– Eee, nie chce mi się. Zimno, poza tym Elka mnie będzie molestować.

Odpowiedziałem, że jakoś wcześniej nie miał nic przeciwko temu, ale zapytał tylko o listę gości.

– No, ty... może ktoś jeszcze – zastanawiałem się gorączkowo, kogo jeszcze sprowadzić. Sprawa wypadła nagle, było już późno, i martwiłem się, że nie zdążę nikogo ściągnąć. Po chwili stało się dla mnie jasne, że rodzina nie uniknie łapanki i przymusowej rozrywki.

– ...Mama, tata, może Gonzo. Aha! No i oczywiście ja! – zawołałem entuzjastycznie, pewien, że to go ostatecznie zachęci.

– Nuda... – odrzekł, bezczelnie ziewając w słuchawkę.

Dzięki temu, że często dostaję w życiu kosza, przełknąłem tę gorzką pigułkę prawie bezboleśnie. Wreszcie Ozyrys się zgodził, ale pod warunkiem że przed dwunastą będzie w domu, bo leci horror *Wioska przeklętych dzieci*. Też mi atrakcja! Ja mam już po dziurki w nosie przeklętych dzieci. Ale może to dlatego, że mieszkam z Gonzo pod jednym dachem. Niestety, on też idzie na party, bo wciąż boimy się zostawiać go samego.

Punktualnie o 21.00 staliśmy całą rodziną na skrzyżowaniu Marszałkowskiej i Alej Jerozolimskich, oczekując honorowego gościa i tramwaju, który dzięki biurokratycznej ekscentryczności MZK mieliśmy oto przejąć we władanie na całe trzy godziny. I to była właśnie ta wspaniała niespodzianka.

Oczywiście już na samym początku wszystko poszło nie tak. Ozi się spóźnił, więc na skrzyżowaniu zrobił się tramwajowy korek. Wszyscy motorniczowie dzwonili i krzyczeli na naszego jak opętani. Biedak, jeszcze nie ruszył z nami w podróż, a już miał nerwy w strzępach. Wreszcie pojawił się ten Bóg Słońca, wspaniałomyślnie ciągnąc za rękaw swoją samicę, czyli Elkę. Gonzo wyjął z zębów purpurową różę i wręczył Oziemu ze słowami:

– Oto ciało i krew moja na wszystkie wieki wieków.

Boże, wybacz mu, bo nie wie, co ględzi.

Wreszcie wpakowaliśmy się do środka ponaglani chimerycznym kwękaniem motorniczego. Jak znam swojego pecha, to dostał nam się największy drętwiarz w całej warszawskiej sieci trakcyjnej. Włączyłem sprzęt grający zawieszony na rurce za pomocą paska od spodni. Z głośników wydobyło się narkotyczne łkanie Jamiroquai i towarzystwo ruszyło w pląsy. Najmniej ospały był Gonzo. Ruszał rytmicznie biodrami, a zszokowani gapie przylepiali nosy do szyb, kiedy staliśmy na światłach.

Ozi był oczarowany. Stwierdził, że w życiu nie brał udziału w tramwajowej imprezie i koniecznie muszę to opatentować. Zresztą wszyscy gratulowali mi pomysłu. Żałowałem tylko, że nie ma tu Łucji. Jestem pewien, że moja oryginalna kreatywność znokautowałaby ją niczym Tyson Gołotę. Tylko ojciec siedział jak idiota na miejscu dla inwalidy i, szczękając zębami, marudził, że zimno. Podniósł się tylko raz, żeby odpalić szampana i, niestety, dokładnie wtedy tramwaj wziął ostry wiraż, a dyndający magnetofon rąbnął go w górną dwójkę. Akurat w tę, którą niedawno sobie sztukował. Oczywiście się wściekł. Rozumiem, że to straszny niefart, ale mógłby nie psuć nam zabawy. Gonzo, kochane dziecko, wyciągnął z kieszeni superklej według własnej receptury i zaofiarował się, że doklei ojcu ułamany kawałek, ale ten zaczął wrzeszczeć jeszcze głośniej. Tańczyliśmy z Ozim i mamą, wpadając co chwila na szyby, Elka podciągała się na uchwycie nad drzwiami, ojciec kotłował się ze swoim wnukiem, tylko motorniczy wznosił oczy do nieba i mamrotał coś pod nosem. Ponieważ umiem czytać z ruchu warg, za żadne skarby nie powtórzę tych przekleństw. Był chyba zazdrosny, że kiedy inni się bawią, on musi pracować. Trzeba jednak obiektywnie przyznać, że miał nie lada zadanie. Nie dość że w oparach dymu tytoniowego (Elka pali przy moich rodzicach zupełnie otwarcie) nic nie widział, to jeszcze musiał uważać na zdesperowanych przechodniów, którzy chcieli załapać się na naszą bibkę. Co i rusz ktoś rzucał się na tory, wymachując butelką wódki i drąc się spazmatycznie:

– Wpuśćcie mnie, mam bilet!!!

Ogólnie impreza udała się znakomicie. Byliśmy obiektem pożądania większości warszawiaków, którzy stanęli oko w oko z naszym wesołym tramwajem, a ja odniosłem spektakularny sukces jako pomysłodawca i organizator całego przedsięwzięcia. Tylko Ozi skończył w Rydze, bo mieszał szampana z bobofrutem Gonza.

23 grudnia. Wigilia Wigilii

Jestem żywym trupem. Przed chwilą wróciłem obładowany z Tesco. Trwa tam krwawa jatka biednych karpi. Natychmiast po przyjściu do domu zadzwoniłem do straży miejskiej i fundacji Animals. Odmówiłem podania swoich danych, a także danych złoczyńców dokonujących okrutnej rzezi na niewinnych rybach. Z ich losem jakoś szczególnie się solidaryzuję. I one, i ja przez wiele lat nie mieliśmy w tym domu prawa głosu. Co roku wigilijny karp staje mi ością w gardle.

W mieszkaniu panuje stan klęski żywiołowej. Mama piecze świąteczne pierniki, a Gonzo je dekoruje. Aż strach pomyśleć, co to będą za cudeńka. W zeszłą Wielkanoc wszystkie pisanki przyozdobił swastykami, a na pełne oburzenia okrzyki domowników wyjaśnił, że to sztuka postmodernistyczna. Ojciec jako kulturoznawca i niedoszły historyk sztuki dostał spazmów z zachwytu nad tą błyskotliwą ripostą.

Nie ma znaku życia od babci i Bulwiaka. Strasznie bym chciał, żeby przyjechali na święta. Zawsze przywozili z tych swoich podróży odlotowe prezenty. Kiedyś podarowali nam maski zrobione z prawdziwych twarzy na wyspach Fidżi. Gonzo wkrótce poobcinał im wszystkie uszy, zrobił sobie z nich naszyjnik i tak odstrojony stawił się na ślub tej pary spóźnionych kochanków. Hi, hi. Dyrektor urzędu stanu cywilnego mało nie zemdlał z wrażenia.

Zadzwoniłem do Łucji z życzeniami:
– Życzę ci, by twoje stopy zawsze chodziły po obłokach i nie zaznały bruku, by twe myśli zamieniały się w anioły, by twe życzenia natychmiast się materializowały... ale najbardziej ci życzę, żebyś nie była taką piczką-zasadniczką i dała mi się w końcu pocałować!
– Po moim trupie, Rudi.

Wszystko mi jedno, żywa lub martwa – muszę ją mieć!

Godzina 1.00 w nocy

Skończyliśmy z ojcem ustawiać choinkę. Trzeba było ociosać siekierką pień, bo nie mieścił się w stojaku. Tata ma posiekane trzy palce, ale jest bardzo zadowolony. Jodła pięknie pachnie i zajmuje siedemdziesiąt procent naszej powierzchni mieszkalnej.

Wigilia. Bóg się rodzi, moc truchleje...

Struchlałem i ja, kiedy zobaczyłem rano własnego ojca w zakrwawionej pidżamie z nożem w ręku.

Więc małżeńska sielanka dobiegła końca. Cóż, kiedyś musiało się to stać, z moją mamą i święty by nie wytrzymał. Ale dlaczego w Wigilię?

– Zrobiłem to... – Narzędzie zbrodni wypadło ojcu z ręki, a usta zamieniły się w podkówkę. – Zabiłem, zabiłem...

– Tato! – Nie mogłem uwierzyć własnym oczom i kiedy już byłem o krok od zemdlenia, ojciec uśmiechnął się od ucha do ucha, z kuchni wyskoczyła mama ze zwłokami karpia i, zataczając się ze śmiechu, odśpiewali:

– Koniec i bomba, kto wierzył, ten trąba! Cha, cha, cha, cha, cha!

Boże, dostanę kiedyś przez nich zawału!

O 11.00 mam być w biurze fundacji Dr Clown. Idziemy do szpitala rozdawać dzieciakom prezenty.

Namówiłem Blachę. To będzie pierwszy raz, kiedy zrobi coś pożytecznego dla świata, choć za bardzo bym na niego nie liczył. Nie ma ani wrażliwości, ani polotu.

Szpital Dziecięcy na Litewskiej

Dobra. Jesteśmy już przebrani. Ja jestem doktor Guzik, a Blacha doktor Cymbał. Mamy lekkiego pietra, ale nadrabiamy miną. Miły lekarz uprzedził nas, że te dzieci są naprawdę ciężko chore, niektóre z nich wkrótce umrą. Ale mamy o tym nie myśleć i traktować je normalnie, skupiając się na wygłupach. Wcześniej dostaliśmy worki z prezentami. Są tam słodycze, gry, zabawki, książki. Mamy patrzeć dzieciakom prosto w oczy i zachowywać się tak, jakby to był najbardziej szalony dzień w naszym życiu.

Wyszliśmy na korytarz, pchnęliśmy drzwi do pierwszej sali i już wiedziałem, że tego nie dźwignę. Na szpitalnych łóżkach siedziały maluchy z łysymi główkami, z podłączonymi kroplówkami i w milczeniu wlepiały w nas poważne spojrzenia.

– Ekhe – kaszlnąłem, by zabić tę przerażającą ciszę – są tu jakieś grzeczne dzieci?

Wiem, że pytanie było po prostu skrajnie debilne, więc właściwie nie powinienem się dziwić, że dostałem odpowiedź, która zwaliła mnie z nóg.

– Nie, proszę Mikołaja – odezwała się rzeczowo dziewczynka o wielkich oczach. Tak wielkich i tak smutnych, że można byłoby skoczyć w tę ich szarą otchłań i lecieć, i lecieć bez końca. – Tu nie ma grzecznych dzieci. Tu wszystkie są niegrzeczne, bo nie słuchają i nie chcą wyzdrowieć.

– Tylko umrzeć – dobił mnie zadziorny głosik spod okna.

Zamknąłem oczy i prawie odgryzłem sobie język, żeby się nie rozpłakać. Nie miałem zielonego pojęcia, co dalej robić. Spodziewałem się, że będą na nasz widok śmiać się, krzyczeć, wyrywać sobie prezenty. Spodziewałem się wszystkiego, tylko nie tego, że będę musiał z nimi rozmawiać o śmierci! Aż tu nagle stał się prawdziwy cud. Cud nad cudami! Usłyszałem za sobą beztroski głos BB Blachy:

– No właśnie. Każdy, kto się urodził, musi kiedyś umrzeć. Na przykład ja jestem mikołajowy doktor Cymbał i już dawno umarłem.

Obejrzałem się z trwogą, niepewny, do czego zmierza. Ale Blacha był totalnie wyluzowany. Stanął na głowie (czym wywołał salwy śmiechu) i mówił dalej:

– Tam, skąd przybywam, wszyscy chodzimy od czasu do czasu na głowie, żeby złe myśli wymieszały się z dobrymi. Wtedy człowiek nie pamięta o smutnych sprawach. W ogóle tam jest odlotowo. Mówię wam, urwałem się tylko na chwilę, specjalnie, żeby rozdać wam prezenty. Już mnie pewnie szukają, bo mamy dzisiaj rozegrać mecz dmuchawcowy. Piłką jest dmuchawiec, ale nie sposób trafić nim do bramki i jest z tym kupa śmiechu.

Dzieci powoli schodziły z łóżek i otaczały Blachę. Jedno z nich dotknęło go ostrożnie:

– Wyglądasz jak żywy...

– O, bo ja jestem żywy. Żyję we wspomnieniach wszystkich, którzy mnie kochali, i zawsze mogę ich odwiedzić. Wsiadam na moją chmurę z turbonapędem i już jestem na ziemi. Tylko że normalni ludzie mnie nie widzą.

– A dlaczego my cię widzimy?

– Bo wy jesteście wyjątkowe. Każde chore dziecko ma w środku specjalne urządzenie, które pomaga mu widzieć niewidzialne. A jak nie uda się wyzdrowieć, to można dzięki niemu fruwać. Mówię wam, co za frajda!

Snując swoją magiczną opowieść, Blacha zaczął się witać z kroplówkami i urządzeniami do monitoringu, jakby były jego starymi znajomymi. Dzieciaki uśmiechały się rozbawione.

– Ale jak ja umrę, to moja mamusia będzie smutna... – wyrzucił z siebie chłopczyk coś, co widać najbardziej go martwiło.

– O, na to też mamy sposób. – Blacha był niesamowity! – Zamieniamy się w taką cieplutką mgiełkę, otulamy mamusię i przez moment ona czuje się tak blisko nas, jakbyśmy przy niej stali i trzymali ją za rękę. Wtedy przestaje tęsknić, a jak znowu zaczyna, to powtarzamy wszystko od nowa. Poza tym możemy zaprosić naszych rodziców tam, do siebie, podczas ich snu. Mówię wam, mamy tysiące sposobów.

Gdybym nie znał go wcześniej, pomyślałbym, że właśnie spotkałem najmądrzejszego człowieka na świecie. Stałem z rozdziawionymi ustami, a tymczasem Blacha rozdał wszystkie prezenty i, żegnając się ze swoimi nowymi fanami, obiecał:

– Na pewno wszyscy się kiedyś spotkamy. Będę na was czekał tam, na górze.

Byliśmy w szpitalu jeszcze dwie godziny. Blacha wszędzie radził sobie podobnie. Ale jak wiele go to

kosztowało, przekonałem się dopiero w drodze powrotnej. W autobusie płakał na cały głos.

Jestem w absolutnym szoku...

Wieczór

Za chwilę siadamy do stołu, jeszcze tylko ostatnie
poprawki. Gonzo wygląda w swoim garniturku jak
upiór w operze. Na świątecznych pierniczkach wid-
nieją podobizny wszystkich członków komisji śledczej. Ta z przewodniczącym ma kształt gruszki.
Mama włożyła pod obrus tyle siana, że nasz wigilijny
stół mógłby odgrywać stajenkę. Pewnie dlatego Gonzo ułożył na nim naszego psa – domyślam się, że miał
udawać osiołka. Niestety, natychmiast zasnął. Trzeba przyznać, że wśród tych wszystkich śledzi, pierożków i smażonego karpia prezentował się bardzo
malowniczo. Daliśmy Oponie spokój, niech sobie śpi.
Być może to jej ostatnie święta...

Wszyscy są uroczyście ubrani, ładni i mili. Jednym słowem – wielka ściema. Jak co roku i dziś w nocy będę czuwał, nasłuchując, czy Opona nie odezwie
się do mnie ludzkim głosem. Już tyle lat ją do tego na-
mawiam. Ona jednak wychodzi z założenia, że mowa
jest srebrem, a milczenie złotem. Cóż, szanuję jej
wybór, ale miło byłoby się dowiedzieć, co o mnie myśli po tylu latach dzielenia łoża. Podczas kolacji jej ogon
ciągle wpadał mi do talerza, ale przemogłem wstręt,
dając się zalać fali humanitarnych uczuć do wszelkiego stworzenia. Zresztą cały czas obserwowałem Helę
i Filipa. Wygląda na to, że jego wiarołomny romans
z Krogulczym Nosem tylko scementował to małżeństwo. Hela kwitnie i ma cały czas jędrne piersi.

Wciąż nie mogę otrząsnąć się po przeżyciach dzisiejszego przedpołudnia. Gdybym musiał być szczery, to przyznałbym, że już dawno nikt mi tak nie zaimponował jak Blacha. Ale nie muszę. Więc powiem obłudnie: udało mu się. Jak mawiała Ultra Violet, każdy ma swoje piętnaście minut sławy. Jednak w głębi duszy czuję dla niego autentyczny podziw. Widać w jego mózgu są nie tylko pustaki i płynna alkoholowa masa. W dodatku Blacha ma niezaprzeczalne zdolności aktorskie, czego mu w żadnym razie nie mogę powiedzieć, bo to przecież ja, a nie on, mam być wielkim i sławnym aktorem. Ale dość już na dzisiaj tej zawiści. Wzniosę za niego toast i oddam mu należną cześć.

A Ciebie, Boże, proszę, by te dzieciaki nie musiały iść do nieba. Przynajmniej nie tak szybko.

Noc

Przed północą poszliśmy na pasterkę. Dotarliśmy wszyscy z wyjątkiem ojca, który jak co roku skandalicznie upił się domową nalewką ze śliwek i nurkował w każdej napotkanej zaspie. Przed kościołem zaś urządził z sąsiadem prawdziwe gwiezdne wojny, czyli bombardowanie śnieżkami. Zostawiliśmy go w kompletnie przemoczonych butach i spodniach i udaliśmy się na mszę. W środku nabożeństwa kościelne drzwi otworzyły się z hukiem i rozległ się dramatyczny śpiew na dwa przepite głosy:
– Bóg się rodzi, moc truchleje!
Tata i pan Zdzisław mieli fioletowe nosy, potargane upierzenie na głowie i wyraz tak bezgranicznego uniesienia na twarzach, że organista dograł kolędę

do końca, a wierni pozwolili im odśpiewać ją w całości. Tylko ksiądz wznosił co chwila oczy do nieba, jakby stamtąd wyglądał odsieczy, bo obaj śpiewacy, nie znając słów, mocno improwizowali i w decydujących momentach wydzierali się zgodnie: „Tra la la la, ram tam tam tam!".

Całe szczęście, że w Boże Narodzenie wszystkim grzesznikom się wybacza, bo inaczej ojciec zostałby chyba obłożony ekskomuniką za zbezczeszczenie świętego miejsca.

Gdy wróciliśmy do domu, okazało się, że tymczasem Opona zeszła na naszym stole wigilijnym. Po prostu zasnęła na wieki wśród rodowej zastawy na specjalne okazje! Dostaliśmy zbiorowej histerii, bo przeżyła z nami osiemnaście lat i była pełnoprawnym członkiem rodziny. Uważam, że miała piękne życie i piękną śmierć. Los oszczędził jej bólu. To bardzo miło z jego strony. Zastanawiam się tylko, czy jeszcze żyła, kiedy jedliśmy kolację.

Święta, ciąg dalszy

Pochowaliśmy Oponę w ogródku pod jej ulubionym krzakiem porzeczek. Latem zawsze leżała w jego cieniu i niespiesznie pogryzała dojrzewające owoce. Ziemia była tak zmarznięta, że z trudnością wykopaliśmy jej grób. Mama co chwila polewała glebę wrzątkiem, aż zrobiło się straszne błoto. Kiedy było już po wszystkim, oddaliśmy cześć jej pamięci, a Gonzo odśpiewał nie wiedzieć czemu *Marsyliankę*. Bardzo się wzruszyłem.

Ciekawe, kto będzie następny. Nie zniosę kolejnych zgonów!

Już po świętach

Dostaliśmy mejla od babci! Przyjadą na początku stycznia. Zaprzyjaźniony szaman pożyczy im swój prywatny samolot. Mam nadzieję, że z pilotem.

Jestem tak objedzony, że nie mogę myśleć, bo każda refleksja boleśnie uwiera moją powiększoną wątrobę. To łakomstwo mnie kiedyś zgubi. Trzeba przyznać, że mama stanęła na wysokości zadania. W tym roku mieliśmy rybę w galarecie, barszcz z uszkami, pieczoną kaczkę, nadziewaną cielęcinę, sernik na zimno i przepyszny makowiec, z którego Gonzo wyjadł cały mak. Jego skłonność do wszelkiego rodzaju substancji odurzających jest bardzo niepokojąca.

Ojciec wyżarł już z apteczki cały raphacholin, więc zostaje mi tylko lewatywa.

Wstrząsające odkrycie! Właśnie przed chwilą znalazłem w puszce z herbatą rachunek za catering. Zatrzymam tę informację dla siebie. Niech reszta domowników myśli, że mama wreszcie dorosła do tego, by zostać przykładną panią domu.

Mimo wszystko bardzo ją kocham.

Ranek

Odwołuję to, co wczoraj napisałem. Moja matka nie daje mi żyć. Koniecznie chce się ze mną zaprzyjaźnić i, jak to określiła, „nawiązać dialog ponadpokoleniowy". Siedziała wczoraj w nogach mojego łóżka do drugiej w nocy! Zażyczyła sobie poznać:

– moich przyjaciół,

– moje skryte pragnienia,
– moje wszystkie tajemnice.

Czuję się inwigilowany i śledzony na każdym kroku. Jeśli ona teraz będzie nadopiekuńcza, to znowu będę musiał się wyprowadzić z domu. Tylko dokąd, dokąd? Dawniej mogłem schronić się u śp. Adeli. Że też musi nie żyć akurat teraz, kiedy jest mi potrzebna! Ludzie myślą tylko o własnej wygodzie. Chociaż z drugiej strony, gdy u niej mieszkałem, musiałem codziennie rano biczować się pokrzywami, bo pani H. była zwolenniczką zdrowego trybu życia.

Cóż, zostaje mi tobołek na ramię, pajda chleba w rękę i daleeej... w nieprzyjazny świat szukać swojego przeznaczenia.

Gonzo całymi godzinami przesiaduje na grobie Opony. Wystrugałem dla niej drewniany krzyż, chociaż nie wiem, czy była katoliczką.

29 grudnia

Zadzwonił dziś do mnie kumpel z klasy, że mają jeszcze jedno wolne miejsce w minibusiku i czy nie pojechałbym z jego znajomymi na sylwestra nad Zalew Zegrzyński. Mam mu dać odpowiedź najpóźniej za godzinę. Hm... sam nie wiem. Ten koleś zawsze był jakiś dziwnie nawiedzony, jakby z samego rana zderzył się z astralem. Ale jak nie pojadę, to znowu spędzę tę noc przed telewizorem, kłócąc się z rodzicami, bo każde z nas będzie chciało oglądać co innego.

Chociaż na tym wyjeździe mogą być jakieś nieznane mi dziewczyny i kto wie, co się może wydarzyć. Może nawet wreszcie się rozprawiczę, bo wiadomo, że alkohol odbiera rozum. Co prawda wolałbym to zrobić z miłości, ale zanim się Łucja zdecyduje, będę miał starczą impotencję i parkinsona, który mocno zredukuje mój koci wdzięk.

Oddzwoniłem i powiedziałem, że się zgadzam. Wyjeżdżamy z samego rana.

Dwie minuty później

To nie do wiary! Jak tylko nadarza mi się okazja, żeby stracić cnotę, to oczywiście muszą temu stanąć na przeszkodzie moi zawistni rodzice! A czy to moja wina, że oni okres radosnej prokreacji mają już dawno za sobą? No moja?

Kiedy zakomunikowałem im, że wreszcie zostałem przez kogoś zaproszony na sylwestra, mama oświadczyła, że i ona w tym roku po piętnastu latach terminowego płacenia składek doczekała się zaszczytu spędzenia tej nocy na balu Towarzystwa Wzajemnej Adoracji Psychologów i Terapeutów. No i mamy problem, bo Gonzo nie może przecież zostać sam w domu. Nie mielibyśmy potem dokąd wracać, a na miejscu naszej chatki tliłoby się tylko ognisko rozpalone za pomocą jakiegoś matematycznego algorytmu. Hela z Filipem wyjechali do Zakopca. Przez moment zastanawialiśmy się, czy nie wysłać im tam synka przesyłką kurierską, ale baliśmy się ewentualnych procesów sądowych za doprowadzenie kuriera na skraj szaleństwa. Mało kto wychodzi bowiem bez szwanku z bliskiego spotkania z Gonzo.

No i zgadnijcie, w jaki genialny sposób położono kres tej zgryzocie? Albo zostaję z Gonzo w domu, albo zabieram go ze sobą. Bez komentarza.

Noc

Chyba przegryzę sobie aortę z rozpaczy!!!

31 dzień grudnia – ostatnie podrygi

Już za kilka godzin skończy się ten rok. Szczęśliwie nadal żyję, a to na tym mało przewidywalnym świecie jest dużym sukcesem. Niestety, w moim przypadku jedynym. Życie przelatuje mi przez palce, podczas gdy inni pracują w pocie czoła. Proszę, oto czego niektórzy zdołali w tym roku dokonać:

– Sprawdzili, ile waży jedna łyżeczka takich... paprochów, czyli pozostałości po wypalonych gwiazdach. Miliardy ton!

– Wyczyniali cuda z nowym stanem materii, tzw. kondensatem. Może już wkrótce każdy z nas będzie mógł się sam skondensować. Mnie by się to bardzo przydało, bo Łucja często mówi, że jestem mało „konkretny".

– Odkryli, że dziewięćdziesiąt procent naszego DNA jest tylko śmieciem. Potem odkryli, że się mylili. Wyciągnęli to z kubła i teraz na nowo badają.

– Wyliczyli, że do końca tego wieku wyginą wszystkie płazy. Potem przyjdzie kolej na człowieka.

– Prześwietlili promieniami Roentgena cząsteczkę wody!

To już przesada. Oni się chyba nudzą w tych laboratoriach!

Zadzwoniłem do Łucji. Jest na nartach w Alpach. Ach, Boże, Boże, czemu to zrobiłem? Znów przypomniałem sobie o istniejącej między nami przepaści nie do pokonania. I nie jest to żadna górska przełęcz, tylko otchłań, jaka dzieliła biednego żydowskiego kramarza z ulicy Krochmalnej od Rothschilda.

A teraz dość tej histerii. Muszę ugotować bigos na świńskiej skórze, bo dzisiejszy bal jest składkowy.

Ośrodek kempingowy Nowa Majorka

Jak to jest Majorka, to ja jestem Naomi Campbell. Mamy wynajęty drewniany barak bez ogrzewania. Dwa pokoje na sześć osób plus Gonzo. Jeszcze teraz bolą mnie nogi, bo całą drogę musiałem go trzymać na kolanach. Gonzo bardzo przypadł do gustu moim towarzyszom. Niestety, dużo bardziej niż ja. Byli na mnie ostentacyjnie obrażeni, bo nie przywiozłem bigosu. Ale świńską skórą dysponowałem tylko pod postacią moich traperów, więc trudno, żebym wrzucił je do gara i gotował. Zamiast tego przywiozłem lekką i pożywną sałatkę z pora i fasoli. Siedząca obok mnie laska całą drogę dopytywała się namolnie:

– Co tu tak capi?

W domku jest dziesięć stopni ciepła. Całe szczęście, że kupiliśmy pokaźną baterię piwa, a dodatkowo i tak każdy coś wykradł z barku swoim rodzicom. Ja zabrałem ledwie napoczęty likier brzoskwiniowy. Zresztą i tak stał już tam od lat, więc pewnie starzy z ulgą przyjmą jego zniknięcie. Oczywiście nie mam zamiaru stracić kontroli ani też upić się do nieprzytomności. Nie jestem neandertalczykiem. Mam do picia stosunek pełen dystansu. To coś w rodzaju chłodnej kurtuazji – alkohol mnie toleruje, ale ja alkoholu, niestety, nie. Zawsze rzygam jak dzika świnia.

Z moimi nowymi znajomymi jest chyba jeszcze gorzej – wystarczy, że choćby spojrzą na butelkę, a już dostają małpiego rozumu. Tak samo było w sklepie monopolowym, gdzie dokonaliśmy niezbędnych zakupów. Zrobili taką oborę, że przewrócili na ekspedientkę wielką tekturową planszę z napisem: NIE BĄDŹ OBOJĘTNY! STOP DLA SPRZEDAŻY ALKOHOLU NIELETNIM! Kierownik sklepu był wściekły:

– Cholera jasna! Zawracanie głowy z tymi kampaniami. Człowiek już we własnym sklepie nie może się ruszyć, bo wszędzie te tabliczki: alkohol szkodzi, nietrzeźwym alkoholu nie sprzedajemy, młodzieży do lat osiemnastu... srata ta ta!

Na wszelki wypadek przyznaliśmy mu rację, bo wyglądał na jednostkę nadpobudliwą.

Gorączka sylwestrowej nocy

Godzina 21.00. Jeszcze się trzymam, ale nie wiem, kiedy polegnę. Moi przyjaciele stracili wszystkie cechy przynależne gatunkowi homo sapiens. Jak tak dalej pójdzie, to nie doczekamy północy. W domku obok policjanci z tutejszego komisariatu przygotowują się do fety. Gdzieniegdzie błyskają płomienie pojedynczych ognisk. Gdyby nie uciążliwe bekania moich kolegów, byłoby nawet romantycznie.

A teraz najważniejsze! Mam duże szanse na flirt, a może nawet coś więcej. Od paru godzin prowadzę ożywioną konwersację na tematy ogólnoludzkie z pulchnym dziewczęciem o słodkim imieniu Malina. Niestety, moja energia jest skierowana nie tylko na podprogową stymulację intelektualno-erotyczną tej niezbyt rozgarniętej niewiasty, ale też na nerwowe kontrolowanie wciąż zmieniającego się miejsca pobytu Gonzo. Muszę go mieć ciągle na oku, przez co dostaję lekkiej schizofrenii i zeza rozbieżnego. Jednak koszula bliższa ciału, więc zostawiłem go z kumplami i zaproponowałem Malinie małą wycieczkę krajoznawczą wzdłuż parkanu celem pogłębienia znajomości. Po kilku minutach znaleźliśmy intymną wyrwę w murze, a ponieważ milczenie się przedłużało, zjedliśmy moją sałatkę. Popiliśmy likierem brzoskwiniowym, który, niestety, nie zdołał zabić intensywnego aromatu przegniłej cebuli, jaki mieliśmy w ustach po posiłku. Potem patrzyliśmy w gwiazdy i mówiliśmy o tych wszystkich głupotach, o jakich gada się na randkach. Ze zdenerwowania cały czas pociły mi się ręce, bo wciąż nie wiedziałem, czy nadszedł już ten moment, by powalić Malinę na zamarznięte runo leśne i pocałować tak, żeby targnął nią długotrwały dreszcz. Za każdym razem, kiedy byłem tuż-tuż, stawała mi przed oczami szlachetna twarz Łucji stanowiąca oczywisty kontrast z okrągłą i czerwoną buzią Maliny.

Nagle rozległy się wystrzały i krzyki. Moja przyciężka nimfa zerwała się z ziemi jak oparzona:

– O jeny! Wypiją nam całego szampana, a ja tak lubię bąbelki!

Zarzucając na boki kuperkiem, pognała na swoich krótkich raciczkach, omal nie łamiąc obcasów w łowickich trzewikach. Kiedy tak na nią patrzyłem, przypomniałem sobie, że Blacha zwykł mówić na dziewczyny „świnie", i uderzyła mnie niezwykła trafność tego brutalnego określenia.

Dotarłem do naszego domku akurat w momencie, gdy Gonzo podrzucany do góry przez pijanych współbiesiadników dopijał z gwinta szampana. Jego stopy były bose i lekko przysmażone, bo właśnie wygrał konkurs chodzenia po rozżarzonych węglach. Towarzyszył temu pijacki harmider, odgłosy wydalania płynów ustrojowych i stek przekleństw. Jednym słowem, pełen wachlarz normalnych zachowań dzisiejszej polskiej młodzieży. Jednak dla policyjnych zgredów bawiących się obok musiało to być zbyt wiele, bo niebawem w drzwiach naszego królestwa pojawił się w sztok zezłomowany komendant w policyjnej czapce założonej daszkiem do tyłu i położył kres naszej nieskrępowanej zabawie:

– KURWAAAAA! Zamknąć ryje, bo wyrzucę z województwa!

I z tą oto przestrogą rozpoczęliśmy nowy, jakże obiecujący 2005 rok. A ja jeszcze dodatkowo z malinką na szyi, która pozostała mi po mojej malinowej kochance.

1 stycznia. Łeb mi pęka

Jest siódma rano. Od przystanku PKS-u niosłem Gonzo na barana. A to aż trzy kilometry! Rodzice mnie zabiją, jak zobaczą jego stopy. Ale przynajmniej przez jakiś czas nasz aniołek będzie unieruchomiony, więc zmniejszy się jego pole rażenia. Trochę mi go żal. Jest w końcu dzieckiem, co prawda nowym wcieleniem szatana, ale tak czy siak ma dopiero osiem lat.

Po drodze myślałem o przemijaniu, o życiu, o tym, jak szybko dorastam i że pewne rzeczy już dawno są za mną. Nigdy już nie będę mógł naprawić dawnych błędów, przeżyć pewnych sytuacji jeszcze raz. Jeszcze tylko kilka lat i jedyne, co mi pozostanie, to odkładać na własny pogrzeb. Przeraża mnie dorosły świat. Kiedy patrzę na rodziców, boję się, że odziedziczę po nich nieumiejętność przechodzenia przez życie w mało wyczerpujący i bezpieczny sposób. Na pewno nie ułożę sobie pomyślnie żadnych relacji osobistych, nie mówiąc już o tradycyjnej rodzinie. Będę miał najpierw problemy ze znalezieniem pracy, potem z szefem, potem z ZUS-em, potem ze służbą zdrowia, funduszem emerytalnym, a na koniec z zarządem cmentarza.

Mam siedemnaście lat. Jest to podobno najlepszy wiek dla szaleństw, nieskrępowanego szczęścia i beztroski. Ciekawe, ale ja niczego takiego nie odczuwam. Nawet nie będę miał na starość co wspominać. Jestem chyba skażony genetycznie. Wielcy tego świata dlatego są wielcy, że lśnią na tle bezimiennych, przeciętnych mas bezwładnej ludzkiej magmy. Obawiam się, że jestem jej częścią. Chciałbym być niebanalnym człowiekiem z rozwiniętym superego. Takim, do którego inni odnosiliby się z szacunkiem. Chciałbym na swoją własną lokalną skalę zrobić coś wielkiego, sprawdzić się, sprostać jakiemuś zadaniu. Ale co tu myśleć o wielkich sprawach, skoro nawet nie mogę stracić dziewictwa! Do tego nie trzeba mieć przecież żadnych kwalifikacji, tu natura jest bardzo sprawiedliwa. Byle cienias w moim wieku ma to już za sobą...

Chciałbym wreszcie mniej myśleć o seksie, śnić o seksie, tęsknić za seksem i wyobrażać sobie seks. Potrzebuję prawdziwych wyzwań!

No i się doigrałem! Ledwie pchnąłem zardzewiałą furtkę do naszego ogródka, ujrzałem siedzące na stopniach przed domem uosobienie ludzkiej udręki i konsternacji. Zazwyczaj jest nim mój ojciec lub Filip. Tym razem berło zbłąkanej owieczki dzierżyła Elka. Widok był niezwykły, bo moja dzielna przyjaciółka rzadko potrzebowała wsparcia. Była kobietą, która już od urodzenia jest typem teściowej, co to zawsze wie lepiej. Muszę przyznać, że widok był druzgocący: Elka była w nocnej koszuli, na którą narzuciła swoją sławną kurtkę Wojsk Ochrony Pogranicza. Na nogach miała eskimoskie kozaki z jakiegoś długowłosego zwierzęcia, na dłoniach resztki poobgryzanych paznokci, wzrok wbiła w małe pudełeczko z magicznym wzorkiem. Nie powiedziała do mnie ani słowa, tylko od razu udała się do kuchni, gdzie zaczęła robić sobie gorące kakao. Trochę mnie zemdliło na ten widok, no bo w końcu miałem za sobą maraton alkoholowy z uprzywilejowaną rolą likieru brzoskwiniowego. Zostawiłem ją chwilowo na dole i zaniosłem słabnącego z przepracowania Gonzo do łóżka. Próbowałem umyć mu stopy, ale nie pozwolił ich nawet dotknąć. Muszę przyznać, że bąble ma rekordowe, mógłby się na nich bujać lepiej niż na łóżku wodnym. Trzeba będzie znowu wezwać Gruczoła, który jest naszym lekarzem rodzinnym i przy każdej wizycie musi walczyć z nieokiełznaną pokusą poczęstowania nas cyjankiem.

Kiedy wróciłem do kuchni, Elka rozmrażała kacze udka na dzisiejszy obiad. To znaczy, że ma zamiar zostać tu przynajmniej do południa. Hm... myślałem, że się trochę zdrzemnę, nim rodzice wrócą z balu. Z nimi nigdy nic nie wiadomo. W zeszłym roku musiałem ich odbierać z izby wytrzeźwień.

Elka tymczasem zawołała Oponę:

– Muszę się do kogoś przytulić – wyjaśniła, pociągając nosem.

– Yyy... tego, to będzie trochę trudne, bo, eee... Opona jest nieco sztywna. Ściśle mówiąc, całkiem sztywna.

Elka patrzyła na mnie jak Aleksandra Jakubowska na swój manikiur zniszczony w wyniku katastrofy lotniczej.

– Ela, nie sądzę, żeby Opona dała się przytulić, bo jest martwa. Nieżywa na śmierć. Pochowaliśmy ją pod krzakiem w ogródku.

– A więc to jej grób! Myślałam, że kogoś innego.

Mało nie padłem z wrażenia.

– A niby kogo? Może na przykład kolegi Gonzo albo jakiegoś pacjenta mamy? To taka nasza rodzinna tradycja, że szlachtujemy gości i zakopujemy ich przed domem! Zwariowałaś chyba!

Ale Elka nie poznała się na moim dowcipie, tylko zaczęła ryczeć wniebogłosy. Ryczała i ryczała, aż wreszcie Gonzo zawołał z góry:

– Rudolf, zostaw ją, nie rozumiesz, jak kobieta mówi „nie"?!

Byłem bezradny. Mama, pracując z trzeźwiejącymi alkoholikami, niejednokrotnie uczulała mnie na dramatyczny syndrom odstawienia alkoholu. Może Elka już zdążyła wytrzeźwieć po nocnym szaleństwie i teraz przechodzi fazę bolesnego kaca? Albo ma okres, albo tęskni za Ozyrysem, albo... Moje dywagacje przerwał gwałtowny ruch, jakim rzuciła na stół dziwny mały przedmiocik. Był biały, z okienkiem w środku. Przebiegała przez nie cienka czerwona linia i druga – niebieska.

– Bardzo ładne – bąknąłem z głupia frant, a potem podniosłem, by mu się lepiej przyjrzeć.

Kiedy kontemplowałem to przedziwne cudeńko, drzwi otworzyły się z hukiem. W skondensowanych oparach alkoholu pojawili się moi swawolni rodzice.

– Oooo! Test ciążowy. – Mama wyjęła mi go z ręki.
– Pozytywny.

Ojciec huknął mnie z całej siły w plecy:

– A już się martwiłem, że z ciebie ostatnia fujara, synu. Zuch chłopak!

Tak się zdenerwowałem, że musiałem sobie uciąć małą drzemkę. To chyba najlepszy dowód, że w dalszym ciągu jestem prawiczkiem, więc w żadnym wypadku nie mogę być ojcem tego biednego ludzkiego embriona!!!

„Porozmawiajmy", czyli polowanie
na czarownice

Kiedy już wszyscy otrząsnęliśmy się z pierwszego szoku, mama zaproponowała coś na kształt panelu dyskusyjnego. Wyciągnęliśmy z łóżka mamę Elki, której na wieść o tym, że zostanie babcią, trzeba było podać krople walerianowe.

– Cholera jasna! Wszystkie pieniądze, które odkładałam na operację odmładzającą, pójdą teraz na urządzanie pokoju dziecinnego... – mruknęła ze smutkiem.

Moja mama była równie bezceremonialna:

— Który miesiąc?

— Koniec czwartego.

— Co??? I ty dopiero teraz się zorientowałaś? — Mama Elki nie kryła zdumienia. — Przecież nie wychowałam cię na ciemną i zacofaną pensjonarkę. Od najmłodszych lat wiedziałaś, czym się różni petting od joggingu! Jak mogłaś mi to zrobić? Jezus Maria, a twoja szkoła?

Tu do akcji wkroczył ojciec, który nie mógł już patrzeć na zapłakaną nieletnią.

— A czego wymagać od szkoły, skoro minister edukacji boi się nawet przyznać, że nie wierzy w bociana. Dzieciakom wtłacza się do głów, że seks uprawia się tylko po ślubie, środki antykoncepcyjne przepisuje proboszcz, a w sex shopach już niedługo będzie można kupić co najwyżej kalendarzyk małżeński! No i takie mamy efekty. Dzieci rodzą dzieci. Dlatego jak wejdę w styczniu na zastępstwo do Sejmu, mam zamiar aktywnie walczyć z tym ciemnogrodem. Jestem to winien mojemu nienarodzonemu wnukowi. Bo to będzie chłopak, rzecz jasna?

No i zaczęli się z mamą kłócić, bo ona powiedziała, że woli dziewczynkę. Spojrzeliśmy z Elką po sobie. Potem na cieszących się rodziców. Dość tego, ktoś musiał przerwać tę niesmaczną komedię pomyłek. Co prawda pochlebiało mi, że wszyscy uznali mnie za zdolnego do spłodzenia potomstwa, ale przecież nie mogłem brać na siebie odpowiedzialności za wychowanie cudzego dziecka. Elka była widocznie takiego samego zdania, bo przełknęła ślinę i powiedziała jednym tchem:

– Nie chcę być niegrzeczna, ale musiałabym chyba upaść na głowę, żeby to robić z Rudolfem. Traktuję go jak koleżankę.

KOLEŻANKĘ???

Zapadła grobowa cisza.

– To kto, u diabła, zrobił mnie babcią? Gdzie jest ten chojrak?

– Nie ma go ani w tym pokoju... ani w tym mieście... ani... – Elka cedziła informacje jak w telewizyjnej zgaduj-zgaduli.

– NAZWISKO! – Przyszła babcia nie wytrzymała nerwowo.

– ...ani w tym kraju – dokończyła moja brzemienna przyjaciółka. – Jednym słowem, szukaj wiatru w polu.

– Cha! cha! cha! cha! – roześmiałem się perliście, bo to było bardzo zabawne.

I w tym momencie musieliśmy zrobić mały antrakt dla nabrania sił, bo przyszedł Gruczoł. Jak zwykle w złym humorze. Wykorzystałem to, by po pierwsze, zejść mu z oczu, a po drugie, zanurkować w piwnicy pośród sterty starych gratów i odnaleźć kołyskę wystruganą przez Rezę. Prorok był z niego czy co?

Wieczorem

Mimo że sprawy seksu nie stanowią dla mnie żadnej tajemnicy (przynajmniej teoretycznie), to jestem cały czas w szoku. Fakt, że Elka jest w ciąży, oznacza automatycznie, że musiała wcześniej TO zrobić. Przynajmniej raz! Czy ja jestem jedynym na świecie egzemplarzem ludzkim żyjącym w celibacie? Niedługo umieszczą mnie w Muzeum Historii Naturalnej jako przykład niezwykłego wybryku matki natury.

Nie wiem, jak na to zareaguje moja szkoła, ale postanowiliśmy wspólnie walczyć o dostęp Elki do edukacji. Zapowiada się prawdziwa bitwa ideologiczna, bo dyrektor naszego liceum jest zdecydowanym przeciwnikiem rozmnażania się uczniów przed maturą. Tak czy inaczej, Elka zostanie wkrótce nie tylko młodocianą, ale też samotną matką niemowlęcia, które z dużą dozą prawdopodobieństwa będzie miało śniadą cerę. A to w naszym ksenofobicznym i nietolerancyjnym kraju może być niebezpieczne. Najgorsze są bojówki miłośników pewnej ortodoksyjnej rozgłośni radiowej. Ich słuchacze mają średnio siedemdziesiąt lat, ale nie muszą pić red bulla – uskrzydla ich ślepa furia walki o cnotę.

Niedziela, 2 stycznia

Byłem sam w domu, kiedy Gruczoł przyszedł na kontrolę. Zawsze w jego towarzystwie czuję się niezręcznie. Od kiedy pamiętam, kwestionował prawidłowość mojego rozwoju i bagatelizował wszystkie dolegliwości. A wiadomo, że jako przyszły aktor muszę być niezwykle wyczulony na wszelkie symptomy choroby. „To się nazywa hipochondria" – wysyczał mi kiedyś gniewnie. Ja nie rozumiem, lekarz powinien mieć na względzie przede wszystkim dobro pacjenta. Przecież składał przysięgę hipokryty! Poza tym ciągle coś niezrozumiale mamrocze pod nosem. Mam wrażenie, że są to głównie inwektywy.

Teraz też – otworzyłem mu drzwi, grzecznie powiedziałem „dzień dobry", na co on od razu:

– Szlag by trafił!

Chyba rzeczywiście bardzo mało płacą im w tej służbie zdrowia. Są tak sfrustrowani i wściekli, że przypominają chodzące bomby zegarowe. Palestyńczycy mogliby ich wykorzystywać w swojej walce o niepodległość. Zaoszczędziliby przynajmniej na materiałach wybuchowych.

Zaprowadziłem go do Gonzo. Jest już znaczna poprawa, niedługo będzie mógł chodzić, co przyjęliśmy z umiarkowanym entuzjazmem. Gruczoł zagroził, że jeśli jeszcze raz będziemy Gonza przypiekać żywcem, to zgłosi sprawę do prokuratury. Za nic nie chciał uwierzyć, że nikt go nie zmuszał do chodzenia po rozżarzonych kamieniach.

– Akurat! Które normalne dziecko dobrowolnie rzuca się w ogień?

O! Gonzo go jeszcze nie raz zadziwi. Im prędzej to przyjmie do wiadomości, tym lepiej dla jego psychiki. Tymczasem nasz doktor Judym, uosobienie poświęcenia, oglądał stopy pacjenta i liczył bąble.

– ...jedenaście, dwanaście, trzynaście. O siedem mniej – obwieścił z tryumfem.

– Trzynaście to liczba szatana – zawtórował mu równie szczęśliwy ośmiolatek.

Gruczoł trochę się zaniepokoił, ale to było jeszcze nic. Poprzednim razem zapisał mu specjalną miksturę do smarowania oparzeń. Miała jednak potworną wadę: wszędzie zostawiała tłuste, smoliste ślady. No i teraz wzrok Gruczoła zawadził nieopatrznie o ściany. Widząc jego zaskoczenie, spojrzałem w to samo miejsce i skamieniałem tak jak on. Na górze, pod sufitem, widniały wyraźne, ciemne ślady stóp!

Trzeba będzie chyba wezwać egzorcystę do tego dzieciaka.

Wtorek, 4 stycznia

W naszym domu ponad wszelką wątpliwość straszy. Ktoś w środku nocy włączył na cały regulator płytę *The Best of Burt Bacharach*. Mama, zamiast wezwać policję, wrzeszczeć ze strachu albo zrobić coś równie naturalnego, po prostu zaczęła... tańczyć. Tymczasem tajemniczy duch cztery razy puścił ten sam kawałek (*I'll Never Fall in Love Again*), jakby nie mogąc się pogodzić z odebraniem szansy na przeżycie kolejnej miłości.

Rodzice bagatelizują problem. Uważają pewnie, że to ja robię głupie numery. Ale w końcu znają mnie wystarczająco długo, by wiedzieć, że nie mam poczucia humoru.

Rano znalazłem na grobie Opony sponiewierane boa babci. Na dróżce prowadzącej do furtki leżało pełno fioletowych piór. Nikt mi nie powie, że nie ma się czym przejmować.

Elki nie było dziś w szkole. Poszła ze swoją mamą na badania lekarskie i po zaświadczenie o ciąży.

Noc

Oczy mi się kleją, ale nie mogę zasnąć. Wyczekuję wizyty ducha lub nieoczekiwanego ciosu w plecy. Pozasłaniałem wszystkie lustra, by żadna zbłąkana dusza nie mogła tędy przejść do naszego świata. Mam nadzieję, że nie jest to szczególnie złośliwa zjawa i będzie możliwa wzajemna pokojowa koegzystencja. Gorzej, jeśli to będzie na przykład duch jakiegoś seryjnego mordercy straconego na krześle elektrycznym.

Czuję wyraźny lodowaty powiew i niebezpieczne wibracje. Może to zbłąkany astral albo pozaziemska plazma? Cholera jasna! Dlaczego akurat teraz muszę sobie z taką dokładnością przypominać sceny z filmu *Krąg* albo *Inni*. Myślałem, że się posikam ze strachu, kiedy Nicole Kidman weszła do pokoju swojego dziecka i zobaczyła je przykryte jakąś firanką. A kiedy podeszła bliżej...

Cśśś... Nie, to tylko ojciec chrapie na dole...

...a kiedy podeszła bliżej to spostrzegła, że jej dziecko ma twarz jakiejś staruchy.

Dobra, idę spać. Muszę przestać o tym myśleć, bo zwariuję.

...a potem się okazało, że oni wszyscy nie żyją. A może ja też już nie żyję, tylko o tym nie wiem, i otaczają mnie same duchy, które przenikają przez drzwi zamknięte na klucz? Na pewno będą czegoś ode mnie chciały, ale jak ja się z nimi porozumiem? Jeśli nie spełnię ich żądań, to się mocno zdenerwują. Tak jak ta kobieta z *Kręgu*, która wychodziła ze studni takim dziwnym posuwistym krokiem i miała długie włosy. A jak bohater je odgarnął, to się okazało, że nie ma w ogóle twarzy... AAAAAAAAAAAAAAAAA!!!!!!!!!!!
!!!!!!!!!!!!!!!!!!!!!

Piąta rano

Obudziłem cały dom, sąsiadów z lewej i z prawej strony. Jak wróciłem do łóżka, okazało się, że nie ma mojego jaśka. Ja chcę do mamusi!

Przy śniadaniu zaproponowałem, żeby wziąć przykład z bohaterów filmu Stevena Spielberga i zawezwać odczyniaczy złych mocy, egzorcystów i wróżki. A jeśli nasz dom też został wybudowany na terenie dawnego cmentarza? Albo kiedyś mieściła się tu prasłowiańska osada zmasakrowana przez... yyy... na przykład tureckiego najeźdźcę?

– Wojny z Turkami były dopiero w siedemnastym wieku, wtedy przodkowie Piasta Kołodzieja już dawno wyginęli – poinformował mnie Gonzo tonem pełnym wyższości.

Ale mama się przejęła.

– Może i trzeba coś zrobić. Duchy z reguły wybierają na swoją ofiarę najsłabszą jednostkę.

Nie wiem, dlaczego spojrzała na mnie. Przecież to Gonzo jest w tym domu najmłodszy. Ale na miejscu pozaziemskiej zjawy też wolałbym nie mieć z nim do czynienia.

Wszyscy zaczęli się spieszyć, sprzątać chaotycznie ze stołu i szukać dokumentów ojca.

– Mam dzisiaj odczyt w moim klubie Sejmowego Planktonu na temat dostępu polskiej młodzieży do edukacji seksualnej.

– Nawet mnie nie zapytałeś o zdanie – burknęła z wyrzutem mama, ukręcając sobie jak zwykle na głowie kołtun gigant.

– A uważasz, że w tej dziedzinie jako państwo nie mamy sobie nic do zarzucenia? – Ojciec był niebotycznie zdziwiony.

– Nie o to mi chodzi. Nawet mnie nie zapytałeś, czy się zgadzam na twoją działalność polityczną. Na początku jest fajnie, ale prędzej czy później i tak się kończy w więzieniu. Jeszcze nas pociągniesz za sobą na dno i zanim ktoś sobie o nas przypomni, będziemy tam leżeć jak „Titanic". Doszczętnie rdzewiejąc.

Po tej kategorycznej przepowiedni zapytała nagle z głupia frant:

– Ktoś sobie pożyczał moją karminową pomadkę do ust?

Może i nie byłoby w tym nic dziwnego, gdyby nie fakt, że kierowała to pytanie do trzech facetów!

Lada dzień powinna wrócić babcia z Bulwiacz-kiem. Upiekliśmy dla nich wieczorem tort bakalio-wy. Niestety, Gonzo ozdobił go pianką do golenia w sprayu.

Czwartek

Elka ma zwolnienie do końca tygodnia ze względów psychicznych. W poniedziałek musi obwieścić dyrektorowi wstrząsającą prawdę i poddać się ocenie Sądu Nauczycielskiego, Sądu Koleżeńskiego i Sądu Kuratoryjnego. Martwię się, czy to nie za dużo jak na jedno, bardzo ludzkie zresztą, przewinienie. Ozyrys przysłał mejla, w którym zobowiązuje się partycypo-wać we wszystkich kosztach utrzymania potomka, ale dopiero wtedy, gdy się trochę odkuje. Postanowił robić w Londynie maturę i szukać tam potem pracy. A więc zachował się jak prawdziwy mężczyzna – dyplomatycznie wymigał od odpowiedzialności i dał drapaka.

Gdyby mnie Elka słuchała, to teraz nie tkwiłaby po uszy w sytuacji bez wyjścia. Ciągle jej powtarzałem, że faceci są ułomnym wytworem matki natury i nie można na nich polegać. Wystarczy spojrzeć na mojego ojca lub brata. Obaj mieli pozamałżeńskie romanse, a jak się wszystko wydało, to tchórzliwie zrzucali całą winę na kochankę, opowiadając niestworzone brednie, że podłość i wyrachowanie kobiet nie znają granic. Są oczywiście chlubne wyjątki, jak ja, ale kobiety ich, niestety, nie cenią. One wprost uwielbiają zimnych drani, przez których mogą potem płakać bez końca i mieć na amen złamane życie.

Po południu zaprosiłem Elkę na odprężający spacer po okolicy. Nie chcę spotykać się z nią w domu ze względu na grasującego w nim ducha. Co prawda dziecko ma się narodzić w maju, ale pod wpływem stresu akcja porodowa mogłaby ulec znacznemu przyspieszeniu i jeszcze musiałbym osobiście przegryzać pępowinę. A nie czuję się do tego w żaden sposób przygotowany.

Chodziliśmy po parku, popychając się od czasu do czasu. Oczywiście w ramach wygłupów. Szczerze mówiąc, zupełnie nie wiem, jak mam się do niej odnosić. Z jednej strony jest to ta sama poczciwa Elka, a z drugiej – kobieta brzemienna, przyszła matka, Santa Madonna! O rany! I pomyśleć, że jedna krótka przyjemność powoduje potem tyle zgryzoty. Ten seks jest zdecydowanie przereklamowany! Nie wiem, co ludzie w nim widzą...

Całe szczęście, że nie znać jeszcze brzucha. Za parę miesięcy będzie jednak gorzej i niektórzy mogą mnie wziąć za ojca przyszłego noworodka. Ale przecież nie mogę teraz zostawić Elki na pastwę losu.

Przyszedł czas prawdziwej próby dla naszej damsko-
-męskiej przyjaźni!

Jedyna korzyść z tej ciąży jest taka, że Elka wreszcie przestała kopcić te swoje śmierdzące papierochy.
Chociaż i tak pewnie dziecko ma już kilogram smoły
w płucach.

Sobota

Zadzwoniłem o świcie do Elki, żeby sprawdzić,
czy nie odeszły wody płodowe, i zapytać o ogólne samopoczucie. Czytałem gdzieś, że kobietom w ciąży
tak walą hormony, że ciągle trzeba je mieć na oku,
żeby nie zrobiły jakiegoś głupstwa. Elka jednak nie
doceniła mojej bezinteresownej troskliwości.

– Odwal się, Rudi! Zamęczasz mnie już tymi pyta-
niami. Czy nie rozumiesz, że chciałabym chociaż na
moment zapomnieć, że lada moment przytyję dwadzieścia kilo, dostanę rozstępów, sflaczeją mi piersi
i będę przez najbliższe trzy lata zrośnięta z małą
krwiożerczą, ciągle płaczącą, sikającą i bekającą bestią?!!

O kurczę! Nie jest najlepiej z jej instynktem macie-
rzyńskim.

Na dole w salonie zaczęli się tymczasem gromadzić uczestnicy warsztatów terapeutycznych prowadzonych przez mamę. Ona już chyba nigdy nie da tym
biednym ludziom spokoju. Ciągle ich maltretuje jaki-
miś psychologicznymi nowinkami. Co prawda udział
w zajęciach jest dobrowolny, ale zbyt długo jestem
dzieckiem terapeuty, by nie wiedzieć, że dysponują
oni całą paletą technik uzależniających. To taka sekta,
tyle że aprobowana przez prawo. Obiecałem sobie

do końca życia omijać ich gabinety wielkim łukiem. Wystarczy, że własna matka tyle lat robi mi krzywdę. Teraz przygotowują się do Treningu Radykalnego Wybaczania, który ma polegać na nieskrępowanym obrzucaniu się inwektywami, a potem wpadaniu sobie w ramiona. Mam nadzieję, że tym razem sąsiedzi zaniepokojeni odgłosami krwawej jatki nie wezwą na odsiecz straży miejskiej. Liczę też na interwencję naszego tajemniczego ducha. Nareszcie mógłby sobie poużywać!

Ojciec na wszelki wypadek zabarykadował się w piwnicy, a Gonzo poszedł na weekend do swoich rodziców. Muszę i ja czym prędzej się ewakuować, bo jeszcze wpadnę w szpony tych żądnych krwi obłąkańców. Idę do BB Blachy.

Osiedle domków jednorodzinnych Luksus

Zawsze myślałem, że Blacha pochodzi z rodziny patologicznej, dlatego nigdy wcześniej go nie odwiedzałem. Bałem się obrazu rudery z dykty i ojca pijaka bijącego liczne obdarte rodzeństwo mego ziomala. Szczerze mówiąc, bardzo się na tej wizji zawiodłem. Blacha okazał się rozpieszczonym maminsynkiem z własnym ministudiem na poddaszu. Może tam bez skrępowania rozwijać swoje mikre talenty. Co za niesprawiedliwość! Gdybym ja wychowywał się w tych warunkach, mógłbym nawet zostać prezydentem. Chociaż czytałem ostatnio w gazecie o pewnym angielskim ministrze, który osiągnął najbardziej prestiżowe funkcje w państwie tylko dzięki własnej pracowitości i niezwykłej wręcz inteligencji. A urodził się w rodzinie zdegenerowanych pijaków, którzy oddali go na wychowanie do ośrodka pomocy społecznej. W dodatku był od urodzenia ślepy! Gdyby nie zdjęcia, pomyślałbym, że to tylko wymysł jakiegoś nawiedzonego scenarzysty hollywoodzkich produkcji science fiction.

No i ten koleś przez całe życie musiał udowadniać, że nie jest nienormalny. Zupełnie jak ja. Wreszcie pokończył różne studia, został ministrem i na swoje nieszczęście wdał się w kilkuletni romans z pewną rozkapryszoną mężatką, która była ciekawa, jak to jest uprawiać seks z niewidomym. Jak się sprawa wydała, to podał się do dymisji, twierdząc, że członek rządu jako osoba sprawująca publiczny urząd musi być moralnie nieskazitelny. A to przecież nie była jego wina, bo on tę laskę autentycznie pokochał i oświadczał się jej kilkakrotnie. Dorobili się nawet dwóch synów! Cała ta historia wywołała u nas w domu istne tornado i zażartą dyskusję nad granicami przyzwoitości polityków. Zgodnie doszliśmy do wniosku, że podobna sprawa nie mogłaby mieć miejsca w naszym demokratycznym kraju. U nas nikt nie byłby takim idiotą, żeby z równie błahego powodu odsunąć się od koryta. Żyjemy w państwie, w którym, jeśli raz osiągnie się władzę, to można już właściwie wszystko:

– kupować ustawy,
– spotykać się ze szpiegami innych krajów,
– przyjaźnić z mafiosami (ale jest to z natury przyjaźń krótkotrwała, bo wszyscy oni nie żyją zbyt długo),
– sprzedawać rafinerie, które nie są naszą własnością,

– molestować seksualnie pracowników, księży, uczniów i pacjentów,

– prać pieniądze nie w pralniach, lecz wydawnictwach (Gdańsk – miasto cudów),

– wysyłać męża, siostrę, siostrzenicę oraz całą armię krewnych i znajomych po haracze do zaprzyjaźnionych firm.

A romansów pozamałżeńskich i nieślubnych dzieci to w ogóle można mieć ile tylko dusza zapragnie! I czy ktoś ma jeszcze jakieś wątpliwości, że żyjemy w naprawdę wolnym kraju?

U Blachy przećwiczyliśmy kilka naszych hitów, bo jesteśmy zespołem czekającym na odkrycie i musimy być w ciągłej gotowości. Jako autor tekstów mam ciągły problem z bluzganiem. Blacha zarzucił mi, że życie nie dało mi chyba nigdy w kość, bo mało we mnie agresji i coś nie bardzo z „fuckowaniem". I kto to mówi! Koleś w futrzanych bamboszach, który obok zdjęcia Marilyn Mansona ma w swoim pokoju zegar z Myszką Miki! Ten jego ogolony łeb to tylko wielka ściema. Jedyne, co jest prawdą w tym starannie wypracowanym image'u hiphopowca, to proste postrzeganie świata w kategoriach czarno-białych. Obce mu są wszelkie niejasności, meandry i zakręty natury filozoficznej. Te subtelne różnice są widoczne tylko dla jednostek szczególnie uzdolnionych, wybitnych. Powiedziałem mu, że jako twórca sztuki społecznych nizin jest dla mnie mało wiarygodny, jeśli tkwi w fotelu z Ikei za tysiąc zeta.

– Byt nie określa świadomości. Tak myśleli komuniści i jak skończyli? Najważniejsza jest świadomość wspólnych celów, do jakich dążymy.

– A do jakich dążymy? – zapytałem, bo lubię wiedzieć, dokąd zmierzam.

– Do Wielkiej Polski, do naszych prawdziwych korzeni i do tego, żeby wszystko było... normalnie – spuentował, marszcząc czoło.

Cóż, jego wypowiedź to niewątpliwy sukces. Jak mi ostatnim razem streścił swoje poglądy społeczno--polityczne, to prawie wszystko trzeba było wypikać. Sam nie mogę zrozumieć, dlaczego my się właściwie przyjaźnimy. Łączy nas tylko rachitycznie działająca kapela PRÓBNY WYBUCH i to, że obu nas Łucja puściła w trąbę. A właściwie to mnie bardziej, bo Blacha zdołał ją wcześniej chociaż trochę pomiętolić, podczas gdy ja mogę się tylko na tę myśl łakomie oblizać.

Niedziela, 9 stycznia. Godzina 6.00 rano

Obudziłem się niesłychanie podniecony. To jeden z nielicznych dni w roku, kiedy naprawdę chce mi się żyć i wraca mi wiara zarówno w pojedynczego człowieka, jak i w dziki tłum. Dziś gra Wielka Orkiestra Świątecznej Pomocy. Już trzynasty raz! Każdy z nas może dorzucić swoje trzy grosze do tej wspaniałej akcji. Owsiak na prezydenta!

Godzina 11.00

Wspaniale! Cała Polska wyległa na ulice! Polonia amerykańska i kanadyjska kwestuje za oceanem. To wielki sukces! Zaraz wstaję i idę w miasto wrzucić do puszeczki kilka drobniaków. Kto wie, może akurat dzięki mojemu datkowi da się kupić kolejną pompę transfuzyjną lub stojak na kroplówkę?

Godzina 15.00

Dopiero zjadłem śniadanie. Nie mogę dojść do siebie po trudach całego tygodnia. Rodzice poszli z Gonzo na jeden z licznych festynów w tym fantastycznym i podniosłym dniu. Ja też zaraz idę.

Godzina 18.30. W wannie

Rodzice już wrócili. Wiem, bo dobijają się do łazienki, podczas gdy ja mam chyba prawo wziąć raz na tydzień relaksującą kąpiel i oczekiwać, że nikt nie będzie mi przeszkadzał. Gonzo zapytał, czemu jeszcze nic nie dałem na Wielką Orkiestrę. Ten dzieciak jest idiotą. Przecież doskonale wiem, że to obowiązek każdego przyzwoitego Polaka, nie musi mi o tym przypominać. Zaraz idę.

Godzina 22.00

Nareszcie porządnie odpocząłem. Właściwie nic nie robiłem cały dzień, ale to też jest od czasu do czasu potrzebne. Za chwilę idę na Owsiaka. Na szczęście mam jeszcze mnóstwo czasu, bo Orkiestra gra do północy. Nigdy bym sobie nie wybaczył, gdybym nie wziął w niej udziału. Tego dnia nawet najgorszemu żulowi mięknie serce.

Godzina 0.15. Na naszej ulicy

To wprost nie do wiary! Tyle się mówiło o tysiącach wolontariuszy! Mieli być w każdym miejscu, by wszyscy chorzy, ułomni i niedorozwinięci także mogli przyłączyć się do tej ogólnopolskiej akcji, a tymczasem przeleciałem naszą ulicę wzdłuż i wszerz i nie spotkałem żywego ducha!!! To straszne! Napiszę skargę na haniebną postawę kwestujących ochotników. Nie mam swojego serduszka. Jak ja jutro spojrzę ludziom w oczy? Wygląda na to, że jestem bardziej dotknięty znieczulicą społeczną, niż myślałem...

Chociaż z drugiej strony kto to słyszał, żeby obywatele w taki sposób dofinansowywali publiczną służbę zdrowia? Jak tak dalej będziemy wyręczać we wszystkim nasz rząd, to już w ogóle palcem nie ruszy. Właściwie to, że nic dziś nie dałem Orkiestrze, nie jest z szerszej perspektywy takie godne potępienia. Też coś zrobiłem dla kraju. No bo teraz minister zdrowia będzie się musiał nieźle nakombinować, skąd wytrzasnąć te brakujące pięć zeta. Ha!

Wtorek, 11 stycznia

Wczoraj Elka ujawniła prawdę naszej radzie pedagogicznej. Dziś zwołano specjalny apel. Denerwowałem się tak bardzo, jakbym to ja był sprawcą całego zamieszania. Kiedy już spędzono do auli wszystkie klasy, odśpiewano hymn szkoły (*Niestraszny nam głód, gdy lekcji mamy w bród...*), dyro wyszedł na środek i rozpoczął przemówienie:

– Jako pedagog z wyboru, a jednocześnie i z przymusu, stanąłem przed trudną koniecznością podjęcia decyzji. Moim idolem był zawsze Napoleon... – Tu włożył sobie prawą dłoń za kamizelkę w charakterystycznym geście. – ...który nie zląkł się nawet srogiej rosyjskiej zimy... która, jak wiadomo, pogrzebała jego strategiczny geniusz, który...

Truł jeszcze jak potłuczony co najmniej z pół godziny. Ostatnie rzędy usiadły na podłodze, a biedna Elka wystawiona na widok publiczny niczym nierządnica pod pręgierzem szeptała coś do mnie z oddali, starannie składając usta w poszczególne sylaby:

– ...a-le mi się... chce... ja-rać...

No nie, mogłaby w takiej chwili zachować nieco godności! Tymczasem nasz lokalny Bonaparte dotarł ze swoją ulubioną opowieścią do wyspy Elby i wreszcie wszyscy mogliśmy się dowiedzieć, po co nas, u diabła, trzyma tu o suchym pysku już czterdzieści minut.

– A zatem, jako że żadne wyzwanie nie jest mi straszne, postanowiłem, wykazując się niezwykłą odwagą i wspaniałomyślnością, pozwolić waszej niesubordynowanej koleżance kontynuować naukę w naszym liceum. Tych z was, którzy jeszcze na szczęście nie rozpoczęli współżycia seksualnego, chciałbym przestrzec przed tą lekkomyślną decyzją i pokazać, do czego ono prowadzi. Poooowstań!

Tu zwrócił się do Elki, a gdy z powrotem usiadła, wyjaśnił, że nasza szkoła już w maju doczeka się potomka. Mamy Elkę wspierać, pomagać jej w nauce, ale broń Boże nie naśladować. Zgotowaliśmy jej taką owację na stojąco, jakby była co najmniej Mickiem Jaggerem albo O.S.T.R.Y-m.

– Jak się uda, to może zdobędziemy order szkoły przyjaznej młodocianym przestępcom, yyy... tego, chciałem powiedzieć: młodocianym matkom. Trzeba iść z duchem czasu – zakończył dyrektor, jak zwykle z siebie zadowolony, i zalecił wszystkim rozejść się do klas, gdzie wychowawcy mają z nami w trybie pilnym

113

przeprowadzić pogadankę o rozmnażaniu się homo sapiens.

Lepiej późno niż wcale.

Piątek (na szczęście nie trzynastego)

W nocy pozaziemska plazma poprzewracała w kuchni wszystkie kubki, a nad ranem zapuściła nam energetyczny kawałek Jamesa Browna *I'm Sex Machine*. Ta przewrotna kokieteria sugeruje, że za życia była rodzaju żeńskiego. Te baby są niemożliwe! Nawet po śmierci nie mogą się ustatkować.

Wygląda na to, że zostałem sam z problemem ducha. Ojciec jest szalejącym posłem, a mama każdą wolną chwilę poświęca eksperymentom na żywym organizmie, czyli na którymś ze swoich pacjentów. Jedynie Gonzo jest zachwycony, że w naszym domu straszy. Wciąż konstruuje zasadzki, w które, niestety, zawsze wpada ktoś z domowników. Wczoraj mama zawisła w powietrzu do góry nogami, wdepnąwszy w niewidoczną pętlę. Dopiero ojciec odciął ją nożyczkami krawieckimi tak nieumiejętnie, że przeżyła bliskie spotkanie z kuchenną terakotą. Ale przyda jej się jakiś wstrząs. Może wreszcie przestanie przyłazić codziennie do mojego pokoju i dawać mi buzi na dobranoc. Nie poznaję jej, dzieje się z nią coś niepojętego. Hm... Opona przed śmiercią też wyczyniała różne dziwactwa. Chyba będę jednak musiał poszukać egzorcysty.

W szkole

Poszedłem po lekcjach do pracowni komputerowej, żeby trochę „poguglać". Znalazłem około pięćdziesięciu odsyłaczy do takich usług, jak:
– Pogrom istot pozaziemskich. Sprzątanie wliczone w cenę
    – Firma konsultingowa „A kysz, maro nieczysta"
    – Uleczanie żywych i martwych, faktury VAT
    – Komunikatory międzyastralne, promocja
    – Egzorcyzmy z dojazdem
    – „Duszenie Ducha". Szybko i dyskretnie
O rany! Nie wiedziałem, że jest takie ogromne zapotrzebowanie na tego typu działalność!

Poniedziałek

Wracając do domu, wstąpiłem do naszej osiedlowej wypożyczalni filmów i wziąłem wszystkie części *Egzorcysty*. Kiedy byłem już w ogródku, zobaczyłem w oknie mojego pokoju... babcię. Hurraaaaa!!!! Nareszcie wrócili!

Otworzyłem drzwi i, krzycząc z radości, pognałem na górę. W fotelu bujanym siedziała Filomena Gąbczak w całej krasie i uśmiechała się do mnie cierpko. Rozłożyła szeroko ramiona, a ja ruszyłem z impetem, by wreszcie wyściskać ją po tylu miesiącach nieobecności. No i tego, dziwna sprawa... bo przeleciałem przez babcię jak przez powietrze, przekoziołkowałem przez fotel i rymnąłem jak długi na dywanie. Zaraz potem ktoś położył mi lodowatą rękę na czole i straciłem przytomność.

Wieczorem

Obudziła mnie gorączkowa narada wokół mojego łóżka. Otworzyłem oczy i zobaczyłem zrozpaczonego Bulwiaka, który kończył właśnie opowiadać mrożącą krew w żyłach historię.

Otóż podczas swojego pobytu w Afryce zatrzymali się na dłużej w pewnej wiosce. Babcia już wkrótce zawróciła głowę tamtejszemu szamanowi. Wywołało to gniew starszyzny plemiennej, bo szaman nie tylko zaniedbał swoje codzienne obowiązki, ale też stracił autorytet w oczach współplemieńców. Całe dnie tańczył z babcią fokstrota i breakdance, a nawet zaczął jej zdradzać tajniki magicznych mikstur. Wszystkie jego żony przez dwa tygodnie cierpiały w milczeniu, ale w końcu postanowiły działać. Rzuciły na zapamiętałych tancerzy jedną z najbardziej przewrotnych klątw polegającą na tym, że umiera się z nadmiaru, w tym przypadku – tańca. Szaman i babcia tańczyli więc siedem dni i nocy, a nie mogąc przestać, padli wreszcie bez tchu i umarli na okrutną chorobę zwaną pląsawicą afrykańską. Bulwiaczek cudem tylko uniknął śmierci w kotle z zupą kokosową. Uratował go przemytnik diamentów (syn dawnej pani premier Wielkiej Brytanii), oferując mu miejsce w swoim zdezelowanym prywatnym samolocie przewożącym najemnych żołnierzy. Już we Frankfurcie Bulwiak zostawił ciało babci w miejskiej kostnicy (bo LOT odmówił przewiezienia nieboszczki z klątwą afrykańską w tle) i czym prędzej udał się do Warszawy.

Zagadka tajemniczego ducha została więc rozwikłana. Całe zamieszanie było dziełem babci, która, nie mogąc się pogodzić z własną śmiercią, próbowała wymóc na naszej rodzinie wendetę.

Jesteśmy wszyscy w takim szoku, że nie możemy wydusić z siebie ani słowa. Babcia była zawsze ekstrawagancka ponad normę, ale to, co teraz wywinęła, przechodzi ludzkie pojęcie!!!

Czwartek, 20 stycznia

Od dwóch dni próbujemy załatwić formalności pogrzebowe, ale ojciec utrzymuje, że jest w stałym kontakcie telepatycznym z babcią i ta kazała mu się jeszcze wstrzymać, dopóki nie zostanie ogłoszony testament. Tylko że nikt z nas nie ma pojęcia, u którego notariusza zdeponowała swoją ostatnią wolę. Bulwiak, choć jest zbolałym wdowcem, trzyma się nieźle. Wczoraj wspominał, jak się poznali. Babcia zamieściła kiedyś dla żartu anons matrymonialny i tak to się zaczęło. Ich romans miał bardzo burzliwy przebieg, bo w dniu ślubu pan młody został aresztowany i wkrótce osadzony w więzieniu jako poszukiwany listem gończym oszust i bigamista, lecz ich miłość przetrwała te trudne chwile i po przedterminowym wyjściu z aresztu Bulwiak legł skruszony u babcinych stóp, błagając o wybaczenie. Cała nasza rodzina pokochała go szczerze i nawet nie mieliśmy żalu, że przehulali oszczędności całego babcinego życia. Poza tym ten fałszywy Korsykanin wniósł w naszą monotonną egzystencję nieokiełznany rozmach i fantazję. Nie ulegało wątpliwości, iż teraz zamieszka z nami w całym dostojeństwie swej wdowiej żałoby.

Opowiedziałem Elce i Blasze o wszystkich perypetiach ostatnich dni. Mieli do mnie wielki żal, że nie pokazałem im ducha. Obiecałem, że spróbuję skontaktować się z babcią i namówić ją, żeby ich trochę postraszyła. Mogłaby także wpłynąć na stosunek Łucji do mojej osoby. Ale przecież nie będę wykorzystywał nieboszczki dla prywatnych korzyści. Czy ja jestem pracownik pogotowia ratunkowego?

21 stycznia

Umarł Jan Nowak-Jeziorański, wielki Polak i wielki patriota. Był słynnym wojennym kurierem, dyrektorem Radia Wolna Europa, sprawcą naszego przyjęcia do NATO itd. Lista jego zasług jest nieskończona. Podobnie jak liczba momentów, w których otarł się o śmierć. Oglądałem w telewizji jego ostatni wywiad. Dzień zaczynał od wysłuchania wszystkich wiadomości i przeczytania wszystkich gazet. Analizował w nich sytuację Polski na arenie międzynarodowej i gdy tylko zauważył, że sprawy przybierają dla nas nieprzychylny obrót, chwytał za słuchawkę i wydzwaniał do najbardziej wpływowych prezydentów i premierów, lobbując na rzecz naszego kraju. Facet miał ponad dziewięćdziesiąt lat, pół życia mieszkał w Paryżu, Waszyngtonie, Londynie, był przyjmowany przez najznakomitsze osobistości tego świata, a na koniec wrócił na Czerniakowską, by umrzeć w wolnej Polsce. Takiej, o jaką zawsze walczył. Kiedy o tym wszystkim mówił, miał w oczach autentyczne łzy! Zrobiło mi się strasznie głupio, bo moje pokolenie nie wie nawet, co znaczy słowo ojczyzna...

Możecie się ze mnie śmiać, ale wstałem i oddałem gościowi cześć. A potem do rana czytałem jego książkę *Kurier z Warszawy*. *Kod Leonarda da Vinci* to przy tym pikuś.

23 stycznia

Zadzwonił pracownik kancelarii notarialnej i wezwał nas do siebie na jutro na odczytanie testamentu. Jesteśmy wszyscy bardzo podekscytowani, bo babcia zawsze miała jakieś tajemnice, więc pewnie i tym razem czymś nas zaskoczy.

Mamy nowego psa. Nazywa się Bukiet i jest jeszcze bardziej znerwicowany niż ja. Gonzo znalazł go przed domem, jak sikał do skrzynki po pelargoniach.

Poniedziałek. Po wyjściu od notariusza

Nie wiem, co napisać. Może po prostu zacytuję testament:

Ja, Filomena Gąbczak, zdrowa na ciele i umyśle (wbrew temu, co sądzą o mnie moje dzieci), ustanawiam jedynym wykonawcą testamentu mojego wnuka Rudolfa, a na wypadek gdyby był jeszcze nieletni, zobowiązuję całą rodzinę, by zjednoczyła się w pomocy i wsparła go w czynnościach urzędowych koniecznych do doprowadzenia sprawy do pożądanego finału. Nie interesuje mnie wasze zdanie na ten temat, więc darujcie sobie komentarze.

Życzę sobie, by po mojej śmierci wszystkie organy wewnętrzne zdatne do użytku zostały przekazane polskiej nauce. Resztę zaś proszę poddać kremacji, a urnę z prochami umieścić w kwaterze 624 przy bocznej alei na Cimitero

119

Monumentale w Mediolanie. Dalszą pomocą będzie wam służyć hrabina Confetta Memento (bądź jej potomkowie) zamieszkała przy Piazza del Duomo 44, Milano, nr telefonu 543... itd.

Trzymajcie się. Przepraszam, że nie zostawiam wam złamanego grosza, ale... carpe diem! Olé!

Cała babcia...

Po powrocie do domu zastaliśmy kompletnie zdewastowane drzwi wejściowe, pogryzione na czterdzieści cztery kawałeczki odświętne buty ojca i wyjedzone z patery wszystkie słone orzeszki. To znak, że Bukiet się zaaklimatyzował.

Luty

Za oknem plus dziesięć stopni. To normalne zimą. Za to w maju będą przymrozki.

Nie pisałem cały tydzień, bo mnóstwo spraw spadło na moje wątłe, chłopięce jeszcze barki. Przede wszystkim sprawa pogrzebu i kremacji babci. Musieliśmy na to wszystko załatwić chyba z piętnaście tysięcy zezwoleń, pieczątek i błogosławieństw. Nie miałem pojęcia, że żyję w tak biurokratycznym kraju! Tymczasem otrzymaliśmy uroczyste podziękowanie od Zakładu Patomorfologii Akademii Medycznej. Są nam ogromnie wdzięczni za babcine organy. Mają bardzo sprawnie działającego menedżera. Pod wpływem rozmowy z nim wszyscy podpisaliśmy zgodę na oddanie swych części zamiennych innym potrzebującym. Jednak następnego dnia pojechaliśmy w popłochu go odnaleźć i uzupełnić nasze oświadczenie drobnym zastrzeżeniem, że to nastąpi dopiero po naszej śmierci. Menedżer trochę kręcił nosem, bo mają dużą kolejkę oczekujących na wątrobę i płuca, ale w końcu dał za wygraną. Uważam to za wspaniały gest, zresztą nie lubię marnotrawstwa.

Wreszcie nadszedł ten wielki dzień. Wszystko było jak na amerykańskim filmie: mowa pogrzebowa, skromna modlitwa i trumna przyozdobiona stosem tropikalnych storczyków, które kumple Bulwiaczka zakosili z jakiejś rządowej hodowli kwiatów. Po ceremonii babcia zniknęła za fioletową kotarą. Towarzyszyło temu rozpaczliwe łkanie Bulwiaka, dyskretny płacz mamy i rozdzierające wycie ojca i Gonza. Dotychczas nie zdawałem sobie sprawy, jak bardzo babcia cementuje naszą rodzinę, hojnie obdarzając nas wszystkich genetyczną skazą szaleństwa. Kiedy wymrą ci wspaniali starsi ludzie, nasze społeczeństwo zgnuśnieje z nudy i braku pomysłów na życie. Przyrośnie tyłkiem do fotela, nosem do telewizora i da początek nowemu gatunkowi – homo ecranus.

Zgodnie z wolą babci skontaktowaliśmy się również z włoską hrabiną, a raczej z jej synem, bo ona sama już od dawna hulała w niebie. Baliśmy się trochę dociekać powiązań między nimi. W naszej rodzinie już tak się jakoś utarło, że im mniej wiesz, tym bardziej jesteś normalny. Pan Fabrizio Memento potwierdził, że w rodowej kwaterze cmentarnej nr 624 jest oficjalnie zarezerwowane miejsce na jeszcze jedną tajemniczą urnę. Ucieszył się, że znaleźli wreszcie zaginionego nieboszczyka, bo już się martwił, że będą musieli wynająć sławnego polskiego detektywa Rutkowskiego. Tak więc druga ceremonia pogrzebowa odbędzie się 15 lutego w Mediolanie na cmentarzu, gdzie spoczywają najsławniejsze rodziny włoskiej arystokracji i mafii łącznie z przodkami obecnego premiera Italii.

Do tego czasu urna z prochami babci tkwi w naszym domu, ciągle zmieniając miejsce, bo mama dostała paranoi, że jakiś idiota pomyli ją z puszką kawy.

Mamy problem z nowym psem. Reaguje bardzo histerycznie na wszystkich domowników, a w dodatku nic mu nie można powiedzieć, bo strasznie pyskuje.

Dramatyczne przebudzenie
w środku nocy

Śniło mi się, że na moje organy polują hordy rozwścieczonych pacjentów, którzy potrzebują dawcy. Gonili mnie z nożami, a jeden próbował nawet zębami wygryźć mi zdrową nerkę. O Boże! Po co ja podpisywałem tę zgodę?! Mam nadzieję, że przynajmniej moje dane personalne wraz z adresem są utajnione.

Na dole w kuchni natknąłem się na przebudzonego ojca. Miał w oczach przerażenie i z niepokojem oglądał miejsce, w którym znajduje się wątroba.

– Patrzę, czy nie mam śladów po kradzieży – wyjaśnił. – Śnił mi się istny koszmar.

Oho! Coś o tym wiem.

Sobota

Hurrraaa! Zadzwoniła Łucja i zaproponowała mi wieczorem wspólne wyjście do kina.

– Pomyślałam, że może chciałbyś się trochę oderwać od problemów...

Zapowiada się romantyczna randka tylko we dwoje i być może fundamentalny przełom w naszych stosunkach. Musimy tylko uważać, by nie skończyć jak Elka. Czyż Bóg nie jest wielki?

Dwie godziny przed wyjściem

Cała podłoga mojego niedużego pokoju jest zasłana szmatami. Już czterdzieści minut zastanawiam się, co włożyć. Może:

1. Brązowe adidasy Ecco, zieloną bluzę z kapturem i sztruksy? E, nie. Na bluzie mam plamę po maśle czosnkowym.

2. W stylu dandysa? Biała koszula z kołnierzem w szpic, na to obcisły sweterek Gonzo i fioletowe atłasowe spodnie. Do tego szal w odcieniu „smutek gołębia". Włosy półdługie z opadającą na oczy grzywką? Odpada. Nie mam włosów ani gołębia.

3. Konwencja Eton? Pulower z wycięciem w serek, tweedowe spodnie, monokl w lewym oku?

Boże, Boże, Boże! Jak już późno! Muszę jeszcze umyć głowę. Mama, obserwując moją histeryczną krzątaninę, podsumowała:

– Patrzcie go! Głupolek-podniecaczek!

Pewnie jest zazdrosna, że w jej życiu już niedługo pojawi się synowa i będzie musiała oddać jej swój zapadnięty fotel przed telewizorem.

Dwadzieścia minut później

Po co ja myłem te włosy? Sterczą mi teraz na wszystkie strony i wyglądają jak po trwałej ondulacji. Zmarnowany czas, i tak nosi się teraz „kontrolowane niechlujstwo", choć mama twierdzi, że moda nie zwalnia z kąpieli. Coś w tym jest. Ci wszyscy modele sprawiają wrażenie, jakby się mieli za chwilę złamać z niedożywienia na pół, ale i zabić o krawężnik, bo oczy zasłania im wciąż swawolnie opadający z czoła lok. Ale poza tym są jacyś tacy niedomyci jak ja w pierwszej klasie gimnazjum, gdy jeszcze bawiłem się lalkami. Podobno po godzinach dorabiają sobie w restauracjach jako lepy na muchy.

Do uklepania fryzury zużyłem słoiczek żelu, krem Vichy mamy, tubkę gliceryny i pół litra własnej śliny. Wszystko na nic. Mam w dalszym ciągu na głowie asymetryczne afro opadające nietwarzowo na lewą półkulę mózgową. Najgorsze jest to, że muszę już wychodzić, bo inaczej się spóźnię. Po kinie mam zamiar zaprosić moją ukochaną na Dworzec Centralny na romantycznego hot-doga.

Przed kinem Kultura

Jak to miło chodzić z dziewczyną na poziomie! Człowiek nie musi drżeć na każdym kroku w obawie przed kompromitacją. Łucja jest nie tylko inteligentna, wszechstronnie wykształcona i z dobrego domu, ale ma także bardzo przyzwoity rozmiar stanika. Nie to, co moje koleżanki, które noszą z przodu coś na kształt bąbli po ospie. Jesteśmy naprawdę wspaniałą parą, niczym Piękna i Bestia! Jedyne, co bym w niej zmienił, to wzrost. Czuję się trochę niezręcznie, będąc od niej niższy ponad piętnaście centymetrów. To może też trochę przeszkadzać, kiedy ogarnie nas znienacka dzika żądza i zaczniemy się całować na stojąco. Muszę wtedy jak najszybciej sprowadzić całą akcję do parteru, żeby Łucja nie musiała pochylać się nade mną niczym jakaś matka nad swoim zasmarkanym pacholęciem.

Przechodząc koło parkingu, zerknąłem w lusterko samochodowe, czy nie wystaje mi z nosa jakiś babol, włożyłem do ust czterdziestego drugiego miętowego tic-taca, poprawiłem jajka w spodniach i tak odpicowany przekroczyłem wrota kina. Pierwszą osobą, którą zobaczyłem, był BB Blacha 450 oparty nonszalancko o kasy i wołający do mnie jakby nigdy nic:

– Kupiłem już dla nas bilety! Wisisz mi piętnaście zeta!

W jednej chwili poczułem, jak spadają na mnie wszystkie gilotyny Wielkiej Rewolucji Francuskiej, wbijają mi się w serce bagnety drugiej wojny światowej, a w żołądku lądują zagadkowe dioksyny, czyli genialne dziecko współczesnej broni biologicznej. I mógłbym właściwie już spokojnie umrzeć, gdyby nie przemożna chęć ujrzenia przed śmiercią raz jeszcze mej ukochanej, cudownej i fałszywej jak Agryppina oblubienicy.

– Co ty, u diabła, robisz w MOIM kinie i na MOJEJ randce?! – zdobyłem się na konkretne pytanie, walcząc równocześnie z bezsilną furią odbierającą mi rozum.

– Stary, chyba z choinki się urwałeś! Wyluzuj. Przecież to ja namówiłem Łucję, żebyśmy cię wyciągnęli do kina. Już nie mogłem dłużej patrzeć na twoją skiśniętą gębę.

Prawdziwy przyjaciel, cholera w ząbek szarpana! Zastanawiałem się, czy zdążę przed przyjściem Łucji zerwać w holu czerwoną wykładzinę i ukryć pod nią zwłoki Blachy zamordowanego ze szczególnym okrucieństwem, gdy nadeszła moja królowa, nieświadomie ratując życie temu szczeremu do bólu blaszanemu cymbałowi.

– Hejka, dziubaski.

Dziubaski? Mogłaby być bardziej dostojna i przywitać się z nami jak przystało, czyli: „Ach! Witajcie, wspaniali, piękni, mądrzy, seksowni i zniewalający MĘŻCZYŹNI!". Oczywiście wolałbym, żeby użyła liczby pojedynczej zamiast mnogiej i zwróciła się tylko do mnie, ale cóż, lepszy wróbel w garści niż gołąb na dachu. Wyglądała po prostu olśniewająco! To znaczy tak mi się zdaje, bo nie zdążyłem obejrzeć jej w całej krasie. Już na początku zatrzymałem wzrok na pępku wyglądającym spod jej koszulki i tak już zostałem wpatrzony w to niewątpliwe dzieło sztuki.

Pępuś, pępuniek, pępuszątko. Znowu się zaplułem.

W domu

Niestety, niewiele mogę powiedzieć na temat samego filmu, bo w chwilach między jedną a drugą drzemką (te cholerne nerwy!) byłem zajęty przede wszystkim obserwowaniem niekontrolowanych odruchów Blachy w kinowych ciemnościach. Łucja siedziała w środku, więc każdy z nas mógł się niechcący o nią ocierać. Ja oczywiście nie, bo za bardzo ją poważam, żeby stosować tak upokarzające chwyty (do takich tanich sztuczek nadaje się na przykład Malina, chociaż moim zdaniem wszystkie kobiety należy szanować, a już zwłaszcza brzydkie i grube, bo one mają zazwyczaj szlachetne serca). Ale nie każdy jest takim dżentelmenem jak ja, więc musiałem czuwać nad czcią mojej sarenki. Tym bardziej że BB Blasze, jak tylko gaśnie światło, uaktywnia się Zespół Wszędobylskich Rąk.

Pamiętam tylko, że ten film dokumentalny opowiadał o bandzie nawiedzonych kolesiów, którzy z nudów utworzyli chór. Ale nie wykonywali normalnych pieśni, tylko wydzierali się w różnych językach świata. Ich przekaz był zazwyczaj pozbawiony melodii i składał się z wykrzykiwanych w obłąkańczym amoku fragmentów instrukcji przeciwpożarowych, hymnów państwowych lub innych świętokradczych aktów. Najwspanialsze było to, że do swojego występu przygotowywali się z całą powagą. Ćwiczyli w pocie czoła tygodniami, mieli wielogodzinne próby, szyte na miarę smokingi i tak dalej. Robili furorę w wielu awangardowych galeriach i teatrach, gdzie forsiaste snoby dawały sobie uciąć rękę, by obejrzeć występ tych dziwolągów. A ci goście robili sobie po prostu z nich jaja, bo to, co z początku było tylko szalonym pomysłem zrodzonym z braku innych pomysłów, okazało się już niedługo dochodowym interesem z dobudowaną filozofią pozasłownego przekazu, czystego transferu emocji za pomocą pierwotnych instynktów. Na pytanie zdziwionych dziennikarzy, dlaczego to robią, odpowiadali ze śmiertelną powagą: „Bo chcemy robić w życiu coś sensownego". Genialne! Że też sam na to wcześniej nie wpadłem!

To fantastyczny sposób, żeby komuś bezkarnie nabluzgać, rycząc po prostu na niego ciągiem nieartykułowanych wrzasków, wyładować się bez konsekwencji, a jeszcze z immunitetem artysty. Chociaż ostatnio naszych twórców nic nie chroni, nawet poetycka metafora. Jeszcze tylko posłowie i prawnicy mogą jeździć po pijaku.

Po seansie byliśmy wszyscy nabuzowani i wypełnieni potencjalnym wrzaskiem. Spojrzałem na Blachę, jak częstował Łucję pralinkami, i już miałem mu inteligentnie dogadać, ale zrezygnowałem i warknąłem tylko pod nosem. Popatrzył na mnie zadziornie i z jego otworu gębowego wydostało się coś takiego:

— WRRRRR!!!

— AAAAA!!! — ja na to.

— OOOOOO!!! — odbił piłeczkę.

— EEEEEEEEEE!!! — nie dawałem za wygraną.

Wszyscy zastygli, kibicując nam z zachwytem. Przedstawiciel dystrybutora był najwyraźniej wzruszony:

— Jeszcze nigdy nie widziałem, żeby widzowie aż tak identyfikowali się z bohaterami filmu!

Tymczasem publiczność z napięciem wpatrywała się w Blachę, ciekawa, który z nas wygra ten wrzeszczący pojedynek. Łucja zaczęła klaskać, dopingując nas do wzmożonego wysiłku intelektualnego. Widać było, że Blacha daje z siebie wszystko. Zmarszczył czoło, zrobił się czerwony, nadął jak indor i wreszcie huknął tryumfalnie:

— C! W! CWK! CWKS LEGIA!

W takiej sytuacji dalsza dyskusja była bezcelowa.

Poniedziałek, 7 lutego

Dostałem w szkole na apelu oficjalną pochwałę za odwagę w myśleniu i umiejętność posługiwania się formą literacką, jaką jest groteska. Na tym samym apelu dostałem również naganę za zuchwałość w myśleniu i niebezpieczną tendencję do nadawania poważnym sprawom formy groteski. A poszło o pracę pisemną na koniec semestru. Przytaczam w całości.

Wypracowanie szkolne Rudolfa Gąbczaka „Moje miasto – co warto zobaczyć"
Podtytuł: „Czcij posła swego"
Będąc w Warszawie, nawet przejazdem, nie sposób pominąć żelaznego punktu wszystkich wycieczek szkolnych oraz celu pielgrzymek znękanej ludności ściągającej tu z najodleglejszych zakątków kraju. To mały, ale jakże malowniczy ekwiwalent chorzowskiego Parku Rozrywki – ulica Wiejska, symbol władzy i absurdu. Siedziba mędrców i błaznów. To tu zapadają mniej lub bardziej niefrasobliwe decyzje, których konsekwencje wszyscy ponosimy. Przyznać jednak trzeba, że biesiadujący tu rezydenci dumnie niosą w świat kaganek oświaty, tylko czasami złośliwie i nie wiedzieć czemu zamieniający się w dzwoneczek trędowatego. Jak na kraj należący do Unii, radzimy sobie całkiem nieźle i coraz bliżej nam do standardów światowych. Kto wie, może wkrótce doczekamy się parlamentu z prawdziwego zdarzenia i obrady szacownego gremium zaczną przypominać mrożące krew w żyłach scenariusze filmów gangsterskich, gdzie rolę ostatecznego argumentu będą odgrywać małe, poręczne pistoleciki, ewentualnie pięści. Spora część naszych parlamentarzystów ma wszak przeszłość kryminalną, co jest niechybnym dowodem na wyższość demokracji nad totalitaryzmem. Na razie na sejmowych

trybunach ma miejsce nieustający konkurs krasomówczy mający wyłonić mistrza słownej ekwilibrystyki. Dla dobra narodu, który nie nadąża już za oratorskimi wyczynami, powinno się chyba powołać specjalną komisję tłumaczy zajmującą się symultanicznym przekładem i wyjaśnianiem, co dany poseł ma na myśli. Wiejska jest też najlepszym miejscem na przegląd najnowszych osiągnięć motoryzacyjnych – tylu ekskluzywnych wozów na próżno by szukać gdzie indziej. No, może tylko dorównywały jej kiedyś obrady mafii pruszkowskiej. Serce rośnie, kiedy się patrzy na taki dobrobyt.

Jeśli mamy szczęście, możemy też stanąć oko w oko z jakimś przedstawicielem co bardziej wyskokowego ugrupowania. Ma to zazwyczaj miejsce w okolicach sejmowej restauracji po suto zakrapianym obiedzie. Jakiś czas temu dwóch reprezentantów naszej kochanej władzy ustawodawczej publicznie tłukło się na sejmowym trawniku, wyrywając sobie resztki włosów z głowy, zadając tym samym kłam powszechnej opinii, że jak Polak głodny, to zły. Ale może po prostu przedawkowali mięso, bo jak wiadomo, spożywanie zwierząt podnosi poziom agresji i wzmaga nieczyste myśli. A wszystkiemu oczywiście winien testosteron, co od lat głoszą nasze feministki, tylko ich nikt nie słucha. Miejcie się zatem, panowie, na baczności, bo pewnego dnia niczym piąta kolumna wedrą się one do sejmowej kuchni i będą wam regularnie dosypywać brom do jedzenia.

Cokolwiek by jednak mówić, należy się naszym posłom i senatorom ogromny szacunek, bo ta funkcja, skądinąd prestiżowa, niesie z sobą pokaźny ładunek stresu. Wymaga nie tylko umiejętności tańczenia na linie wysokiego napięcia, ale także trudnej sztuki przetrwania w ekstremalnych warunkach, gdzie zasady gry zmieniają się z dnia na dzień, wymagając ciągłej gotowości do wcielania się w rozmaite

role. Ten, kto dziś był ofiarą, jutro może być oprawcą, oskar-
żany – oskarżycielem, a nawet (to wariant ekstremalny)
mężczyzna – kobietą. Nikt zatem nie zrozumie parlamenta-
rzysty tak dobrze jak schizofrenik.

Rodzice mają się jutro stawić u dyrektora.

Wieczorem

Nigdy bym nie pomyślał, że można tak rozpaczać
za nowym, pyskatym i nienormalnym psem, który
goni w kółko własny ogon i wykrada z kuchni ziaren-
ka pieprzu, by je potem zjadać ze smakiem.

Męczyliśmy się właśnie nad obiadem (gotowała
mama), gdy ktoś załomotał do drzwi, krzycząc:

– Policja!

Ojciec w pierwszym odruchu schował się pod
stół.

– I kto by pomyślał – powiedziała mama, zaglądając do niego pod obrus. – Jeszcze się na dobre nie
zadomowiłeś w sejmie, a już masz coś na sumieniu.

Tymczasem Gonzo uradowany tak wspaniałą
niespodzianką wprowadził do domu małego dzielni-
cowego i dużą babę, która torowała sobie drogę falu-
jącym biustem.

– Oddać Frania! – wołała od progu.

– Tak jest! Oddać Frania! – potakiwał jej stróż
prawa, którego zza baby ledwo było widać.

– Krystyno, ty masz romans? – Ojciec błyskawicznie odzyskał przytomność umysłu. – Chyba nie zdra-
dzasz mnie z jakimś Franciszkiem?

Baba zrobiła wielkie oczy, tata rzucił się do prze-
szukiwania szaf, a mama rechotała nerwowo, wplątu-

jąc sobie we włosy brudny widelec. Nagle drzwi od salonu otworzyły się z takim impetem, jakby je ktoś wykopał, i w ramiona baby rzucił się sikający z radości Bukiet. Baba straciła równowagę, rymnęła na stół, ten rymnął na malutkiego policjanta, który, zanim zemdlał, wykrzyczał do mikrofalówki:

– Pikaczu, do bazy. Wzywam posiłki. Powtarzam: Pikaczu, do bazy...

Tym sposobem Bukiet vel Franio opuścił nas bez skrupułów, pozostawiając po sobie cztery bobki na podłodze w łazience i mnóstwo sierści wygryzionej z ogona. Chyba sobie na jakiś czas odpuścimy ze zwierzętami. Pikaczu zaś dostał na łeb okład z lodu i kanapkę z dżemem w ramach skromnej rekompensaty za uszczerbek na zdrowiu.

Środa, 9 lutego

Ojciec jest zachwycony moim wypracowaniem. Zapytał, czy może je przeczytać na zebraniu Partii Sejmowego Planktonu. Odmówiłem. Chroni mnie ustawa o prawie autorskim. No... chyba że zapłaci za wykorzystanie cudzej własności intelektualnej.

Mam dziś kiepski humor. Idę więc z Elką na USG. Zawsze to jakaś rozrywka.

Po powrocie

W poczekalni Elka zapytała, czy mogę ją wziąć za rękę. Stwierdziła, że od tego patrzenia na szczęśliwe małżeństwa czuje się bardzo samotna, i spytała, czy nie mógłbym na czas wizyty poudawać, że jestem ojcem dziecka. Zgodziłem się, bo było mi jej trochę żal. Faktycznie, mogło zrobić się niedobrze od widoku tych wszystkich facetów głaskających wzdęte brzuchy swych kobiet. Boję się tylko, żeby Elka za bardzo się nie przyzwyczaiła. Nie uśmiecha mi się rola zastępczego ojca. Żebym jeszcze coś z tego miał! Ale oczywiście całą śmietankę już wcześniej spił Ozyrys. Jak to babcia mówiła? „Murzyn zrobił swoje, Murzyn może odejść". I odszedł, niestety.

W gabinecie oczekiwał nas bardzo miły lekarz. Przynajmniej on nie wygłaszał kazań na temat rozwiązłości dzisiejszej młodzieży. Kazał Elce położyć się na leżance i odsłonić brzuch. Chciałem poczekać na zewnątrz, ale zwrócił się do mnie z pełnym pobłażania uśmiechem:

– Nie ma się czego obawiać. To pestka w porównaniu z porodem. Czas się przyzwyczajać.

A potem dał nam wizytówkę swojej prywatnej szkoły rodzenia i ulotkę Katolickiego Klubu Zbłąkanych Rodziców. Tymczasem Elka oswobodziła się z licznych zwojów i zademonstrowała bezwstydnie ogromny brzuch z wypukłym pępkiem. Wyglądał, jakby miał zaraz pęknąć na pół!

– Proszę posmarować. – Lekarz podał mi specjalny żel. – To pozwala ojcom zżyć się z dzieckiem.

Już miałem złożyć sprostowanie, ale napotkałem błagalny wzrok Elki, więc zająłem się smarowaniem. Było to jednak dla mnie tak krępujące, że robiłem to z zamkniętymi oczami. Wkrótce na ekranie małego monitorka mogliśmy zobaczyć jakąś dziwną substancję o konsystencji kisielu z małymi kropkami w środku.

– To kręgosłup – wyjaśnił doktor z nosem przy aparaturze. – A to... a to prawdopodobnie siusiak. Albo i nie.

Dziecko już teraz jest bardzo podobne do Elki. Powiedziałem jej, że widać to gołym okiem.

– Dzięki, Rudi – chlipnęła i wysmarkała nos w rękaw mojej kurtki.

A kiedy przez specjalną trąbkę wysłuchaliśmy, jak bije jego małe serduszko, płakaliśmy już wszyscy troje.

– Będą z was dobrzy rodzice – oświadczył na koniec lekarz, a pode mną kolana się ugięły.

W drodze do domu dyskretnie spluwałem przez lewe ramię i odpukiwałem w każde napotkane drzewo. Strzeżonego Pan Bóg strzeże.

Piątek, 11 lutego

Za cztery dni lecimy do Mediolanu złożyć prochy babci na zabytkowym cmentarzu. Poszedłem do empiku, żeby kupić jakiś przewodnik. Spędziłem trzy godziny w dziale ezoterycznym. Przeczytałem pół przedwojennego podręcznika dla bywalców seansów spirytystycznych. Podobno każdy człowiek ma zdolności mediumiczne, tylko zazwyczaj nieuaktywnione. To fascynujące, choć mało prawdopodobne. Pamiętam, jak kiedyś, jeszcze za życia Adeli H. i ukochanej babci, urządziliśmy taki seansik. Zakończył się strasznym skandalem. Medium przyprowadzone przez zaprzyjaźnionego Zygmunta okazało się zwykłym oszustem ze sfałszowanymi referencjami i narobiło potwornego zamieszania, twierdząc, że mąż Adeli życzy sobie, by

134

za jego pośrednictwem wyznała miłość Bulwiakowi. Zresztą niedługo potem medium upiło się czekoladkami z likierem i do wszystkiego przyznało.

Czytając teraz tę fascynującą pozycję, dowiedziałem się, że każda tego typu zabawa może się tragicznie skończyć. To znaczy nie można bezkarnie igrać z zaświatami, trzeba wiedzieć, jak się do tego zabrać, bo potem może być niewesoło. No proszę, to dokładnie tak samo jak z seksem!

W dziale turystycznym były przewodniki po Paryżu, Rzymie, Londynie, Madrycie, Krakowie, Bejrucie, Delhi i Kędzierzynie-Koźlu. Na temat Mediolanu znalazłem tylko biuletyn o medialnym imperium Berlusconiego. Ale wątpię, byśmy byli w nastroju do zwiedzania jego studiów filmowych. Mimo wszystko jestem bardzo podniecony na samą myśl o pogrzebie. Nie każdy ma okazję być pochowany z takimi honorami. A babci należy się to ze wszech miar. Była najbardziej niezrównoważoną psychicznie osobą, jaką spotkałem w swoim życiu. A muszę dodać, że wariatów ci u nas dostatek.

Po godzinie siedzenia w dziale z albumami fotograficznymi zostałem dyskretnie przepędzony przez pracownika księgarskiego molocha. Zaproponował, bym po prostu kupił ten album z kobiecymi aktami, bo widzi, że nie mogę się od niego oderwać. Mądrala! Skąd ja wezmę sto siedemdziesiąt złotych? Przez niego straciłem rzadką okazję bezkarnego obcowania z pornografią pod płaszczykiem kontemplowania sztuki.

Po wyjściu na Marszałkowską znalazłem się w samym środku już od dawna zapowiadanej apokalipsy. Nie były to jednak klasyczne sceny zagłady przedstawiane w Biblii. Znikąd nie nadciągali Czterej Jeźdźcy, nie było potopu, ziemia się nie rozstąpiła, a grzesznicy nie wpadali żywcem w otchłań piekieł. Stało się coś jeszcze gorszego! Wszyscy zwariowali! W samym centrum europejskiej stolicy na początku dwudziestego pierwszego wieku, w dobie MP3 i plastrów antykoncepcyjnych miała miejsce epidemia zbiorowego obłędu. Nagle wszyscy przechodnie zastygli w klasycznej figurze baletowej – „jaskółce". Pojedyncze jednostki zatrzymywały się, patrząc ze zgrozą na niecodzienne zjawisko. Mało tego! Samochody stawały, a kierowcy opuszczali je w pośpiechu i przyłączali się do innych. Powstał gigantyczny korek, ale najgorsza była absolutna cisza, w jakiej ten dramat się rozgrywał. Nikt nic nie mówił, wkładając całą energię w utrzymanie równowagi. Poczułem się nieco sterroryzowany w samym środku mojego rodzinnego miasta i już podnosiłem nieśmiało lewą nogę, łapiąc pion, gdy nagle ktoś klasnął i wszyscy rozeszli się w okamgnieniu. Ulica wyglądała znowu normalnie. I wtedy dotarło do mnie, że byłem świadkiem legendarnego zjawiska *flash mob*, które jest bardzo popularne na Zachodzie i nad którym łamią sobie głowy socjologowie, starając się dociec, o co w tym wszystkim chodzi. Mnie jednak powaliła niezwykła solidarność i posłuszeństwo ludzi, którzy potrafili w jednej chwili tak fantastycznie się zorganizować. Mimo że nie słyszałem żadnych rozmów, jestem pewien, że musieli to być wyłącznie cudzoziemcy. Z Polakami taka sztuczka za nic by się nie udała. Zanimby wykonali „jaskółkę", przez tydzień dyskutowaliby zażarcie, na której nodze mają stanąć. I oczywiście nie doszliby do żadnego porozumienia. Dlatego niebotycznie się zdziwiłem, kiedy w wieczornych „Wiadomościach" podano, że dzisiejsza akcja była zorganizowana przez POLSKĄ formację Równo. No, no, coś mi to trąci *Folwarkiem zwierzęcym*. Tam też było równo, tylko że niektórym równiej.

Po kolacji ojciec zapytał mnie, czy nie byłbym zainteresowany stworzeniem koła młodych w ramach jego partii. Podobno wszystkim przypadł do gustu mój sposób postrzegania elit politycznych.

– Właśnie takich ludzi potrzebujemy, by uzdrowić ten kraj!

Popatrzyłem na niego z politowaniem, bo ta jego partia musi jeszcze trochę poewoluować. Odpowiedziałem, żeby się do mnie zgłosił, jak z Planktonu przejdzie do Kręgowców. Co najmniej.

Niedzielne wtajemniczenie

Dostałem SS-mana od Blachy:

Jestem po ciebie za pół godziny. Znaj moje dobre serce. Tylko nie zrób mi obciachu i morda w kubeł.

Przeczytałem cztery razy, ale nie znalazłem zaszyfrowanej między słowami normalnej wiadomości. Nic nie rozumiem. Jednak na wszelki wypadek umyłem zęby i zmieniłem skarpetki. Może idziemy na jakąś imprezkę? Ale przecież mam żałobę... Dobra, nie będę tańczył, tylko wystukiwał rytm, bębniąc palcami po kolanie. Po swoim, rzecz jasna. Chyba że spotkamy miłe dziewczęta. Mniam.

Po czterdziestu minutach czekania zacząłem się niespokojnie wiercić. Mam nadzieję, że Blacha nie zapomniał po mnie przyjść. On ma trochę krótką pamięć, bo w dzieciństwie Rysiek-Pysiek trenował na nim kick boxing. Wreszcie z ogrodu dobiegły mnie tajemnicze gwizdy. Wyjrzałem przez okno i zobaczyłem, że w zamarzniętych krzakach bzu stoi jakiś tajemniczy nieznajomy w kominiarce na twarzy. Tylko po co mnie woła?

– Wychodź już! – syknął niecierpliwie element przestępczy. – Nie możemy się spóźnić.

Zszedłem na dół, nie mając zielonego pojęcia, co mnie może czekać. W salonie Gonzo tłumaczył ojcu skomplikowane założenia planu ministra skarbu, bezlitośnie wytykając liczne luki w rozumowaniu. Na pewno ojciec zabłyśnie jutro w swoim klubie. Spojrzał na mnie przekrwionymi jak u królika oczami i poprosił:

– Kup po drodze pieczywo tostowe, mam ochotę na grzanki z dżemem. Ten budżet mnie wykańcza, za cholerę nie mogę się w tym połapać... Tylko pszenne, bo po razowym mam wzdęcia! – krzyknął jeszcze, gdy byłem na progu.

Zamknąłem za sobą drzwi i z ulgą wciągnąłem w nozdrza orzeźwiający zapach wieczoru. Jak to miło zostawić rodzinkę z tymi ich wszystkimi zaparciami, prostatami, wrastającymi paznokciami, dyscyplinarnymi zwolnieniami z pracy, karnymi przeniesieniami na inne stanowiska i brakami w uzębieniu. Niech kto inny martwi się, co zrobić na kolację. Ja puszczam się w wir nocnego życia. Olé!

Podziemna krypta w opuszczonej fabryce na Pradze

Przez całą drogę Blacha zachowywał się bardzo dziwnie. Wielokrotnie zbaczaliśmy z trasy, klucząc uliczkami, zmieniając środek lokomocji po przejechaniu zaledwie jednego przystanku i rozglądając się trwożnie na boki. Atmosfera pełnej konspiracji udzieliła mi się bardzo szybko, toteż wkrótce miałem już niezłego pietra. Upewniłem się tylko, czy aby nie idziemy na jakiś włam, bo jeśli tak, to mi trochę nie po drodze.

– Cicho, nie pękaj. Zobaczysz coś zajebiście zajebistego – wyjaśnił Blacha.

– Aha – umilkłem w pełni usatysfakcjonowany tą wyczerpującą informacją.

Wreszcie dotarliśmy do pozostałości po dawnej wytwórni czekolady i weszliśmy do środka, spotykając sporo innych zakapturzonych typów mniej więcej w moim wieku. Kilku z nich witało się skomplikowanym uściskiem dłoni i zagadkowym powitaniem: VIVA POLONIA. Blacha powiedział, żebym się broń Boże nie odzywał i nie rzucał w oczy. Ale szybko się zorientowałem, że byłem jednym z nielicznych, którzy mieli włosy na głowie. A już tak bujnych jak moje to nikt nie miał. Blacha pomarudził trochę, wreszcie dał mi swoją przesiąkniętą petami bluzę i zarzucił kaptur na oczy. Było to z jego strony wielkie poświęcenie, bo od kiedy go znam, nie rozstaje się z tym wdziankiem. Przy drzwiach stał przejęty chudzielec.

– Hasło!

– Sztandar za krew! Odzew?

– Krew za sztandar! – odpowiedział tamten z poczuciem misji.

W wielkiej sali panował półmrok, tylko gdzieniegdzie paliły się małe lampki. Na jednej ze ścian wisiał wielki emblemat białego orła na czarnym tle i napis: KU CHWALE OJCZYZNY – MŁODZIEŻ ZIEM PRZODKÓW.

A więc byliśmy na zebraniu młodzieżówki jednego z prawicowych ugrupowań. Wkrótce naprzeciw nas stanęło pięciu mężczyzn w papierowych torbach na głowach. Mieli wycięte otwory na oczy, nie było więc obawy, że zaliczą glebę. Ten, który stał w środku, podniósł płonącą pochodnię i przemówił:

– Viva!

– Viva! – odpowiedział mu nierówny chór chłopięcych głosów w trakcie mutacji.

– Viva! – zakrzyknął tamten raz jeszcze, widać niezadowolony z efektu.

– VIVA!!!

I tak jeszcze z kilka razy. Wreszcie torbacz odpuścił:

– Zaczynamy inicjację, czyli rytuał wtajemniczenia. – Splunął obficie w kąt i przystąpił do sedna sprawy:

– Dostąpiliście zaszczytu dołączenia do kwiatu polskiej młodzieży. Czy jesteście gotowi z pełnym poświęceniem rosnąć wśród chwastu polskiego, ciągnąć uparcie sole mineralne z gleby i wczepiać się jak najgłębiej korzeniami w najświętszą tradycję polskiej myśli narodowej?

– Że co? – odezwało się koło mnie tępe stworzenie ze szramą na lewym policzku. Tymczasem dalsze pytania leciały w młodocianą ciżbę niczym pociski armatnie.

– Czy obiecujecie zgłębiać myśl przewodnią naszej ideologii, dbać o morale i czyścić szeregi, gdy będzie tego wymagać sprawa?

– Że co? – zabrzmiał znowu znajomy refren.

Porządkowi tymczasem ustawili nas wszystkich w szeregu pod murem i nawet się trochę przestraszyłem, że będą strzelać. Blacha miał na twarzy wyraz natchnienia i takiego oddania, jaki widziałem tylko na filmach Discovery o Hitlerjugend. Wreszcie każdemu z nas wręczono po plastikowym kubku z mętnym płynem w środku. Sądząc po zapachu, był to prymitywny owocowy sikacz.

– Oto krew braci przelana za wiarę. Wznieśmy puchar i połączmy się z nimi we wspólnej sprawie. W sprawie naszego narodu i państwa.

Las plastikowych kubków podniósł się do góry.

– Za czyste społeczeństwo! Za czysty Kościół! Za czyste... yyy, za czyste... – Bolo-ideolo najwyraźniej szukał odpowiedniego słowa.

– Nogi? – zapytałem Blachę, puszczając oko. Ale mój zindoktrynowany kolega nie załapał dowcipu, tylko syknął, żebym się zamknął i nie przeszkadzał.

No to golnęliśmy po winku, choć z daleka śmierdziało siarką niczym mocz szatana. Od razu pozbyłem się dokuczliwego napięcia mięśni, dzięki czemu mogłem wszystko kontemplować z pełnym rozbawienia dystansem.

– A teraz: do hymnu!

Śpiewała tylko piątka torbaczy, bo świeży narybek był jeszcze nie w temacie.

Ahoj, ta przygoda
splendoru ci doda,
nieś flagę wysoko,
a będzie tu spoko,
ni ruska, ni żyda,
każdy nam go wyda
i spotka ich kara,
od Polski wam wara.

Krew, krew, krew!

– Cha, cha, cha! – rozległ się mój niepohamowany, szczery śmiech.

Sorry, ale tego już było za wiele jak na moją wytrzymałość. Nie wiem, czy to była wina tego jabola, czy i Blacha przejrzał wreszcie na oczy, ale dostaliśmy obaj takiego ataku rechotu, że musieliśmy w absolutnie kosmicznym tempie się stamtąd ewakuować. Gdyby nas dorwali, to przerobiliby pewnie na kiełbaski pieczone potem nad ogniskiem podczas równie podniosłych zjazdów.

Poraziła mnie skala ich działania. Już po powrocie podjąłem decyzję, że muszę coś zrobić. Jestem to winien ciemnoskóremu dziecku Elki, które wkrótce przyjdzie na świat. Tylko co? Oto jest pytanie.

W domu trwa gorączkowe pakowanie. Pojutrze z samego rana wylot do miasta Sforzów. Na pogrzebie stawi się męska reprezentacja naszej rodziny w składzie:

Bulwiak – bramka,

Ojciec – pomocnik lewoskrzydłowy,

Filip – atak,
Gonzo – rozgrywający,
ja – ławka rezerwowych.

Lecimy tanimi liniami lotniczymi TANIE BUJANIE W OBŁOKACH. Mam przeczucia, że tym razem na pewno, ale to na pewno się rozbijemy. Mama nie może znaleźć urny z prochami babci.

Ferie zimowe. Wtorek.
Lotnisko, godzina 8.30

A niech to! Z tego wszystkiego zapomniałem o wczorajszych walentynkach. Może to dlatego, że nie dostałem ani jednej kartki? Ale Blacha na pewno zasypał nimi Łucję, więc znów mam w plecy!

Pobiegłem do najbliższego kiosku. Jak teraz coś wyślę, to będę mógł zwalić opóźnienie na pocztę polską. Jak to fajnie, że na nich zawsze można liczyć! Niestety, nie było nic odpowiedniego. Wybrałem więc pocztówkę z wielkim bukietem kwiatów i malutkim napisem w rogu: „Z powinszowaniem odnowienia ślubów czystości i życia w Duchu Świętym – wierni parafianie".

Zdanie nie bardzo pasuje do okazji, ale może Łucja nie zauważy. Podpisałem się jeszcze i wrzuciłem tę oryginalną walentynkę do skrzynki.

Nasz lot jest już opóźniony dwie godziny. Nic dziwnego. Czego się spodziewać po tanich liniach? Pewnie mają maszyny ze szrotu i teraz w pośpiechu dokręcają skrzydła. Gonzo pije w barku ósmą coca-colę. Bąbelki wychodzą mu nawet uszami. Bulwiaczek zdrzemnął się na plastikowym krzeselku. Co chwila go szturcham, bo strasznie się martwię, czy nie umarł. Co my byśmy zrobili z dwoma trupami, w tym z jednym w proszku? A propos: mizeria rodzinnego portfela zmusza nas do popełnienia przestępstwa. Musimy przemycić babcię, nie stać nas bowiem na uiszczenie specjalnych opłat przewozowych i cła. Mama zapakowała drogocenne prochy do torby z prowiantem. Twierdzi, że tam żaden celnik nie zajrzy. Jakoś mi dziwnie na myśl, że w ostatnią podróż swego życia babcia poleci między kanapkami z żółtym serem a kiszonym ogórkiem.

Ludzie oczekujący na lot do Mediolanu pomału dostają piany. Jak tak dalej pójdzie, to spóźnimy się na pogrzeb. Ojciec poszedł pertraktować z zarządem firmy. Kiedy wrócił, był biały jak amfetamina. Żeby nie było wątpliwości, mogliśmy wszyscy usłyszeć z głośników wstrząsający komunikat:

– Pasażerowie oczekujący na lot do Mediolanu proszeni są o zażycie środka uspokajającego, bo linie lotnicze Tanie Bujanie przed godziną ogłosiły upadłość. Trwają czynności mające na celu umożliwienie podróżnym z wykupionym biletem dotarcie na miejsce przeznaczenia. Bilet obowiązuje jednak tylko w jedną stronę. Powtarzam: to bilet w jedną stronę.

Jak to... jak to... w jedną stronę??? To znaczy, że pilot kończył kurs pilotażu bez lądowania??? O Boże!

Sytuacja trochę się unormowała. Nastąpiła naturalna selekcja i bardziej nerwowych podróżnych zabrało pogotowie. Czuję się jak na prawdziwej wojnie, bo naszą zgraną paczkę brutalnie rozdzielono. Bulwiak, ojciec i Gonzo polecieli dwadzieścia minut temu. My z Filipem i babcią czekamy na kolejny samolot, w którym znajdą się jakieś wolne miejsca. Z dwojga złego wolę już przemycać urnę, niż lecieć razem z Gonzo. Bez niego mamy sto procent więcej szans, że wylądujemy szczęśliwie, nawet gdyby pilot nazywał się Osama ben Laden.

Minęło jeszcze pół godziny i zaproszono nas na pokład zgrabnego boeinga 747. Już w środku puściło mi całe napięcie. Spociłem się jak mysz, ściskając przy odprawie torbę z kanapkami i przekonując urzędnika, że nie mam nic do oclenia. Jakby mnie złapali, to pewnie skończyłbym w celi, a moją jedyną rozrywką byłoby wystawianie z więzienną grypserą Czechowa lub innych klasyków dramatu. Wszystko jednak poszło nadspodziewanie gładko, mogę zostać zawodowym przemytnikiem. Potem pojawiła się stewardesa z cieniami pod oczami (dam sobie rękę uciąć, że skądś ją znam) i zaprowadziła nas na sam przód samolotu, bo wolne miejsca były tylko w business class. Filip natychmiast rzucił się na jeden z gigantycznych skórzanych foteli, poprosił o lampkę najdroższego koniaku i zapalił cygaro, które jednak zaraz zgasił, bo w całym samolocie obowiązywał zakaz palenia.

– To po cholerę kładą tu pudełko z cygarami? – nie mógł się nadziwić mój brat. Wreszcie znalazł logiczne wytłumaczenie: – Pewnie to prywatne miejsce Lwa Erwina.

Jak zwykle opóźniłem start, bo zepsułem pasy bezpieczeństwa i trzeba było wezwać mechanika.

– Dziwne... – mruczała do siebie kobieta w uniformie. – Leciałam już kiedyś z takim przypadkiem na Dominikanę. Ale myślałam, że taki kretyn jest tylko jeden na świecie.

Przełknąłem ślinę, bo teraz już sobie dokładnie przypomniałem, skąd ją znam. Tamten lot był rzeczywiście dramatyczny. Ojciec zatruł się chorymi ślimakami i całą drogę wymiotował, a Gonzo ze względów bezpieczeństwa został przymusowo umieszczony w luku bagażowym. Ja zaś czujnie wypatrywałem na pokładzie libijskich terrorystów, doprowadzając do psychozy całą załogę. Teraz postarałem się więc nie rzucać za bardzo w oczy i przesunąłem torbę z urną pod fotel Filipa, bo bardzo mi się plątała pod nogami.

Lot upłynąłby w miłej i luksusowej atmosferze, gdybym tylko nie zamartwiał się cały czas, że każą nam dopłacić za miejsce w pierwszej klasie.

Po dwóch godzinach samolot dotknął kołami włoskiej ziemi, udowadniając, że cuda naprawdę się zdarzają, i mogliśmy już iść. Więc poszliśmy. Ale zaraz potem wróciliśmy po babcię. Filip trochę się urąbał tym koniakiem.

Ciao, Milano! Tutti frutti, dolce vita, Eros Ramazotti, macarone!

Piazza del Duomo

Fabrizio Memento jako spadkobierca w prostej linii drobnych fundatorów Mediolanu zajmował przestronny apartament w ekskluzywnej kamienicy tuż koło sławnej katedry – Il Duomo – w jeszcze sławniejszej galerii Vittorio Emmanuele.

Cały kwartał ulic pokryty jest szklaną kopułą, pod którą mieszczą się niezliczone pasaże handlowe, restauracje, galerie, salony i dyskoteki. Całość jest niemal suwerennym miastem w stylu lombardzko-bizantyjskim. Sama Duomo natomiast wygląda jak monstrualny pałac cukrowy, bo zbudowano ją z białego piaskowca. Zanim ją skończyli, minęło sześć wieków! To doprawdy niebywałe. Czyżby maczała w tym palce tania siła robocza z Polski?

Fabrizio obiecał, że po pogrzebie możemy spróbować wdrapać się na sam szczyt, by z dachu podziwiać przepiękną panoramę miasta. Z naszym gospodarzem i darczyńcą porozumiewamy się karkołomną mieszanką angielskiego i włoskiego. Na szczęście Bulwiak opanował co nieco ten ostatni język, bo od lat udając Korsykanina, a także krewnego sycylijskich mafiosów, zadbał trochę o wiarygodność.

Fabrizio jest rubasznym sześćdziesięciolatkiem z lekką nadwagą i podobnie jak kiedyś Antoni farbuje sobie włosy na czarno. Wyjaśnił, że przed wojną (nie powiedział tylko przed którą) jego matkę hrabinę Confettę i moją babcię Filomenę połączył płomienny romans, którego dramatyczne koleje zostały okryte tajemnicą spowiedzi. Tak czy siak, obie panie przysięgły sobie spocząć razem po śmierci. Gościnna hrabina zarezerwowała zatem babci miejsce w rodzinnej krypcie, wśród mediolańskiej arystokracji. Ze względu na rozmiary krypty babcia zobowiązała się zredukować do wielkości urny z prochami.

Cała ta historia odnowiła we mnie mroczne nadzieje na to, że jestem nieślubnym potomkiem włoskich oligarchów. Oczyma wyobraźni widziałem już siebie jako pełnoprawnego właściciela tego prestiżowego lokum. Tu, w mieście Leonarda da Vinci i Michała Anioła, w światowej stolicy mody, w dawnej siedzibie władców Mediolanu Sforzów, przodków królowej Bony, będę mógł wreszcie rozwinąć skrzydła i żyć z rozmachem. Galopowałem tak na wściekłym rumaku mojej wyobraźni, póki nie dotarło do mnie, że dwie kobiety nie mogą mieć dzieci. Wykluczone, by poczęły jakiekolwiek nieślubne potomstwo. To znaczy osobno tak, ale razem – nie ma szans. Jestem więc tylko Rudolfem Gąbczakiem, synem Gawła, wnukiem Józefa, który uwiódł babcię, pędząc przez jej wieś stadko wymizerowanych gęsi. Wizja Mediolanu jako miasta, do którego mam wszelkie prawa, zwiędła niczym kwiat dziewictwa Elki.

Zjedliśmy skromny, acz wyrafinowany posiłek składający się z soczystej mozzarelli zawiniętej w liście winogron, grillowanej cukinii i kilku grzanek zwanych bruschetta. Potem włożyliśmy białe koszule, czarne płaszcze i wyruszyliśmy stylowym jaguarem na Cimitero Monumentale. Obok Fabrizia siedział Antoni, a my z ojcem i Filipem z tyłu. Gonzo polegiwał na naszych kolanach, by nie zobaczyli go przekupni włoscy carabinieri.

Wybiła godzina zero.

Jesteśmy w najstarszej i najbardziej reprezentacyjnej części cmentarza. To sieć monumentalnych korytarzy zbudowanych na planie krzyża. W ściany wmurowano tysiące specjalnych komórek z płytami nagrobnymi. Efekt jest niesamowity. Jeszcze nigdy nie widziałem tylu nieboszczyków w jednym miejscu. Spoczywa tu między innymi Arturo Toscanini i Salvatore Quasimodo. Nic mi te nazwiska nie mówią, ale nie chciałem wyjść na parweniusza, więc zapiałem z zachwytu. Za chwilę rozpocznie się skromna ceremonia pogrzebowa. Strasznie się boję, że ze zdenerwowania znowu usnę, więc z całych sił podciągam sobie w górę powieki. Fabrizio przygląda mi się z niepokojem, a mnie coraz bardziej bolą oczy. Jesteśmy tu sami, nie licząc księdza i czterech dwudziestoosobowych wycieczek Japończyków, którzy oślepiają nas fleszami i szepczą podnieceni:

– Cosa nostra, vendetta.

Wreszcie Bulwiak podniósł rękę do góry, aparaty fotograficzne ucichły, a posłuszni turyści rozpierzchli się, składając pełen szacunku pokłon przed zbolałym wdowcem. Pewna Japonka nachyliła się do swojego pięcioletniego dziecka i wyjaśniła malcowi:

– Capo di tutti capi.

Rozległy się dzwony, ksiądz okopcił nas kadzidłem i przeczytał kilka słów ze specjalnej książeczki, które zrozumiał tylko Fabrizio. Podaliśmy mu urnę z babcią. Maleńkim kluczykiem przekręcił maleńki zameczek w ścianie i babcia stanęła na marmurowej półce obok swej drogiej przyjaciółki. Włożyliśmy do środka bukiet herbacianych róż i drzwiczki się zamknęły. Złoty kluczyk powędrował do ciepłej łapki prawnuka nieboszczki. Gonzo przyglądał mu się z dużym zainteresowaniem, zastanawiając się pewnie, czy warto go przetopić na coś bardziej spektakularnego. I już miał oddać go Fabriziowi, gdy zza dużego pomnika wysunęła się grupka muzyków. Zadęli w puzony, trąby i już niebawem spłynęła na nas rzewna melodia ulubionej piosenki babci.

– Ooooooooooo!!!! – gruchnęło na całą okolicę – soleeeeeee miooooooooo!

Bulwiak śpiewał niczym trzej tenorzy, ojciec płakał, ja z tych nerwów jak zwykle przysypiałem, Fabrizio stał w osłupieniu, a Gonzo z wrażenia połknął kluczyk do cmentarnej krypty.

Restauracja Quatro Staggioni

Tradycyjna stypa przerodziła się w prawdziwy maraton tuczenia. W roli tuczonej gęsi występował biedny Gonzo, któremu złoty kluczyk utkwił gdzieś w połowie przełyku. Próbowaliśmy przepchać go chlebem, talerzem spaghetti, półmiskiem malutkich pierożków tortellini, porcją smażonej wątróbki. Ruszyło dopiero przy lazanii z mięsem i szpinakiem.

Na wszelki wypadek proponowałem jeszcze deser, ale dzieciak wyglądał, jakby miał za chwilę zrobić coś bardzo nieeleganckiego. Złoty kluczyk spoczywał więc bezpiecznie na dnie jego żołądka. Jutro do godziny 18.00 musimy go dostarczyć do cmentarnej kancelarii i za pokwitowaniem złożyć w specjalnym sejfie z numerem 624.

Reszta dnia upłynęła mi na robieniu okładów z zielonej herbaty (kompletnie wyschły mi spojówki) i niecierpliwym oczekiwaniu, aż Gonzo dokona historycznego wypróżnienia w marmurowej, ociekającej złotem toalecie Fabrizia.

Środa, 16 lutego

Dziś wieczorem wracamy do Polski. Cudem udało nam się kupić bilety na jakiś czarterowy przelot. Kończy się nasza włoska przygoda. Bardzo zaprzyjaźniliśmy się z uroczym potomkiem hrabiny Memento. Mam nadzieję, że wkrótce będziemy mogli mu się zrewanżować, goszcząc go w skromnych progach naszych slumsów.

Nim jednak opuścimy tę sławną ziemię, ruszamy na szybkie zwiedzanie miasta. O 12.00 mamy zarezerwowane bilety na *Ostatnią wieczerzę*. Spodziewam się wstrząsu wywołanego obcowaniem z tym światowym arcydziełem.

W Mediolanie jest ponad sto kościołów, w tym najstarszy – świętego Ambrożego, założyciela miasta. Niestety, większość z nich była zamknięta, bo dokonywano tam drobnych prac renowacyjnych. Zima nie jest najlepszą porą na zwiedzanie. W Castello Sforzesco zobaczyłem z bliska fosę, ogromny dziedziniec i podziemne lochy, a także skomplikowany system kanalizacyjny, którym w przeszłości odprowadzano ekskrementy produkowane w ogromnych ilościach przez licznych mieszkańców zamku. Niestety, nigdzie nie natknąłem się na ducha królowej Bony.

Kościół Santa Maria delle Grazie

Ledwo zdążyliśmy na Leonarda, bo w zamku Sforzów Gonzo wlazł do środka zbroi rycerskiej i trzeba było wzywać szefa muzeum. Słynny kościół jest raczej średnich rozmiarów, z zewnątrz wygląda bardzo niepozornie. Fabrizio wyjaśnił nam, że bez względu na porę roku i dnia jest tu zawsze obłędny tłum ludzi. Najwięcej oczywiście skośnookich turystów.

Odstaliśmy w kolejce po odbiór zarezerwowanych biletów, potem podzielono nas na dziesięcioosobowe komanda i ruszyliśmy w pełnej ekstatycznego natchnienia pielgrzymce do tej najsłynniejszej na świecie ściany. Ledwo przesunęliśmy się jakieś dwadzieścia metrów, a tuż za plecami Filipa zapadła kuloodporna szyba i tym samym przed nami otworzyła się ta dotąd zamknięta. Cała droga podzielona była na takie właśnie szklane pułapki i modliłem się tylko, by elektroniczne sterowanie taflami szkła nie uległo żadnej awarii. Zostalibyśmy wtedy uwięzieni niczym szprotki w konserwie helskiej.

Cała ta uciążliwa dreptanina trwała prawie dwadzieścia minut. Wreszcie znudzona przewodniczka kazała wyłączyć komórki, oddać aparaty fotograficzne, kamery na podczerwień, laptopy, palmtopy, sztuczne szczęki i wkroczyliśmy do betonowego bunkra bez okien. Na jednej ze ścian rozpościerał się ów legendarny fresk i bez mrugnięcia okiem mogę stwierdzić, że na tych wszystkich reprodukcjach przedstawia się o wiele lepiej. Dziwi mnie, że Leonardo nie umarł z nudów, dziergając go latami. Pewnie wtedy przychodziły mu do głowy najbardziej odjechane pomysły. Gdybym nie przeczytał wcześniej sensacyjnej książki *Kod Leonarda da Vinci*, to pewnie nie przeżyłbym niczego ekscytującego, patrząc na *Ostatnią wieczerzę*. Mimo że nie mogliśmy podejść zbyt blisko, bo od ściany oddzielała zwiedzających potężna barierka, i tak mogłem się naocznie przekonać, że obok Jezusa jest postać kobieca, a nie męska. To potwierdza tezę gnostyków, że kobiety rulez, ale nim wydałem okrzyk zachwytu, nasz czas minął. Dopiero wychodząc, zauważyłem, że wszyscy stali cały czas tyłem do innego fresku znajdującego się na przeciwległej ścianie. Był dużo bardziej kolorowy i miał ciekawszą kompozycję. Podobno w tamtejszych farbach znajdowało się dużo naturalnych afrodyzjaków i środków halucynogennych. To przynajmniej częściowo tłumaczyłoby geniusz najsłynniejszego człowieka renesansu.

Swoją drogą dziwię się Japończykom. Na ich miejscu chybabym się wściekł, że po przeleceniu tylu tysięcy kilometrów, ogłuchnięciu potem w wyniku różnicy ciśnień i przybyciu do kościoła mam dokładnie pięć minut na jego zwiedzenie. Ale to, jak widać, naród kompletnie pozbawiony temperamentu.

Poszwendaliśmy się jeszcze trochę po placu. Wypiliśmy świetną kawę i Fabrizio zaprowadził nas na drugą stronę ulicy przed piętrową kamieniczkę, która miała około siedmiuset lat. Od frontu wyglądała zwyczajnie, ale gdy uchylono bramę, zobaczyłem niekończące się bogactwo przestrzeni, marmurowe patio z wielką fontanną i inkrustowane schody prowadzące w głąb tajemniczych ogrodów.

– Czy wiecie, kto tu mieszkał przed wiekami? – zapytał nasz włoski przyjaciel.

– Leonardo da Vinci! – wykrzyknął radośnie Gonzo. Trzeba przyznać, że z całej naszej piątki najszybciej kojarzy fakty.

– No to miał blisko do roboty – skwitował ojciec, bo faktycznie dom artysty stał dokładnie naprzeciw kościoła Świętej Marii.

Zamknąłem oczy i starałem się zapamiętać ten podniosły moment, gdy wielowiekowa tradycja, wzniosła historia Mediolanu zderzają się z grubiańskim dowcipem mojego ojca.

Warszawa (co za ból...)

NASA ogłosiła „żółty alarm". Po raz pierwszy w historii ludzkości. Nic specjalnego się nie dzieje, tylko w stronę Ziemi pędzi asteroida o średnicy czterystu metrów. Jest trochę mniejsza od tej, która sześćdziesiąt pięć milionów lat temu przygrzmociła w naszą planetę i spowodowała koniec dinozaurów. Właściwie to nie ma się czym martwić. Zawsze ktoś ocaleje. Chodzi tylko o to, żeby się wstrzelić właśnie w tę grupę. Nie chcę myśleć o moim pechu. Termin stłuczki wyliczono na 13 kwietnia (piątek!!!) 2029 roku. Zaraz, zaraz, ile będę miał wtedy lat? 12+29... yyy... 41. Eee, nie ma czego żałować! To najgorszy wiek dla faceta. Jest już wtedy po rozwodzie, stracił pracę, mieszkanie i rodzinę. Dzieci dojrzewają i domagają się coraz więcej kasy, żona ma bojfrenda młodszego o piętnaście lat. A ty tymczasem zaczynasz łysieć, rośnie ci brzuch, masz początki niewydolności prostaty, choroby wieńcowej i impotencji. Uzależniasz się od orzeszków ziemnych, starych dresowych spodni i telenoweli argentyńskiej *Tajemnicza Gryzelda i deszcz dreszczy.* W sumie czas najwyższy na śmierć. Właściwie ta asteroida trafia mi się jak ślepej kurze ziarno.

Ale mimo wszystko przeszywa mnie przytłaczający ból istnienia, prawdziwy Weltschmerz. Cierpię, kiedy uświadamiam sobie, jak niedoskonałą istotą jest człowiek, jak felerną strukturą nasz świat. Czasem wydaje mi się, że przejąłem od ludzkości jej wszystkie frustracje, a jak ciężko z tym żyć, wiem tylko ja. No i może Emil Cioran. Geniusz tego filozofa zwala mnie z nóg. Moim ulubionym cytatem jest ten:

„Kiedy wychodzę na ulicę, pierwsze, co mi przychodzi do głowy, to – eksterminacja".

Ojciec twierdzi, że mam wywrotowe i niebezpieczne poglądy, ale dam mu trochę czasu. Do Ciorana trzeba dojrzeć. To guru wszystkich nieudaczników!

Tak bardzo chciałbym coś zmienić w swoim życiu, nadać mu jakiś sens. Codziennie rano zasypiam z pragnieniem, by już był następny dzień, i każdego ranka budzę się z myślą, by nadszedł wieczór. Zwłaszcza teraz, gdy babcia odjechała totalnie i nieodwracalnie. Został mi tylko Bulwiak, jedyna osoba, której na mnie zależy. Jestem otoczony egoistami bez serc i urody. Przyciągam same życiowe dziwolągi. Dlaczego, ach, dlaczego nie otaczają mnie zdrowi i pełnowartościowi partnerzy? Czyżby podobne przyciągało podobne? Do tego zrobiłem się nieznośnie melodramatyczny – jak Pola Negri. Babcia miała rację, twierdząc, że jestem do niej łudząco podobny. Muszę coś zrobić, przerwać ten marazm, wyrwać się z beznadziei!

Kupię nowy dywanik do łazienki. Ten niebieski wzmaga mój egzystencjalny dygot.

Niedziela, 20 lutego.
Dzień „normalny inaczej"

Bulwiak ma depresję. Całe noce rżnie z ojcem w pokera. Tata wisi mu już szesnaście tysięcy. Całe szczęście, że tylko na papierze. Każdy z nas na swój sposób przeżywa stratę babci. Gonzo na przykład rzeźbi w glinie jej popiersie. Może i lepiej, że go babcia nigdy nie zobaczy, bo to dzieło sztuki przypomina skrzyżowanie nosorożca z garnkiem grochówki. Gonzo zagroził, że po skończeniu prac umieści je w ogródku przy grobie Opony. Zanosi się na to, że będę miał pod nosem nasz mały prywatny cmentarz rodzinny. Można będzie bez obaw odwalać kitę, kopać w kalendarz, czyli strugać denata. Raj na ziemi po prostu!

Po obiedzie przyszła do mnie Łucja, a mnie jak zwykle w takich sytuacjach przebiegł po grzbiecie dziki dreszcz namiętności. Jestem chyba nienormalny. Nie widziałem, żeby ktokolwiek inny tak się zachowywał. Jedynie Antoś vel Bulwiaczek wyznał, że on czuje to samo na widok każdej napotkanej kobiety, a ma już dziewięćdziesiąt cztery lata. No ale on jest nieuleczalnym poligamistą.

Mama przyniosła nam owsiane ciasteczka i zapytała, czy możemy zostawić otwarte drzwi. Łucja natychmiast się zdenerwowała i zaczerwieniła niczym truskawka. Seksowna truskawka. Nie wiem, co tej mojej matce strzeliło do głowy. Przecież doskonale wie, że ja w ogóle nie mam pojęcia, jak się zabrać do kobiety. To po pierwsze. Po drugie – mieliśmy do omówienia poważne sprawy światopoglądowe. A po trzecie – nawet gdybym Łucję uśpił, związał, zahipnotyzował i wszczepił specjalny czip zmieniający osobowość, to i tak wierzgałaby nogami i pluła przez sen.

Wyszedłem do łazienki i wsadziłem sobie głowę pod kran z zimną wodą. Pomogło. Na chwilę przestałem myśleć o seksie. Postanowiłem to wykorzystać i zastanowić się z Łucją nad BB Blachą. Okazało się, że jak byłem w Mediolanie, ten radykalny cymbał poszedł znowu na spotkanie z Młodzieżą Ziem Przodków, no i pozbawiony mojego moralnego wsparcia dał się im zwerbować. Do tego zaczął głosić te wszystkie brednie o czystości rasy, kasy i płci. Łucja mówi, że nad swoim łóżkiem powiesił hasło: INNY TWÓJ WRÓG. Hm... zastanawiam się tylko, co ona robiła w pobliżu jego łóżka??? Boże, miłość jest ślepa! Kiedy ta dziewczyna przejrzy na oczy i wreszcie zobaczy mnie w całej krasie mego męskiego powabu? No kiedy, do diabła?!

Postanowiliśmy przeciwdziałać pogrążaniu się naszego niedorozwiniętego przyjaciela w bagnie skrajnie szowinistycznych poglądów. Najgorsze jest to, że Blacha się wszystkiego wypiera. Przynajmniej przez telefon. Obiecałem Łucji, że porozmawiam z nim jak prawdziwy rewolwerowiec z prawdziwym rewolwerowcem. Spojrzała na mnie z taką wdzięcznością, że poderwałem się z miejsca i na oślep rzuciłem w jej kierunku, pragnąc udowodnić, jak bardzo jestem oddany sprawie Blachy. Oczywiście w tych nerwach źle wymierzyłem i walnąłem obok, ściągając ją na ziemię razem z moim drzewkiem szczęścia. I kiedy w najlepsze kotłowaliśmy się na podłodze, drzwi otworzyły się tak mocno, że aż szyba zadrżała. Łucja natychmiast wykorzystała okazję i wyjęła moją rękę spod swojej bluzki. Przysięgam na głowę Gonzo, że nie mam pojęcia, jak się tam znalazła! Tymczasem na tapczanie już się sadowił najpierw brzuch, a dopiero potem Elka, która jakby nigdy nic robiła sobie skręta, plując obficie na bibułkę.

– Poród się zaczyna? – zapytałem uprzejmie, choć najchętniej udusiłbym ją jej własną pępowiną.

– Zwariowałeś? To dopiero szósty miesiąc. Jak będę rodzić, to pierwszy się o tym dowiesz – uspokoiła mnie moja ekscentryczna przyjaciółka, choć podziałało to na mnie odwrotnie.

Poczułem, że mój wojownik kurczy się w zastraszającym tempie i zamienia w małego motylka na etapie larwy. Przez te baby zostanę impotentem! Wyjąłem jej z ręki śmierdzącego papierocha i przypomniałem, że w jej łonie rozwija się nowe życie i żeby, na Boga, dała szansę temu biednemu dziecku. I tak już jest dogłębnie doświadczone przez los, mając takich rodziców – czarny Egipcjanin i kobieta o wyglądzie transwestyty. W porównaniu z nimi moi są idealni.

– A właśnie – Elka weszła w rolę przyszłej matki. – Już najwyższy czas zapisać się do szkoły rodzenia.

– Tak? – zapytałem z głupia frant.

– Zajęcia są w każdy poniedziałek i czwartek o szesnastej. Strój sportowy.

Po tym stwierdzeniu próbowała wstać z gracją, ale wreszcie dała za wygraną i już w drzwiach wydała mi ostatnie dyspozycje:

– Przyjdź po mnie za piętnaście czwarta. Zdążymy na piechotę.

Przez cztery minuty łapałem oddech, przez następne siedem czarne mroczki latały mi przed oczami, a przez kolejne trzy byłem pewien, że mam właśnie stan przedzawałowy.

– Czy... czy... to znaczy, że JA mam z nią chodzić do tej szkoły??? – zapytałem Łucję, licząc na to, że nieoczekiwane, acz przyjemne obcowanie z nią zakłóciło mi odbiór rzeczywistości i po prostu źle zrozumiałem komunikat Elki. Ale moja miłość pozbawiła mnie ostatnich złudzeń.

– To chyba oczywiste. Przyjaźń wymaga poświęceń.

I... poszła sobie. Ona jest taka zimna i doskonała jak Greta Garbo. W takich sytuacjach jeszcze bardziej ją kocham. Dałbym się jej nawet biczować cielęcym pejczykiem. Ale nie zdążyłem o tym pomarzyć, bo mama wprowadziła do mojego pokoju następnego gościa, mrucząc przy tym z dezaprobatą:

– Ale masz przerób, no, no...

A ja poczułem się jak na filmach Hitchcocka, gdzie zaczyna się od trzęsienia ziemi, a potem jest tylko gorzej. W moim pokoju stała bowiem... Malina.

Noc

Muszę poprosić FBI, żeby zafundowało mi operację plastyczną, zmianę nazwiska i miejsca zamieszkania. To dla mnie jedyny ratunek po tym, jak Malina przywaliła mnie swoim ciałem z lekką nadwagą i obwieściła:

– Zabujałam się w tobie. Jesteś gites i ostrzegam, że będę o ciebie walczyć.

Chciałbym się nigdy nie urodzić.

Wziąłem sobie porządnie do serca słowa, że prawdziwa przyjaźń wymaga poświęceń, i poszedłem z Elką na ten kurs. Postanowiłem do tego podejść jak do zwykłych zajęć sportowych. No i fajnie, przyda mi się trochę ruchu.

Jednak wewnątrz mina zrzedła mi bardzo szybko. Pełno tam było kobiet w różnym stadium choroby psychicznej. Już w szatni dowiedziałem się, jak wygląda patologiczne łożysko, co to jest ciąża pozamaciczna, poród przedwczesny i czym różni się poród niewczesny od poronienia. Spojrzałem na Elkę i zobaczyłem, że ona jest jeszcze bardziej zielona ode mnie. Na korytarzu jakaś wariatka zwierzyła mi się radośnie, że ma już pokarm. Bałem się, że tryśnie mi prosto w twarz z nabrzmiałej piersi. W tym momencie doznałem jednej z jakże nielicznych chwil prawdziwego szczęścia i dumy z tego, że jednak jestem mężczyzną. Co prawda trochę pokracznym i z krzywym zgryzem, ale jednak.

W sali do ćwiczeń cała podłoga zasłana była materacami. Prowadząca zajęcia kobieta z zajęczą wargą kazała dobrać się w pary i dopiero wtedy zobaczyłem, że każda z ciężarnych przyszła tu ze swoim partnerem. Przerażeni mężczyźni zaczęli nieśmiało wychylać się zza pleców swoich monstrualnych małżonek, konkubin, dziewczyn, narzeczonych. Wyglądało na to, że tylko ja jeden byłem z łapanki, co znacznie utrudniało mi głaskanie z czułością brzucha Elki. Ona jednak była bardzo zadowolona. Mam nadzieję, że jej wdzięczność nie będzie miała końca. Potem było jeszcze kilka ćwiczeń oddechowych, podczas których

Zajęcza Warga kazała kobietom robić coś z kroczem, by przygotować mięśnie do porodu. Na wszelki wypadek zamknąłem oczy. Dowiedziałem się też, że w czasie akcji bardzo pomaga masowanie karku, ale uznałem, że nie ja jestem adresatem tych wszystkich wskazówek, tylko Ozyrys. Przekażę mu je mejlem.

Posłuchaliśmy jeszcze z kasety uspokajającego szumu morza i byliśmy wolni.

Ufff! Cieszę się, że mam to już za sobą.

Środa

Moja radość nie trwała długo. Przed chwilą dostałem SS-mana od Elki:

Przypominam o jutrzejszych zajęciach. Kup mi jakieś getry, bo nie mam siły łazić po sklepach. Buźka.

Cudownie. Jak widać zostałem jej osobistym lokajem, garderobianą i być może niedługo położną. Bo błaznem to jestem od dawna.

Czwartek. Pogodny Skurcz

Grupa się pomału wykrusza. To znak, że i Elka nie ucieknie spod... spod gilotyny. I znowu męczyliśmy te monotonne ćwiczenia. Skurcz, rozluźnienie, skurcz, rozluźnienie. Szkoda, że nie wziąłem discmana. Po przerwie instruktorka zapytała, czy mamy już wybrane imiona dla dzieci. W naszej grupie są cztery Klaudie, trzech Igorów, dwie Sonie i dwóch Patryków.

– No a w a s z e dziecko? – wścibski babsztyl zwrócił się do nas.

Elka przestała się drapać po tatuażu na kostce i łypnęła na babę niechętnie.

Kobieta uśmiechała się namolnie, susząc zdecydowanie zbyt wybujałe siekacze.

– No... – zachęciła.

– Wiesiek albo Zyga – mruknęła Elka.

Po sali przebiegł szept niezdrowego podniecenia.

– A jak będzie dziewczynka, to Wieśka albo Mundzia – uściśliłem.

– Tak... tego, bardzo przyjemnie... To teraz posłuchamy sobie odprężającego świergotu wykluwających się pisklaczków!

– Och, cudownie, cudownie! – piszczały przyszłe matki, klaszcząc w dłonie.

One wszystkie są zdrowo walnięte. Elka też już chyba miała dosyć, bo zaproponowała swoją muzykę. Przestraszyłem się, że zapoda Rammstein, którego słucha z bezgranicznym uwielbieniem, ale rozwiała moje obawy.

– Spokojna twoja czacha.

Wsunęła płytkę w odtwarzacz i już niebawem wszystkimi obecnymi niewiastami w stanie błogosławionym targnął gwałtowny i niekontrolowany dreszcz. Najpierw z głośników poleciała solówa, przy której zespół Rush to wykonawcy serenad, a potem usłyszeliśmy:

– SATAN! SATAN! MOTHER FUCKER, BLOOD!!!

I to by było właściwie na tyle, bo zajęcia zakończono przed czasem, nie pozwalając nam dosłuchać do końca. Dostaliśmy pierwsze ostrzeżenie.

Piątek

Dziś Gonzo skończył swoją rzeźbę. Kiedy wniósł ją triumfalnie do pokoju, zastygliśmy z grozy. To było brzydsze niż całe Biennale Sztuki w Wenecji. Właśnie dlatego uważam, że Gonzo powinien w przyszłości zostać artystą rzeźbiarzem. Zapowiada się na wspaniałego, obrazoburczego twórcę. Nie wiem tylko, czy się na to zgodzi, bo już od samego urodzenia jego powołaniem jest demolka. Można by rzec: „Born to kill".

Kiedy przylazł Blacha, całą godzinę ustawiali to dzieło w ogrodzie, a potem robili w kuchni bitą śmietanę, zaśmiewając się do łez. Próbowałem podsłuchiwać, ale dolatywały mnie tylko pojedyncze słowa: „honor", „Polska", „zaraza". Bałem się, że Blacha przekabaci mi bratanka, a Gonzo w wersji ultraprawicowej to nie przelewki.

– Z czego się śmiejecie? – wsunąłem głowę przez drzwi.

– Z ciebie, brachu! – zakrzyknęli radośnie niczym najlepsi ziomale.

Najgorsze jest to, że dołączyła do nich mama, wyżerając połowę śmietany wprost z miski, a wieczorem powiedziała nielojalnie:

– Ten Blacha jest bardzo fajny, ma przynajmniej luz w łożyskach. Nie mógłbyś być taki jak on? Wszyscy już mamy dosyć twojego narzekania, w dodatku nie masz w ogóle poczucia humoru.

Jak miło, pani psycholog. Od razu poprawił mi się nastrój. Jednak z dwojga złego chyba wolę mamę taką niż nieobliczalnie kochającą. Przynajmniej wiadomo, że można się po niej spodziewać tylko najgorszego.

Niedzielne rodzinne popołudnie

Idziemy dziś na uroczyste otwarcie knajpy Filipa. Nosi przewrotną nazwę Pod Krzywym Ryjem. Ojciec obawia się, że będzie ściągać różnych meneli, mylnie sugerując możliwość darmowej popijawy. Jednak mój oryginalny brat wyjaśnił, że ta swojsko brzmiąca nazwa jest jego ideologicznym manifestem i wyrazem polemiki z innymi tego typu przybytkami, które, dając się uwieść pretensjonalnym trendom, prześcigają się w co bardziej wymyślnych hasłach: KARMA, DHARMA, FATWA, KAMASUTRA i tak dalej. Faktycznie, Krzywy Ryj wypada na tym tle dość intrygująco. Nie chcę martwić Filipa, ale tylko patrzeć, jak stanie się najbardziej dżezzi z dżezzi. Ale może o to właśnie chodzi w tej pokrętnej logice knajpianego marketingu?

Kuchnię prowadzi Hela i w odróżnieniu od jej biustu, ta będzie minimalistyczna, wegetariańska i niesmaczna. Hela zupełnie nie umie gotować, ale z drugiej strony nie bardzo miała się gdzie nauczyć. Kiedy żyła przez trzy lata z tybetańskim lamą na wygnaniu, jedli tylko czarny ryż i trawę cytrynową.

Odstroiliśmy się na wysoki połysk. To miło należeć do rodziny restauratorów. Może niebawem dorównamy imperium Gesslerów? Chciałem zaprosić Łucję, ale nie miała czasu, bo Blacha się zaziębił i czytała mu baśnie Andersena. Przez siedem minut panowałem nad wzbierającym uczuciem przejmującego zawodu i zazdrości, po czym z całych sił kopnąłem w rachityczny klomb na podwórku. Auć!!! Teraz zejdzie mi paznokieć. Cóż, muszę pogodzić się z tym, że nie wszystko w życiu będzie się układało po mojej myśli. Ale byłoby cudownie, gdyby CHOĆ JEDNA RZECZ potoczyła się tak, jak chcę.

Pod Krzywym Ryjem mieści się na Starej Ochocie w malowniczej kamienicy z wejściem od frontu. Nad drzwiami wisi popiersie jakiegoś demona, którego morda wykrzywiona jest tak, jakby go bolały wszystkie zęby, korzonki i jelito grube. Hela z radością oświadczyła, że autorem jest Gonzo. Zadziwiające, ten dzieciak ma już swój własny rozpoznawalny styl! Wróżę mu wielką karierę w nowojorskich galeriach sztuki. Albo też na galerach, na dwoje babka wróżyła (jak to się mówi).

Przed wejściem natknęliśmy się na małego człowieczka o kaukaskich rysach, który więcej mierzył w barach, niż miał wzrostu. Zagrodził nam przejście i coś powiedział, kalecząc niemiłosiernie nasz język ojczysty. Miał uszy zwinięte w ruloniki i po tym domyśliłem się, że zapewne przez wiele lat trenował zapasy. Był jednak przyjazny i spokojny. Hm, jakbym znał tyle chwytów, to też bym był spokojny. Po chwili pojawił się Filip. Wyjaśnił, że to Rusłan – ochroniarz, reprezentant kadry Kazachstanu i nielegalny emigrant w jednym. Podaliśmy sobie ręce, choć byłem pewien, że po tym żelaznym uścisku wszyscy zostaniemy jednorękimi kalekami. W środku było już sporo gości, w tym przekupieni urzędnicy izby skarbowej. Siedzieli przy oddzielnym stoliku ze swoimi szarymi żonami i nerwowo rozglądali się na boki, szczerząc pożółkłe zęby w suchym uśmiechu. Specjalnie dla nich sprowadzono od Gesslera homara w majonezie. Mają też pobierać skromną comiesięczną pensję w zamian za drobne przysługi. Sprawiali wrażenie miłych i spokojnych ludzi w odróżnieniu od gości w pobliżu. Było to siedem opasłych karków z uwieszonymi na szyjach sztabami złota i anorektycznymi blondynkami poparzonymi w solarium. Ci śmiali się głośno i przeklinali bez żadnego skrępowania. Kiedy Filip podszedł do nich na giętkich nogach, podsunęli mu kolejno do ucałowania swoje wielkie, zapewne ociekające krwią łapska ugarnirowane sygnetami. Na ich widok ojciec zbladł.

– Jezu, jak mi ktoś strzeli fotkę w tym towarzystwie, to moja kariera poselska będzie skończona, a jeszcze nie zdążyliśmy wybudować domu! – jęknął i chowając się za mamę, założył ciemne okulary.

Mama zachichotała nerwowo i jeden z gangsterów zadowolony klepnął ją w tyłek. Już myślałem, że będzie draka na całego i skończy się krwawą strzelaniną, ale mama... znowu zachichotała. Boże, co strach robi z ludźmi... Pocieszyłem ojca, że przyjaźń z bandytami to teraz obowiązujący trend i każdy szanujący się polityk ma w zanadrzu jakiegoś killera. Ojciec jednak wyraźnie się denerwował. Cóż, widać ma jeszcze jakieś zasady moralne. Daję mu czas do końca kadencji. Założę się, że wtedy będzie już albo kompletnie skorumpowany, albo znowu bezrobotny.

Tymczasem usadowiono nas w kąciku i podano domowy rosół z makaronem, który ugotował Bulwiak. Do tego wódkę wyborową. Dla nieletnich był sprite. Ale nie nacieszyłem się długo atmosferą ciemnych interesów, bo mój bezczelny brat zaraz zagonił mnie do zmywania. Większość wieczoru spędziłem więc na zapleczu. A to wielka szkoda, bo impreza nabrała tempa i jedna z blondynek zrobiła striptiz na stole. Mama chciała się przyłączyć, ale ojciec w samą porę wepchnął ją do taksówki, mimo że jeden z Grubych Karków krzyczał:

– Niech sobie samica pobryka!

Całe szczęście, że mama tego nie słyszała, bo nikt, kto odważyłby się nazwać ją publicznie samicą, nie doczekałby jutra. Nawet gdyby pochodził z Pruszkowa lub Wołomina.

Ogólnie wszyscy uznali imprezę za udaną. Oprócz mnie i Filipa, który, jak się okazało, musiał zaciągnąć niewielki kredyt na to przyjęcie, więc ciągle jeszcze jest do tyłu. Gonzo jako rodzinny księgowy skalkulował koszty i ostrzegł własnego ojca, że będzie wkrótce bankrutem. Dobre dziecko.

Wyjrzałem wieczorem przez okno i zobaczyłem Malinę stojącą na chodniku naprzeciwko naszego domu. Wcinała chipsy i obserwowała ulicę. Schowałem się za firankę. Nie wiem, co mam zrobić. Teraz będzie mnie prześladować do końca życia. A przecież nawet jej porządnie nie wymiętosiłem! Tak to jest, jak się mężczyzna wplącze w fatalny romans.

Kolejny poniedziałek
(taki już mój pech)

Dziś znowu uczyłem się rodzić. Zajęcia miały charakter zdecydowanie psychomotoryczny: więcej ruchu, mniej ględzenia. Zajęcza Warga kazała wszystkim ciężarnym zamknąć oczy, aby faceci mogli je prowadzić po sali, pomagać w pokonywaniu przeszkód i rozpoznawaniu przez dotyk różnych rzeczy. Chodziło o to, żeby babki poczuły, że mogą zaufać swoim mężom (według mnie – mission imposible), a oni oswoili się z odpowiedzialnością i koniecznością opieki. No i zaczęła się zabawa jak ze śmierdzącymi jajkami, bo goście dostali takiego pietra, jakby ich żony miały sto lat, były kompletnie zniedołężniałe i miały się zaraz rozsypać. Postanowiłem nieco zaburzyć ten spacer. Najpierw rozhuśtałem Elkę, ta wyrwała mi się i poleciała w tłum, a dalej to już zadziałał efekt domina. Trochę się spietrałem, bo zrobiła się panika jak w płonącym wieżowcu.

Bilans:

2 lekkie upadki,

7 siniaków,

1 męska ręka złamana,

3 akcje porodowe w toku.

Elka się do mnie nie odzywa, bo dostaliśmy czerwoną kartkę i mamy zakaz wstępu na zajęcia. Bóg mi świadkiem, że miałem dobre chęci!

Marzec

Zobaczyłem dziś krokusa na grobie Opony. To znak, że idzie wiosna i że zwłoki naszego nieodżałowanego psa rozłożyły się, tworząc wspaniały kompost. Zasieję tu bratki, jej ulubione kwiaty. Takie same posadziłem już na grobie pani H., ale jeszcze nic nie wzeszło. Może się Adeli nie spodobał kolor? Mają być czerwone, a ona jako przedwojenna inteligentka całe życie walczyła z komuną.

Elka ma coraz większy brzuch. Wczoraj zapytała mnie, co bym zrobił, gdyby urodziła czworaczki. Naprawdę nie wiem, co mi do tego? Muszę jej chyba znowu przypomnieć, że nie jestem ojcem jej potomstwa. Mogę co najwyżej roztoczyć nad nim patronat duchowy przez wzgląd na dawną przyjaźń z Ozyrysem. Ale o adopcji w żadnym wypadku nie może być mowy! Musiałbym mieć cholernego pecha, żeby zostać ojcem gromadki czarnoskórych noworodków, będąc wciąż prawiczkiem.

BB Blacha coraz częściej przychodzi do Gonzo i pod pozorem sklejania papierowych modeli liderów partyjnych (ostatni hit w sklepach z zabawkami) gadają ze sobą całymi godzinami. Na razie nie zauważyłem, żeby mój bratanek cofał się w rozwoju, ale licho nie śpi.

Mam przesilenie wiosenne. Gruczoł zapisał mi złośliwą mieszankę multiwitaminową, przez którą mam wzdęcia. On uśmierca moje życie osobiste!

W szkole nuda, nuda, jeszcze raz nuda. Dostałem pałę ze sprawdzianu. Jak co roku nie przeskoczyłem przez kozła. Chodzę na rozstawionych nogach.

Czwartek, 3 marca

Afera! Gonzo uprawiał w swojej podstawówce działalność wywrotową, wzywając do nienawiści rasowej. Mama, tata, Filip i Hela są załamani i bezradni w obliczu tak spektakularnej klęski pedagogicznej. Wszyscy szukają przyczyn, obarczając się wzajemnie winą. Natomiast ja nie mam wątpliwości, że to sprawka Blachy i jego Młodzieży Ziem Przodków.

Sprawa się wydała, gdy Gonzo zaczął w szkole organizować dziecięce bojówki mające w przyszłości przejąć władzę w tym kraju. I pomyśleć, że to moja krew! Co za wstyd dla nazwiska! A przecież Gonzo jest inteligentnym dzieciakiem, zdawałoby się, niepodatnym na pranie mózgu.

Blacha ma zakaz wstępu do naszego domu. Oczywiście natychmiast powiedziałem o wszystkim Łucji. Była oburzona. Wspaniale! Nareszcie pozbędę się rywala za pomocą tak zwanych czarnych public relations. Muszę jeszcze sfabrykować trochę dowodów na jego zbrodniczą działalność i sprawa załatwiona.

Tymczasem Gonzo stał przed chmurnym rodzinnym zgromadzeniem w porozciąganych czerwonych rajstopkach i nerwowo dłubał w nosie.

– Nie mam nic na swoje usprawiedliwienie – wyznał wreszcie, patrząc ojcu prosto w oczy.

Ten dzieciak mnie przeraża! Potrafi z zimną krwią przyznać się do najcięższych zbrodni.

– Ależ Wiktorku! – mama załamała ręce.

– Mam na imię Wiktor – sprostował bezczelnie Gonzo. – Proszę albo tak się do mnie zwracać, albo wcale.

Mama jęknęła, jakby otrzymała lewy sierpowy, a w Filipa wstąpił istny Stalin.

– Nie, no do jasnej cholery, dość już tego! – I zaczął wyciągać pasek ze spodni. – Chodź no tu, dawaj dupsko!

Gonzo westchnął, po czym usiadł na kanapie, zakładając nogę na nogę.

– Stosowanie przemocy fizycznej wobec słabszych jest szczególnie odrażającą praktyką i oznacza brak argumentów. A jeśli jednej ze stron brak argumentów, to dyskusja przestaje być konstruktywna.

W oczach Filipa ujrzałem żądzę okrutnego mordu w czystej postaci. Na szczęście główny zainteresowany sam nie wytrzymał napięcia i pogardy ze strony bliskich i przestał wreszcie odgrywać twardziela. Posmarkał się z żalu i wstydu, wyznając rozbrajająco:

– Errare humanum est!

– Kto ci nagadał takich bzdur? – zaniepokoiła się mama, która uważa, że człowiek powinien być nieomylny i nigdy nie należy dawać mu drugiej szansy.

– Nikt nie musiał mi mówić, wystarczy, że na was patrzę! – ogłosiło z wyrzutem nieszczęśliwe dziecko.

– Dziadek ciągle nie wie, co ma w życiu robić, tata jest niebieskim ptakiem – na te słowa Filip tak się zapowietrzył, że trzeba było go walnąć w plecy – Rudolf jest jakimś dziwolągiem, to czego wymagać ode mnie? Ja mam dopiero osiem lat!!!

Zamurowało nas wszystkich, bo Gonzo jest zdecydowanie zbyt bystry jak na swój wiek. I zbyt szczery. Jak tak dalej będzie, to zostanie najbardziej znienawidzoną osobą w tym kraju. Wszyscy kombinowaliśmy w panice, jak uratować resztki naszego autorytetu, aż w końcu mama znalazła piękną puentę:

– No to teraz już wiesz: żebyś nigdy, ale to nigdy nie naśladował nikogo z nas... Wiktorze.

Po odzyskaniu normalnego oddechu

Ja jestem dziwolągiem? Ja??? A kto ma w kieszeniach poupychany trotyl, potrafi skonstruować prostą bombę, uwielbia odgryzać muchom głowy i dzieli w pamięci do piątego miejsca po przecinku?!!!

Sobota

Nie lubię pchać się przed szereg i stać na pierwszej linii frontu, ale skoro już zostałem skonfrontowany z patologią w najczystszej postaci, skoro zatruty jad ideologii wsączył się podstępnie pod mój dach, nie mam wyjścia. Będę działał. „Nie kcem, ale muszem", że zacytuję sławnego męża stanu. Postanowiłem myślą, mową, uczynkiem i zaniedbaniem walczyć z wrogiem. W myśl słynnej zasady GLOCAL: myśl globalnie, działaj lokalnie. Założę organizację pacyfistyczną opartą na platońskim ideale piękna, mądrości i... eee, zapomniałem, czym jeszcze. Wszystko jedno. W skrócie chodzi o to, żeby potępiać wszelkie ekstremistyczne zapędy, szkodliwe ideologie i fanatyczne poglądy zatruwające ciała i umysły. Moja oferta, na razie kierowana tylko do wybranych przedstawicieli szkolnej społeczności, będzie niebawem jednoczyć całą elitę intelektualną, artystyczną, jednym słowem – sól ziemi. Długo myślałem nad nazwą:

FRONT WYZWOLENIA ATMOSFERY?

POKOJOWO-ANTYRASISTOWSKI RUCH ODRO-DZENIA?

HUMANISTYCZNY ZRYW MŁODEJ MYŚLI?

PRO PUBLICO BONO?

Wszystko wydawało mi się zbyt napuszone. To musi być prosta nazwa chwytająca za serca i mówiąca prawie wszystko o naszym programie. Mam! Założę ruch KOCHAJ MNIE! Genialne! A teraz program:

– rozwój intelektualny i duchowy mający na celu wykształcenie przyszłych autorytetów i elit,

– edukacja seksualna,

– tolerancja dla wszelkiej odmienności,

– walka z korupcją,

– walka z zacofaniem,

– walka z radykalizmem religijnym,

– walka z Radiem Lilija (to będzie trudne, bo oni dysponują największą na świecie Armią Moherowych Beretów),

– walka z uprzedzeniami,

– walka z ksenofobią,

– walka z rasizmem, antysemityzmem i faszyzmem,

– walka z przemocą.

Kurczę, coś tu za dużo walki jak na organizację pacyfistyczną.

W szkole

Przedstawiłem dyrektorowi w skrócie założenia mojej partii, pomijając aspekt walki ze wszystkim i ze wszystkimi.

– Popieram, popieram. Ale nie chcę tu mieć żadnej kontroli z kuratorium.

Kiedy już wychodziłem, postawił jeszcze jeden warunek:

– I żadnych więcej dzieci przed maturą.

– Tak jest! – zasalutowałem.

A więc załatwione. Na każdej przerwie ogłaszałem się w szkolnym radiowęźle:

– Chcesz wreszcie zrobić użytek ze swoich szarych komórek? Chcesz pokazać, że jesteś stworzony do wyższych celów? Chcesz zmienić to, na co masz wpływ? Przebuduj ze mną świat. Powiedz mu: KOCHAJ MNIE, a on cię pokocha!!! Zebranie założycielskie dziewiątego marca, w środę, o godzinie piętnastej trzydzieści w pracowni komputerowej. Zostań swoim guru.

Wywołałem tym istne trzęsienie ziemi. Cała szkoła już mówi o tym, że mnie nieźle pokopało. Ciekawe, co powiedzą, kiedy za parę lat dostanę pokojową Nagrodę Nobla. Wielcy ludzie zawsze mieli w życiu pod górę. Już tylko to każe mi wierzyć, że mam do wypełnienia ważną misję.

W domu

Podzieliłem się swoim pomysłem z rodzinką. Ojciec ma mi za złe, że nie chcę wspierać jego partii, tylko zaczynam działać na własny rachunek. Akurat, nie będę taki naiwny, żeby pracować na jego nazwisko niczym Łysek z pokładu Idy. Skończyły się czasy wyzysku. Dziś każdy ma konstytucyjnie zagwarantowaną wolność głoszenia własnych poglądów. Przynajmniej teoretycznie. Mama jak zwykle kracze, że to się źle skończy. Wspaniale podtrzymują mnie na duchu. Ale nie dam się zniechęcić. Po prostu muszę robić w życiu coś sensownego, bo inaczej umrę z nudów i nawet tego nie zauważę.

– Kiedyś będą się o tym uczyły dzieci w szkołach – zacząłem snuć dalekosiężne plany. – Przejdę do historii jako twórca ruchu, który położył podwaliny pod nowy, lepszy świat. Świat bez przemocy, nienawiści, głupoty i niesprawiedliwości.

– Taa... – ziewnął szanowny pan poseł. – Lenin też tak kiedyś mówił.

No nie! Oni potrafią zdusić w zarodku każdą inicjatywę. Ale nie poddam się. Będę walczył do końca niczym... niczym... Andrzej Lepper – dopóki mi się grabie nie złamią!

Środa wieczorem

Zupełnie nie wiem, jak rewolucjoniści radzą sobie z fizycznym wyczerpaniem, psychicznym drenażem i brakiem wiary w sens swojej walki. Przed dzisiejszym zebraniem nie spałem całą noc, tak się denerwowałem. Od rana miałem biegunkę i mdłości. O 15.00 tkwiłem już czujnie na posterunku w pracowni komputerowej. Dyro łaskawie wydał mi wcześniej klucz.

– Przypominam, że strony porno są zablokowane – powiedział ze złośliwą satysfakcją, a widząc moje urażone spojrzenie, dodał: – Mówię tak na wszelki wypadek, żebyś nie tracił na próżno energii.

Boże, to straszne, co ci nauczyciele naprawdę o nas myślą! Wcale się nie dziwię, że nienawidzą swojej pracy albo popijają wieczorami, żeby zagłuszyć bezsens własnego życia.

O 15.23 zaobserwowałem wzmożone pocenie się rąk oraz nerwowy tik nad górną wargą. Obym tylko w decydującej chwili nie zasnął. Zacząłem się nerwowo skubać po brodzie, rozrzucając wokół rude kłaczki, aż wreszcie pojawili się pierwsi ochotnicy. To będą w przyszłości moi przyjaciele, którzy czują i myślą jak ja i z którymi połączy mnie braterstwo dusz.

Niestety, przylazły głównie szkolne ofermy, w tym koleś, który od jakiegoś czasu zastępował mnie na etacie klasowego kozła ofiarnego. Były to jednostki płochliwe, niewyrośnięte, sfrustrowane i nieurodziwe. Cóż, jeszcze nie pora, by się wycofać. Ważne jest wnętrze, a nie opakowanie. Ale jak mam, do diabła, czegoś dokonać z tą licealną kastą nietykalnych? Z nimi nawet nikt nie rozmawia, są przezroczyści jak wódka w szklance!

Spojrzałem na nich jeszcze raz, biorąc równocześnie głęboki wdech, i... zobaczyłem dwadzieścioro par oczu wpatrzonych we mnie z taką nadzieją i takim podziwem, że poczułem się jak kaznodzieja jakiegoś nielegalnego kościoła głoszący absolutne herezje. Gdybym im wtedy obiecał, że od jutra będą piękni i popularni, toby mi uwierzyli. Ale przecież nie o to mi chodzi!!! Potrzebuję silnych, zdrowych i pewnych siebie partnerów, z którymi przeprowadzę desant na ksenofobiczne społeczeństwo. Obalę rząd i ustanowię nowe prawa!!! Oho, trochę mnie poniosło, ale wszystko albo nic. No, z nimi to mam raczej szanse na to drugie. Dobra, szybka zmiana strategii.

– Witajcie, dziękuję za przybycie. Wykazaliście się tym samym ogromną odwagą i silną osobowością. Tak, bo to wymaga odwagi – pójść pod prąd i wziąć sprawy w swoje ręce.

Zacząłem bardzo profesjonalnie jak wytrawny polityk, czyli z ust lała mi się obłuda i wazelina. Na szczęście sam czuję się jak trędowaty odszczepieniec, więc moja wiarygodność rosła z każdą chwilą.

– Wiem, co to znaczy budzić się każdego ranka z nadzieją na poprawę losu. Wiem, co znaczy łapać spojrzenia, które cię konsekwentnie omijają. Wiem, co znaczy głupi rechot za każdym razem, gdy coś zrobisz lub powiesz. Nie wiem tylko jednego: dlaczego mam to znosić?

– Yeeees!!! – rozległ się pełen entuzjazmu okrzyk spod okna. Niestety, jego autor był tak niepozorny, że ledwo wystawał spoza komputerowego monitora.

Na sali zapanował pełen nadziei rozgardiasz. Tymczasem we mnie wstąpili Napoleon, Duce i Juan Peron jednocześnie.

– Czy ktoś ma mniej praw tylko dlatego, że ma mniej centymetrów w barach? – zadałem retoryczne pytanie. – Czy to, że jestem brzydki i pryszczaty, oznacza automatycznie, że nie mam godności i nie należy mnie szanować? Czy to, że mam czarną skórę, czyni ze mnie służącego i podczłowieka?

– Czy muszę ciągle siedzieć na ławce rezerwowych tylko dlatego, że mam najmniejszego siusiaka w klasie??? – dramatycznie zapytał myszowaty wypierdek w kącie sali.

Nastąpiła ogólna konsternacja, którą na szczęście szybko ugasiłem, wyjaśniając, że o to mi właśnie z grubsza chodzi.

– Otóż nie! – stanąłem w rozkroku jak nasz dyro i mimowolnie włożyłem sobie dłoń za bluzę w charakterystycznym bonapartowskim geście. – My wszyscy odrzuceni i sponiewierani mamy takie same prawa jak ci, co od nas głupsi, a ino siłą naród niewolą!

Oho, oho, ho, ho, ho, ho. Poniosło mnie, że heeeej!

– Ostatni będą pierwszymi! – zacytował ktoś biblijne proroctwo.

– Fanatyzmowi i rasizmowi NIE!

– Nie damy się zastraszyć!

– Nie rzucim ziemi, skąd nasz ród!

Przez moment zagubiłem się nieco w czasoprzestrzeni i poczułem jak na zebraniu międzynarodówki robotniczej z Różą Luksemburg i Ludwikiem Waryńskim na czele. Czyżby ojciec miał rację, zarzucając mi ciągoty do ideologii socjalistycznej? Tymczasem w uczestników zebrania wstąpił istny szał. Powychodzili spod ławek, podnieśli głowy i przestali mieć niekontrolowany odruch uchylania się przed ciosami.

– Dlatego – cwałowałem na rumaku przywództwa do finału – musimy walczyć z przekonaniem, że ludzie nie są równi i mają różne prawa. Ciemnota, ksenofobia i dulszczyzna nie mogą rządzić naszym krajem. Zacznijmy od siebie. Co powiemy jutro naszym dotychczasowym oprawcom? – zawiesiłem dramatycznie głos.

– Wal się? – zapytało niepewnie szpetne dziewczę z IIa.

Pominąłem milczeniem tę nietrafną odpowiedź.

– Co powiemy? Powiemy im... KOCHAJ MNIE!

– Eeee, to się nie uda – powątpiewał chuderlak z małym siusiakiem.

No normalnie myślałem, że mnie krew zaleje! Ja sobie flaki wypruwam, żeby im wyłożyć moje wiekopomne przesłanie, a ten frajerzyna mi tu dywersję uprawia?

– Uda się – przemówiłem łagodnym głosem naszej katechetki. – Miłość to potężna siła.

W tym momencie zorientowałem się, że sprawa wymknęła się spod kontroli, bo nie chodziło mi o to, żeby niczym jakiś święty misjonarz nieść dobre słowo ślepym i zadżumionym, tylko żeby zrobić tym debilnym narodowcom porządną rozpierduchę w duchu czystej i pierwotnej anarchii. W końcu ustaliliśmy, że spotkanie było tylko próbne, a ja obejmę tymczasowy zarząd (nie będę się, cholera, bawił w żadną demokrację z tymi nieudacznikami, tu trzeba silnej ręki). Jutro przychodzimy w koszulkach, na których każdy dowolną techniką umieści nasze hasło: KOCHAJ MNIE!

Po spotkaniu podeszła do mnie ta paskudna siostra Kopciuszka i wczepiając mi się paznokciami w rękaw, zapytała krwiożerczo:

– Ale obiecujesz, że Rafał się we mnie zabuja?

No to już po mnie! Przecież cała szkoła wie, że Rafał się kocha w Karolu ze sztucznym okiem.

Następny dzień

Naprawdę ciężko było mi zwlec się do budy. Rodzice mnie pocieszają, że wielkie idee i ruchy zawsze rodziły się w bólach. To oczywista nieprawda, bo tacy na przykład surrealiści, kiedy pisali swój manifest artystyczny, nie tylko mieli niezły ubaw, ale też ludzie mało się nie pozabijali, żeby się wkraść w ich łaski. Podobno jak Dali z Buñuelem kręcili „Psa andaluzyjskiego", mieli kolejkę chętnych do zagrania w scenie z przecinanym okiem. To były czasy pełne zrozumienia dla geniuszy! Surrealiści do dziś mają zagorzałych kontynuatorów swojej myśli. Najlepiej mi znanymi są śp. babcia i Gonzo. On dumnie niesie sztandar nonsensu. Jak człowiek żyje z nim pod jednym dachem, to ciągle się zastanawia, czy śni, czy też ten horror rozgrywa się naprawdę.

Wracając do mojego manifestu, to przygotowałem się bardzo rzetelnie, by ogłosić światu swoje nowatorskie, choć jakże proste przesłanie. Postanowiłem nadać mu bardziej spektakularną formę. Gonzo przez całą noc pomagał mi kleić z tektury wielkie, pokryte purpurowym brokatem serce. Miało z tyłu przymocowane szelki, żebym mógł je sobie założyć na piersi. Składało się z dwóch części, które po otworzeniu ukazywały mój tors z namalowanym napisem KOCHAJ MNIE! Mama była zachwycona:

– Och, Rudolfie! Na pewno zostaniesz królem balu! – Po czym skołtuniła sobie włosy. – Ale już chyba po karnawale...

Nie miałem czasu wyjaśniać jej, że to niejako mój strój służbowy. Zresztą i tak zagłuszyłby mnie Gonzo wydzierający się, że on też chce bezkarnie obnażać się w miejscach publicznych. Hm... chyba nie powinienem był zakładać serca na gołe ciało... Zjadłem w locie rolmopsa i poleciałem do szkoły.

Godzina wychowawcza

W autobusie znalazłem się w poważnych opałach. Jakiś wyżelowany dupek gapił się na moje „firmowe" przebranie, aż w końcu podszedł, kołysząc biodrami i nachalnie zaglądając mi w oczy, powiedział: „Bardzo chętnie". W pierwszej chwili nie wiedziałem, o co mu chodzi, ale w końcu zorientowałem się, że to odpowiedź na wezwanie ruchu. Aż się spociłem ze strachu. Zgubiłem go dopiero po dwóch przesiadkach, omal nie wpadając pod wózek z inwalidą. Chyba muszę dołączyć do tego hasła jakiś aneks. Na przykład: KOCHAJ MNIE, POD WARUNKIEM ŻE UZYSKASZ WCZEŚNIEJ MOJĄ PISEMNĄ ZGODĘ.

Dlatego wpadłem spóźniony i Tarczyca znowu postawiła mi wisielca. Mój wygląd wywołał prawdziwy aplauz, tym bardziej że prezentowałem pod sercem gołą klatę gdzieniegdzie porośniętą dziewiczym włosem. Dziewczyny piszczały! Ale tępa Tarczyca pognała natychmiast do dyra, łkając po drodze, że

180

obrażam jej uczucia religijne, zmuszam do bezpośredniego obcowania ze swoim rozнегliżowanym ciałem. No i dyro zwołał specjalny apel, bo on uwielbia wszelkie rozróby.

– Jako przywódca naszej demokratycznej szkolnej społeczności – zaczął, jak zwykle stając w pozie Napoleona – muszę stanowczo przeciwstawić się libertyńskim tendencjom, które z niejakim niesmakiem obserwuję od dłuższego czasu, szczególnie w klasie IIIc. Najpierw ciąża – tu ukamienował Elkę spojrzeniem – teraz jakieś przebieranki rodem z Las Vegas. To jest szkoła. A może ja się mylę?

Oczywiście nie mylił się, bo jak każdy przywódca nieomylnym był. Amen. Tymczasem nadeszła pora na moje pięć minut.

– Gąbczak, przed pluton egzekucyjny wystąp!

Kiedy dyro jest naprawdę wkurzony, zaczyna nazywać rzeczy po imieniu. Tym razem miałem stanąć przed radą pedagogiczną usadzoną w równym rzędzie pod oknem. No to wystąpiłem i... poczułem się jak „prawdziwy-bohater-filmów-akcji-który-wraca-do-domu-po-długiej-nieobecności-podczas-której--było-mnóstwo-punktów-zwrotnych-i-okazuje-się--że-wszyscy-go-kochają-bo-wybawił-ich-od-bandytów--skorumpowanego-burmistrza-lub-smoka-głodomora-i--kobiety-go-pożądają-seksualnie-a-najbardziej-ta-co--go-nie-doceniała-bo-była-wcześniej-zajęta-bajerowa--niem-jakiegoś-blaszanego-cymbała".

Uffff! Jednym słowem, czułem się jak Rudolf Valentino, Elvis Presley i Marilyn Monroe w jednym. Cała buda na mój widok piszczała, klaskała i gwizdała, aż myślałem, że dyro wrzuci w ten rozszalały tłum jakąś bombę własnej roboty. Jestem pewien, że w domowym zaciszu z wielką pasją oddaje się takiemu rękodziełu.

Kiedy wiwaty umilkły, dowiedziałem się, że mój wybryk podpada właściwie pod jakiś paragraf. Próbowałem zasłonić swój wątły tors lewym skrzydłem, a raczej lewą komorą serca, ale tektura była bardzo sztywna i ciągle rozchylała się na boki. Tarczyca za każdym razem ze wstrętem odwracała wzrok. Już myślałem, że zacznie spluwać przez lewe ramię. Do czego to podobne, żeby kobieta w tym wieku nie widziała dotąd rąbka nagiego mężczyzny!

Dyro poprawił sobie na głowie wyimaginowany napoleoński pieróg (on jest nienormalny!) i dalej dawał upust swoim dyktatorskim zapędom:

– Nie będę, powtarzam: nie będę... tego, o czym to ja mówiłem? – stracił wątek zajęty urojonym nakryciem głowy. – A więc nie będę i kropka.

Po tym zagadkowym oświadczeniu wbił we mnie oskarżycielskie spojrzenie.

– Co masz do powiedzenia? Hę?

Obejrzałem się za siebie i zobaczyłem dwadzieścioro par oczu wpatrzonych we mnie z wiarą i pewnością, że poprowadzę tłum na barykady. Dwadzieścioro rachitycznych kadłubków odzianych w intrygujące koszulki z hasłem naszej partii stało w blokach startowych, czekając na znak. W takiej sytuacji nie mogłem się wycofać, musiałem brnąć dalej świadom, że konsekwencje mogą mnie zabić. I zabiły, bo podszedłem do dyra, spojrzałem mu prosto w oczy i krzyknąłem z zapałem:

– Oto moja odpowiedź!

Otworzyłem tekturowe serce, ukazując wszem i wobec nie tylko własne nagie ciało, ale przede wszystkim wielkie purpurowe zawołanie: KOCHAJ MNIE!

Dyrowi na to szczęka opadła.

– A co to niby ma znaczyć? Że niby co? Że niby jak? Gówniarzu jeden, matka z ojcem mają być jutro u mnie w gabinecie! O, niedoczekanie, żeby mnie tak publicznie znieważyć! W domu sobie parady gejowskie urządzać, a nie w mojej szkole, która jest demokratyczną placówką! A pana, kolego, można wiedzieć, co tak śmieszy? – zwrócił się znienacka do faceta od plastyki, który, tłumiąc diabelski chichot, mało się nie udławił własnym szalikiem.

– Mnie nic nie śmieszy, absolutnie, panie dyrektorze, znakomity przywódco, nic – wyszeptał zdemaskowany nauczyciel na bezdechu.

– A teraz wszyscy do komór, eee... to znaczy do klas rozejść się. Zarządzam na wszystkich lekcjach sprawdzian wiadomości, a na wuefie trening do utraty przytomności.

Mimo wszystko był to udany dzień. Zostałem idolem swoich kolegów, przestałem być anonimowy, przeciwstawiłem się bezmyślnej dyktaturze i sprawdziłem jako wytrawny performer. Powiem krótko: mimo że zawieszono mnie w prawach ucznia, to i tak jestem zadowolony!

11 marca. Sybir

Chyba się starzeję. Żeby uspokoić skołatane nerwy, włączyłem Animal Planet i na widok beztroskiej kąpieli słonicy i słoniątka wstrząsnął mną rozdzierający szloch. Było w tym tyle czułości, jakiegoś pierwotnego porządku, za którym my, ludzie, uganiamy się bezskutecznie, od kiedy nasi przodkowie wynaleźli maczugę. Jako koronny argument, rzecz jasna.

To małe słoniątko ma na główce taki rozbrajający puszek... Moja matka nigdy mnie tak czule nie głaskała swoją trąbą... Chlip, chlip. Muszę się wziąć w garść.

Po wzięciu się w garść

Siedzę na przymusowym zesłaniu i z wolna ogarniają mnie wątpliwości, czy ruch KOCHAJ MNIE! ma rzeczywiście sens. Ale wystarczy, że przypomnę sobie pełne podziwu spojrzenia, a wraca mi wiara we własny geniusz. Nie bez znaczenia są także liczne telefony z żarliwymi deklaracjami. Na jedną z nich załapał się nawet ojciec. Kiedy podniósł słuchawkę, usłyszał:

– Kocham cię!

Najpierw był wniebowzięty, potem, kiedy uzmysłowił sobie, że głos należał do osobnika rodzaju męskiego – poważnie zaniepokojony. A na koniec mocno rozczarowany, bo wyjaśniłem mu spokojnie, że jego nikt nie kocha, tylko mnie.

– Możesz mi podsunąć jakiś pomysł? Potrzebuję czegoś efektownego na obrady sejmu, muszę się wybić.

Obiecałem mu, że się zastanowię. Dyro po rozmowie z mamą też się ma zastanowić. Musiała mu długo tłumaczyć, co miałem na myśli i co oznaczał mój strój. Podobno jego umysł twardo stawiał opór. Ale jest światełko nadziei, że będę mógł wrócić do szkoły. Gonzo nie nadąża z produkowaniem metodą chałupniczą bawełnianych koszulek z napisami KOCHAJ MNIE! Schodzą jak świeże bułeczki. Zamówienia przychodzą nawet od nauczycieli z innych szkół! Całe szczęście, że przynajmniej to kuriozalne dziecko ma smykałkę do interesów, bo od kiedy Filip zaciągnął kredyt na otwarcie knajpy, wszyscy siedzimy po uszy w długach. A wszystko przez to, że mój brat ma teraz na utrzymaniu większość warszawskiej gangsterki i pół ratusza.

Po dobranocce

Dzwonił BB Blacha, żeby pogratulować mi sukcesu. Byłem chłodny i wyniosły, bo jeszcze mu nie darowałem, że skalał już i tak skalany umysł Gonza ultraprawicową papką. Niestety, Blacha wciąż nie zgadza się z moją opcją. Według niego selekcja naturalna jest konieczna, żeby zachować równowagę w przyrodzie. A jeśli natura szwankuje, to trzeba jej pomóc.

– A komu dałbyś jeść, gdybyś miał tylko jedną bułkę? – zapytał chytrze. – Jakiemuś Wietnamcowi czy własnemu dziecku?

Ta trywialna demagogia zwala mnie z nóg. Zresztą zapewne uniknę w przyszłości takich dylematów. Nie wiadomo, czy w ogóle będę miał dzieci, mogę przecież być bezpłodny.

Czuję, że niedługo moja sława przekroczy granice naszego kraju. Korci mnie, żeby to wykorzystać do osobistych celów.

14 marca, znowu w szkole

Hasło dnia: zwycięstwo! Zastanowię się, czy w przyszłości nie kandydować na prezydenta... Cała buda chodzi w moich koszulkach. Dyro umieścił na tablicy ogłoszeń swoje pokrętne exposé.

Jako przywódca naszej demokratycznej gromadki, można by rzec, Napoleon szkolnej społeczności, zawsze popierałem szczególnie mądre i cenne inicjatywy. Dlatego ruch KOCHAJ MNIE! ma moje osobiste błogosławieństwo. Wszystko, co przyczynia się do krzewienia myśli demokratycznej, walki z nierównością i dyskryminacją, warto wspierać. Na koniec coś Wam powiem własnymi słowami. Mam nadzieję, że weźmiecie sobie naprawdę do serca to hasło i będziecie szanować wszystkich ludzi, dlatego w trosce o podniesienie dyscypliny w MOJEJ szkole, dobrze wam radzę: KOCHAĆ MNIE! Spocznij.

Dyrektor Liceum im. Dzieci Warszawy – Gwidon Sprzączka

PS Tylko żeby ten ruch trzymał mi się w granicach nietykalności cielesnej, bo nie mamy warunków lokalowych na utworzenie osobnego pokoju dla matek karmiących. No.

Brzydsza siostra Kopciuszka (bo miał dwie, brzydką i brzydszą) ściga mnie na przerwach. Domaga się załatwienia randki z Rafałem i sprzątnięcia Karola ze sztucznym okiem.

– Mówiłeś, że jak ruch się rozkręci, to się zmieni cały świat i wszyscy będą kochać wszystkich – wypunktowała mnie z pretensją w głosie.

– No oczywiście, pamiętam. Ale chodziło mi raczej o ogólną zmianę świadomości, wejście na wyższy poziom rozwoju duchowego, większą tolerancję i... w ogóle.

Mówiąc to, przyglądałem się jej nerwowemu zdmuchiwaniu z czoła przetłuszczającej się grzywki, łojotokowej cerze i nazbyt owłosionym nogom. No i dotarła do mnie brutalna prawda:

– Wiesz... niektórych osób... nie da się kochać.

Wiem, że to było bezwzględne, ale nie mogę patrzeć, jak ludzie karmią się złudzeniami, nie mając do siebie żadnego dystansu. To po prostu żałosne!

Wtorek, kolejny dzień bliżej śmierci

Nie poszedłem rano na podwójny wuef, żeby nie nadwerężać sobie psychiki. W dalszym ciągu nie opanowałem techniki poprawnego skoku przez kozła. Facet powiedział, że mi nie daruje. Będę tak długo zaliczał, aż zaliczę. Chyba wcześniej gangrena pożre mi jajka. Już są poobijane, maleństwa.

Oglądałem za to sprawozdanie z obrad sejmu. Przez moment widziałem ojca, jak brał udział w szarży na mównicę, i już-już miał dopaść do mikrofonu, kiedy został bezpardonowo znokautowany przez grubiańską reprezentantkę partii Samozagłada. Ta, przełamując linie obrony Platformy Obywatelskiej, starała się ogłosić, czego oczekują ludzie przychodzący do jej biura poselskiego. Według mnie to kompletna strata czasu, bo cała Polska wie, że chcą owsa.

Żal mi ojca. Za każdym razem ma nadzieję, że zabierze głos i zdoła zaprezentować swoje poglądy. Po cichu liczy na awans i przeniesienie z Planktonu do partii Kręgowców albo nawet Człekokształtnych. Ale to w sejmie nie takie proste. Tam jest gorzej niż w dżungli, bo wszystkie krwiożercze bestie noszą garnitury i wyglądają tak samo. Można bardzo łatwo pomylić kolibra z aligatorem. A wtedy wiadomo: grób, mogiła. Taki na przykład marszałek. Zdawałoby się jowialny, łagodny wujaszek. I co, proszę? Okazało się, że nie jest ani jowialny, ani łagodny. No, od biedy można go nazwać wujaszkiem, tyle że Wanią. Podejrzewa się, że jest kłamcą lustracyjnym i szpiegiem. Chociaż w tamtych czasach nasz kraj był pełen szpiegów. Byli nawet wśród biskupów.

Kandydat na nowego marszałka zaczął swoje przemówienie od entuzjastycznego wyznania:

– Nie pierwszy raz staje mi...

Hm, to nawet niezła rekomendacja. Dość już w sejmie umysłowych impotentów!

Wieczorem, w przydomowym ogródku

Mało trupem nie padłem, kiedy idąc do łazienki, zobaczyłem przy grobie Opony delegację złożoną z co bardziej pokracznych entuzjastów mojego ruchu. Otworzyłem okienko na półpiętrze.

– Czego?

– Mmmm... mmm... mmmm... – zakapturzony jąkała ze złamanym nosem na próżno próbował przemówić, wymachując jakimiś papierami.

– Zamknij się – siostra Kopciuszka wnerwiła się, wykazując, niestety, zbyt małą tolerancję wobec ludzkich ułomności. – Mamy petycję. Petycję roszczeniową – dodała z mściwą satysfakcją.

– Jezus Maria! – jęknąłem w popłochu. – Ale Rafał naprawdę...

– Nie chodzi nam tym razem o Rafała – przerwało straszne dziewczę. – Domagamy się jakiejś spektaku-

188

larnej akcji, żeby wieść o naszej organizacji obiegła całą Polskę.

– No! No! – Podekscytowany jąkała wlazł na grób naszego psa i zaczął bezwiednie udeptywać ziemię. Stałem w oknie zdrętwiały i oniemiały. Proszę, jak podła jest ludzka natura! Dopiero wyciągnąłem ich wszystkich z mroków zapomnienia, otrzepałem z kurzu, a już im się sławy zachciewa!

– Inaczej wypisujemy się z partii i zakładamy niezależny odłam – zagroziła wściekła samica, a zastraszone dziwolągi potakiwały w jej cieniu. – A do sprawy Rafała jeszcze wrócimy.

Po czym odwróciła się na pięcie i opuściła teren mojej posesji. Reszta delegacji dreptała za nią posłusznie niczym bezmyślne gąsiory. Widzę, że pod samym nosem rośnie mi opozycja. Najprostszym sposobem byłaby metoda białoruska, czyli bezpowrotna teleportacja w kosmos. Niestety, nie zniósłbym widoku własnych rąk splamionych krwią konkurencji. Zostaje mi więc wziąć się do roboty i zaplanować jakiś happening.

Ranek

W drodze do szkoły omal nie zostałem stratowany przez samochód! Kierująca nim blondynka prawie przejechała mi po stopach i nie zatrzymując się, skręciła spokojnie w jednokierunkową ulicę, jadąc dalej pod prąd. Usiadłem na krawężniku, żeby złapać oddech i sprawdzić, czy nie leżą gdzieś części moich rozjechanych palców. Obserwujący całe zajście mężczyzna podszedł do mnie i wyjaśnił:

– Nie ma się co dziwić, że babka cię nie zauważyła. Wyglądasz tak przeciętnie, że nikt nie zwraca na ciebie uwagi. Jeśli nie jest się oszałamiająco przystojnym, trzeba trochę zainwestować w swój image. Trzeba się wyróżniać, być w zgodzie z trendami. Popatrz na siebie. Jak ty wyglądasz? Nuuuda. Dobrze ci radzę, bo następnym razem może być już po tobie i to będzie tylko twoja wina.

Moja odpowiedź brzmiała:

– ?????!!!!!?????!!!!!

Na dużej przerwie zwołałem nadzwyczajne zebranie przy szatniach gimnastycznych zwanych w naszej szkole Kącikiem Onanisty.

– OK, przelała się czara goryczy! Jutro o szesnastej zbiórka przed Galerią Centrum. Robimy spontaniczny happening w imię równych praw dla „pięknych inaczej". Niech każdy przygotuje jakieś hasło i zaopatrzy się w lusterko. Ja zadbam o nagłośnienie sprawy w mediach.

– Hurra!!! – odpowiedziało mi dwadzieścioro pokurczów, a ja znów poczułem się, jakbym wiódł lud na barykady ku lepszej przyszłości.

Noc

Uff! Dopiero skończyłem składać anonimowe donosy do wszystkich większych dzienników, lokalnych rozgłośni radiowych i stacji TV. Zawiadomiłem ich o planowanej na jutro obrazoburczej akcji uderzającej w najwyższą wartość demokratycznego społeczeństwa. W urodę.

Czwartek, 17 marca. Wielki dzień

No, tego to się naprawdę nie spodziewałem! Ale po kolei.

Kwadrans przed szesnastą byliśmy na stanowiskach. Wokół kłębił się pulsujący we wszystkich kierunkach tłum dotknięty epidemią konsumpcji. Wszyscy biegali w markowych butach, z markowymi reklamówkami, w których były markowe produkty. Atmosfera wokół pachniała markowo, a ja zaczynałem mieć wysokogatunkową, najlepszej marki migrenę. Ze zdenerwowania robiłem się też coraz bardziej senny. Poprosiłem więc moich towarzyszy niedoli, by co jakiś czas szczypali mnie, nie dopuszczając do mimowolnej śpiączki.

Jak wspomniałem, o tej porze dnia róg Marszałkowskiej i Alej Jerozolimskich przypominał największe targowisko próżności w godzinach szczytu. Mimo to nasza malownicza gromadka (ja, mikrus z małym siusiakiem, wyrośnięta siostra Kopciuszka, zezowaty karzeł, jąkała ze złamanym nosem i kilka innych postaci o równie wyszukanej fizjonomii) wzbudzała duże zainteresowanie. Może dlatego, że trzymaliśmy transparent ze starego prześcieradła, na którym napisaliśmy sprayem:

BÓG NAS NIE CHCE, DIABEŁ SIĘ NAS BOI! A TY???

Gonzo domalował w rogu flamastrem: CWKS LEGIA, czego na szczęście prawie nie było widać. Kiedy wybiła szesnasta i w pobliżu kręciła się już wystarczająca liczba dziennikarzy i fotoreporterów, ruszyliśmy w tłum. Zatrzymywaliśmy ludzi i przystawiając im lusterka do twarzy, mówiliśmy:

– Ty też nie jesteś piękny. Jest nas więcej. Przyłącz się, przeciwstaw tyranii urody!

Niektórzy się obrażali, ale większość reagowała z sympatią. Stanąłem na klombie i rozochocony krzyczałem:

– Dlaczego musimy być piękni? Dlaczego musimy być szczupli? Dlaczego musimy być młodzi?

– Dobrze gada. – Okoliczne handlarki nadciągały ze wszystkich stron.

– Dlaczego mam płacić taki sam czynsz za skrawek chodnika jak te z pawilonów? – zapytała jedna z nich.

– Pani, to nie w tej sprawie manifestacja – poinformowała ją inna. – To protest przeciwko tym wypindrzonym lafiryndom.

– Aha – zrozumiała pierwsza i błyskawicznie się przekwalifikowała: – Niech żyją zmarszczki!

– Niech żyją zmarszczki! – podchwycił tłum.

– Brzydcy są wśród nas! – wyskandowałem. – Kochaj brzydkich! KOCHAJ MNIE!

Przechodząca dziewczyna owinęła mnie szalikiem i zaczęła śpiewać:

Brzydka ona, brzydki on,
a taka ładna miłoooość...

Boże! Wzruszenie zalało mi oczy. W tej samej chwili wyszła z perfumerii jakaś elegancka pani i zaczęła obserwować naszą akcję, po czym rozpięła swój płaszcz z wielbłądziej wełny i, wymachując torebką od Prady, wygłosiła kolejny postulat:

– Niech żyją obwisłe biusty!

– Niech żyją!!!

Wdrapałem się na pobliskie drzewko, dając się porwać fali euforii:

– My, brzydcy, niezgrabni, też mamy serca, też mamy marzenia! I straszydła mają skrzydła!!!

– Brawo!!! I-STRA-SZY-DŁA-MA-JĄ-SKRZY-DŁA! – skandowała wraz ze mną cała ulica.

Uwijaliśmy się jak w ukropie, rozdając lusterka kolejnym osobom. Błyskały flesze, podstawiano nam pod nos mikrofony. Moi pokraczni przyjaciele pięknieli z każdą chwilą. Rozkwitali niczym wiosenne kwiaty. Tego było dla mnie za dużo. Czułem, że nie zniosę tego napięcia i wzruszenia. Szykowałem sobie zgrabne exposé, które chciałem wygłosić wobec tych wszystkich olśnionych dziennikarzy. Widać nasze hasła trafiły wprost do serc sponiewieranego społeczeństwa spragnionego prawa do niedoskonałości. Niestety tuż przed nadejściem straży miejskiej złamał się pode mną rachityczny konar i wylądowałem na trawniku. A dalej to nie bardzo pamiętam, co się wydarzyło, bo przebudziłem się, jak tłum niknął, a zezowaty mikrus udzielał ostatniego wywiadu.

W wieczornych „Wiadomościach" była o nas krótka relacja utrzymana w bardzo pozytywnym tonie. Pokazano grube handlarki, elegancką panią i kilku chłopaków krzyczących: „Uwolnić obwisłe biusty!". Byłem też ja na drzewie i... ja leżący w trawie. Z ekranu dobiegało donośne chrapanie, które za chwilę zagłuszył komentarz z offu:

– „Szkoda tylko, że nie zdążyliśmy porozmawiać z charyzmatycznym pomysłodawcą dzisiejszego happeningu, bo, jak widać, ma nonszalancki stosunek do mediów i kiedy tu toczy się istne trzęsienie ziemi, on... spokojnie sobie śpi".

Rodzice mało nie umarli ze śmiechu. Co za cholerny pech! Że też musiałem zasnąć w takim momencie!
Co mówił ten neurolog? Że mi przejdzie, jak się rozprawiczę? Chyba umieszczę w lokalnej gazecie ogłoszenie: EKSPRESOWO ODDAM CNOTĘ W DOBRE
RĘCE.

19 marca

W szkole wszyscy mówią o tym, jak drzemałem
na klombie. Są nawet teorie, że byłem pijany! Nikt nie
zastanawia się nad ideologicznym wymiarem całej
akcji. Straciłem serce do publicznych występów na
długi czas, a przynajmniej dopóki będę prawiczkiem.
Mam nadzieję, że nie potrwa to do śmierci.

Żeby się rozerwać, idę dziś z Łucją do Centrum
Sztuki Współczesnej zobaczyć „Cremaster". To podobno dzieło totalne. Ojciec jako niewydarzony kry-
tyk sztuki piał z zachwytu niczym kogut o poranku.
To cykl pięciu filmów dokumentujący różne zabiegi
artystyczne tego szalonego twórcy: zdjęcia, instalacje,
rzeźby, happeningi. Według mnie jego największym
performance'em jest związek z Björk. To dopiero musi być odjechana para!

Samą podróż na Zamek Ujazdowski pamiętam
jak przez mgłę. Kiedy Łucja jest obok, coś dziwnego
wyprawia się z moją psychiką i... fizjologią. Na miejscu odstaliśmy swoje w kolejce i wreszcie mogliśmy
wejść do tej świątyni współczesnej i dla nikogo niezro-
zumiałej sztuki. Szczerze mówiąc, poczułem niesa-
mowitą snobistyczną dumę, że jestem częścią oświeconego społeczeństwa znawców i w przyszłości być
może twórców kultury. Moje plany zostania najge-

nialniejszym aktorem postpeerelowskiej Polski są nadal aktualne.

Wszyscy wokół nas chodzili, marszcząc czoła, wąchając stroje i rekwizyty będące częścią ekspozycji, oraz wymieniali poważne i jeszcze bardziej niż samo dzieło niezrozumiałe uwagi: „wagnerowski aksjomat", „postmodernistyczna schizofrenia". Jak cudownie! Mógłbym całe życie spędzić w ten sposób. Włóczyć się po galeriach, bankietach i dorabiać ideologię do kawałka drewna lub metalu. Chcąc zaimponować Łucji, pochyliłem się nad leżącym pod telebimem skrawkiem białej włóczki, który przecież nieprzypadkowo został tu umieszczony przez artystę.

– Genialna minimalistyczna precyzja! – wykrzyknąłem, naśladując własnego ojca. Przez tyle lat mieszkania z nim pod jednym dachem nauczyłem się fachowego podejścia do sztuki. Kiedy był szefem galerii, często zabierał mnie ze sobą na różne wernisaże. – Tylko geniusz mógł wykorzystać ten fascynujący kontrast białej tkaniny z technokratycznym ekranem!

Wydzierałem się jak opętany, bo odkryłem w sobie powołanie do interpretowania sztuki. Oczywiście bardzo mi pochlebiało, że prawie wszyscy zwiedzający słuchają mnie z szeroko otwartymi oczami. Pewnie się zastanawiali, skąd w tak młodym człowieku tak precyzyjny zmysł analityczny i artystyczna wrażliwość. Właśnie otworzyłem usta, by kontynuować, kiedy pojawiła się sprzątaczka ze szczotką. Wydając rozkaz: „Poszedł", zamiotła mi pod nogami, wyjęła z rąk mój kawałek włóczki i wrzuciła go... do kosza. Wiele osób dyskretnie (w końcu to ludzie na poziomie) śmiało się za moimi plecami. Myślałem, że ze wstydu zapadnę się pod ziemię! Pomylić dzieło sztuki ze zwykłym śmieciem! Po chwili minęła nas jakaś nawiedzona babka w białym włóczkowym swetrze, która zostawiała za sobą białe nitki, zapewne wydzierane w wyniku kontemplacji i duchowego uniesienia. Ale Łucja mnie pocieszyła:

– Nie martw się, dziś nigdy nie wiadomo, co jest sztuką, a co odpadkiem. Ci artyści są nieprzewidywalni. Ja też mogę usypać kupkę piachu na środku nocnika i wystawić to w jakiejś galerii. Dla mnie to będzie dzieło, a dla kogoś innego tylko śmieci. – A potem wzięła mnie za rękę i wyznała: – I tak twoja interpretacja tego zestawienia była mistrzowska.

Przymknęła swoje kocie oczy i właściwie mógłbym ją w tej chwili nareszcie pocałować, gdyby do sali nie wpadli moi starzy znajomi z papierowymi torbami na głowach – Młodzież Ziem Przodków. Część zwiedzających powitała ich oklaskami, bo myśleli, że to zamierzony happening. Ale ja bardzo szybko zorientowałem się, że najgłośniejsze współczesne dzieło znajduje się w wielkim niebezpieczeństwie. Wiadomo nie od dziś, że prawicowe Bojówki Krzewienia Kultury są bezwzględne dla wytworów sztuki, które wykraczają daleko poza ich zdolność pojmowania. Wszystko, co nie przypomina *Bitwy pod Grunwaldem*, skazane jest na zagładę. Zwłaszcza że słowo „cremaster" oznacza mięsień dźwigający jądra, a wszystko, co ma związek z genitaliami, jest dla nich tabu. Znaczy święte. No to wkroczyłem do akcji.

– Viva Polonia – przypomniałem sobie ich absurdalne hasło na powitanie.

– Viva... – odpowiedzieli z ociąganiem i już widziałem, że wybiłem ich z rytmu. – Ktoś ty?

– Pytanie jest proste – zacząłem, aby zyskać na czasie – ale odpowiedź... skomplikowana. No bo w kategoriach biologicznych jestem człowiekiem, homo sapiens...

Torbacze byli tak zaskoczeni moim działaniem, że opuścili kije baseballowe i zaczęli ściągać z głów papierowe worki. Szczerze mówiąc, szkoda, że nie założyli foliowych. Te nie przepuszczają powietrza i szybciej by się podusili. Ale widać nie są tacy głupi, jak bym chciał.

– Chłopaki – z trudem opanowałem drżenie głosu – po co ta rozróba? Ten koleś od wystawy jest nasz. Czy wiecie, że on zrealizował zamierzenia Wagnera, czyli stworzył dzieło totalne? Wiecie, kto to Wagner?

– Frajer od opery. Napisał *Requiem* – odpowiedział mi... BB Blacha.

– Dobrze, ale niezupełnie. *Requiem* napisał Mozart. W każdym razie Wagner popierał ideę czystości rasy i był ulubionym artystą führera.

– Znaczy ziomal? – upewnił się najmniejszy torbacz.

– Taaak... myślę, że gdyby żył w dzisiejszych czasach, to byłby ziomalem. A już z całą pewnością należałby do waszej partii – przyznałem mu rację, bo już oczami wyobraźni zobaczyłem Wagnera w kurtce flyersówce, jak wypisuje na murach „Jude raus".

– Szefie, no to robim tę rozpierduchę czy nie? No bo już jestem skołowany.

Szef jednak też nie był pewien. Dobra, znaczy, że ich trochę zdezorientowałem. Przyczajony kurator wystawy odetchnął głęboko chyba po raz pierwszy od dziesięciu minut. W samą porę, bo robił się już siny. Tymczasem goście szeptali po kątach i patrzyli na mnie zupełnie inaczej. No, mój honor uratowany. W tym momencie szef się namyślił:

– Rozwalać!

– Nie!!! – Rzuciłem się, osłaniając własnym ciałem pierwszy z ekranów. – Przecież nie jesteście tak głupi, żeby sabotować własną ideologię. Mówię, że to dzieło zwolennika segregacji rasowej, spadkobiercy myśli nacjonalistycznej i idei... – Spojrzałem im w oczy i wiedziałem, że muszę użyć ostatecznego argumentu – idei... idei Wielkiej Polski!

Wypaliłem z grubej rury, choć wiedziałem, że nikt przy zdrowych zmysłach w to nie uwierzy. Jednak uwierzyli.

– Cóż – rzekł szef – sprawdzimy to, chociaż twoja nawijka ma sens.

Podszedł do jednej z rzeźb i przyjrzał się jej dokładnie.

– No, a na tym fartuchu to jest cóś w podobie orła.

O, trzymajcie mnie! „CÓŚ W PODOBIE"!!! Postali jeszcze trochę, przyprawiając wszystkich o stan przedzawałowy, i wyszli, zostawiając po sobie pogniecione papierowe torby i baaardzo niemiłe wrażenie. A ja mam do końca sezonu darmowy wstęp na wystawy. Tylko co z tego? Wracaliśmy potem we trójkę do domu i BB Blacha całą drogę mówił Łucji, że jest niewierna nornica, a ona całą drogę przekonywała go, że JA NIC DLA NIEJ NIE ZNACZĘ!

Zabiję się własnoręcznie ze szczególnym okrucieństwem.

Przed snem

W dzisiejszych „Wysokich Obcasach" przeczytałem, że artyści organizują wewnętrzną samoobronę przeciw rozszalałej ultrakatolickiej cenzurze i ingerencji w sztukę. Już w kilku miastach na drzwiach prestiżowych galerii pojawił się napis: „Akwizytorom i członkom LPR-u dziękujemy" albo „Wystawa przeznaczona dla osób inteligentnych". W wieczornych wiadomościach jeden z liderów tej partii stwierdził z płaczem, że są dyskryminowani i w wolnej Polsce czują się tak samo jak Żydzi za okupacji. I że postawienie ich w jednym szeregu jest zniewagą dla orła polskiego. Moim zdaniem to nie żadna zniewaga, tylko klęska polskiej psychiatrii i skutek braku badań przesiewowych w wieku przedszkolnym.

Po przejściach ostatnich dni mimo spektakularnych sukcesów zdecydowałem się zawiesić na jakiś czas moją inicjatywę KOCHAJ MNIE! Mam za kruche nerwy, by być przywódcą. Poza tym w jakimś sensie spełniła ona już swe zadanie. Serce mi rośnie, gdy patrzę na tę armię niedawnych dziwolągów, która mi zaufała. Tyle razem dokonaliśmy! Traktuję ich trochę jak własne dzieci i już zawsze będą mi bliscy. I nareszcie nie jesteśmy kastą nietykalnych! W naszej budzie narodził się pozytywny snobizm – teraz każdy chce się z nami przyjaźnić. A w końcu o to chodziło, nie?

Niedziela

Każdy normalny nastolatek napisałby teraz: „Huuuurra!". Ale nie ja. Weekend nie jest dla mnie wyczekiwanym dniem luzu i lanserki, nie jest momentem towarzyskich spotkań w gronie przyjaciół, picia alkoholu w podgrupach tematycznych (czysta, kolorowa, browary). Nawet nie jest czasem bezproduktywnego nicnierobienia, leżenia do góry brzuchem i odsypiania całotygodniowych szkolnych galer. Ja spędzam weekend niestandardowo: po powrocie z kamieniołomów spieszę wprost na plantację bawełny, by być bardziej wyzyskiwany niż dziecięcy robotnicy made in China. Oznacza to, że wspieram rodzimy small business, zasuwając od popołudnia do bladego świtu przy zmywaku w garkuchni mojego brata.

Pod Krzywym Ryjem ma już swoją stałą klientelę. Niestety, jest nią zainteresowany głównie UOP. To się nie może dobrze skończyć. Kiedy Filip stanie się niewypłacalny, czcigodna gangsterka zacznie mojej rodzinie przysyłać codziennie po jednym obciętym palcu kogoś z nas. Po raz pierwszy w życiu cieszę się, że nie jestem oczkiem w głowie własnych rodziców. W przeciwnym razie to ja poszedłbym na pierwszy ogień i już niedługo nie miałbym czym dłubać w nosie.

Całe szczęście, że w tej ciężkiej orce towarzyszy mi zazwyczaj Bulwiaczek. Spędza tu całe dnie, starając się nadać jakiś sens swojemu wdowiemu życiu. Marnieje jednak w oczach i coraz częściej zagląda do kieliszka. To utwierdza mnie w przekonaniu, że babcia była kobietą jego życia. Przez nadzwyczajne umiłowanie wiśni w spirytusie robi się do niej fizycznie podobny. Mają już takie same fioletowe pijackie nochale.

– To była niewiasta, która codziennie cię czymś zaskakiwała – zamyślił się z uśmiechem – Nigdy nie wiedziałem, czy kładąc się obok niej wieczorem, obudzę się rano żywy.

To prawda, babcia miała wybuchowy temperament i skłonność do zbrodni w afekcie. Bulwiak zaś – do poligamii. Jedno z drugim wspaniale się uzupełniało, byli więc wyjątkowo dobraną parą. A czy ja znajdę kiedyś swoją wymarzoną połówkę?

– Nie dumaj, tylko wjeżdżaj z tymi kuflami na blat. Zaraz zaczną się schodzić!

Filip. Mój słodki brat. Uosobienie fajności. Od kiedy zakazał Heli przychodzić tutaj, jest ciągle nie w sosie. Hela za bardzo wpadła w oko jednemu panu z szerokim karkiem. Chociaż to dziwne, bo jest drobną brunetką o bladej cerze. Oni sobie przecież cenią żółtowłose blondynki z pomarańczowymi twarzami. Tak czy siak Filip jest wkurzony, bo ma przez to więcej roboty. Stoi za barem, musi doglądać gotowania (gdy Bulwiaczkowi zdarza się przysnąć nad garnkiem pełnym Strogonowa), no i załatwia jakieś szemrane interesy. Dobrze, że Rusłan stoi na bramce. Odpada mu szarpanie się z klientami ośrodka AA, którzy po swoich odwykowych mityngach chętnie wstępują na browar.

Ustawiłem kufle, położyłem w WC papierowe ręczniki, chociaż Filip, sknerus nad sknerusami, wydziera się na mnie bez przerwy, że ich za dużo schodzi. A czy to moja wina, że ludzie sikają bez opamiętania?

Ufff, na razie miła chwila wytchnienia. Przeszedłem na drugą stronę baru i usiadłem na stołku. Tym bardziej że przyszła Elka. Ma już u nas swój specjalny fotel, który przytachałem tu z naszego strychu. Elka jest w siódmym miesiącu i ma problemy z elastycznością. Coraz ciężej jej się schylać. Kiedy jej coś upadnie i musi to podnieść, zachowuje się jak stary żul i rzuca bluzgami. To w połączeniu z jej brzuchem wygląda wprost kosmicznie.

– Jak się dziś czujesz?

– Jak zwykle fatalnie – zaczęła sapać jak mała lokomotywa – chciałabym, żeby już było po wszystkim. Jestem taka gruuuuba... – zaczęła płaczliwie.

Już się przyzwyczaiłem, że bez przerwy zmienia jej się nastrój. Rechoce jak osioł, a zaraz potem użala się nad losem bezdomnych dzieci w Brazylii.

– Beeeeeee! Jak mam rodzić to dziecko, skoro na świecie jest tak beznadziejnie? Wszędzie wojny, ataki terrorystyczne, w Słupsku trzęsienie ziemi, a w dodatku Ozi puścił mnie w trąbę. Ja chcę, żeby mnie ktoś przytulił, ja się boję!

O dżiza, chciałem ją jakoś pocieszyć, powiedzieć, że wszystko będzie dobrze, że naukowcy pracują nad szczepionką na AIDS, nowym lekarstwem na raka, za pięćdziesiąt lat wzrośnie w Polsce stopa życiowa i w ogóle, ale nie mogło mi to przejść przez gardło. Właściwie to się z nią zgadzam. Świat jest beznadziejny i zupełnie nie wiem, po diabła ludzie rodzą dzieci. Co z nimi będzie w przyszłości, jak pieprznie brudna bomba albo jacyś idioci wykradną śmiercionośne bakterie czarnej ospy? Nie mogłem jej jednak tego powiedzieć, więc tylko pogłaskałem ją po głowie, a ona jak zwykle wysmarkała się w mankiet mojej roboczej bluzy. Jakby to zobaczył sanepid, zamknąłby Krzywy Ryj w try miga. Na szczęście nie było tu sanepidu, ale za to była Malina. Stała w drzwiach i wyglądała, jakby też się miała rozpłakać. Poprawiła blond czuprynkę i ruszyła kłusem w naszą stronę na swoich krótkich i figlarnych nóżkach. Miałem do wyboru: albo postąpić jak prawdziwy mężczyzna i w chwili tej trudnej konfrontacji uciec tylnymi drzwiami, albo stawić czoło sytuacji.

– Cappuccino? – zapytałem nowo przybyłą, pamiętając o jej zamiłowaniu do słodyczy.

– Bo ja wiem... – Zrobiła minę obrażonej księżniczki i zerknęła ze zgrozą na brzuch Elki. Ta skurczyła się pod tym lustrującym spojrzeniem.

– Z podwójną porcją bitej śmietany i czekoladowymi wiórkami – kusiłem wytrwale. Elka przełknęła głośno ślinę.

– No dobra – zgodziła się Malina.

– A dla mnie pierogi z kapustą i grzybami – zadysponowała ciężarna.

– Ela, jest dopiero jedenasta. Jeszcze za wcześnie na obiad.

Ale gadaj zdrów. Elka jest nienasycona, jak tak dalej będzie żarła, to urodzi jakiegoś giganta. Poszedłem zrobić tę kawę i wrzucić pierogi do mikrofali. Brrr! Nie wiem, jak ona to może jeść. Zerkałem kątem oka na dziewczyny, bo się bałem, że tymczasem dojdzie między nimi do krwawego konfliktu, ale zobaczyłem, że pogrążyły się w rozmowie. Malina miała wypieki na twarzy i teraz jeszcze bardziej pasowało do niej jej imię. Niestety, nie słyszałem ani słowa, bo ten dziadowski ekspres z demobilu strasznie hałasował. Już tyle razy mówiłem Filipowi, żeby go oddał do serwisu. Po raz pierwszy miałem ochotę prosić Elkę, żeby tym razem to ona udawała, iż jestem ojcem dziecka. Ekspansywność i determinacja Maliny mnie przerażają. Nie jest też zbytnio w moim guście. Daleko jej, niestety, do Łucji. Ale z drugiej strony nie powinienem wybrzydzać, nie mam zbyt wielu wielbicielek. Właściwie mam tylko Malinę. Oczywiście bardzo mi pochlebia, że się na mnie napaliła, jestem wdzięczny i tak dalej, ale wolę nieco skromniejsze dziewczyny. Mężczyzna jest myśliwym i musi polować. Jak sam zostaje ustrzelony przez zająca, naturze nie wychodzi to na dobre. Nie byłoby z nas udanej pary. Ja to mam pecha! Zrobiłem gigantyczną czapę bitej śmietany, by wynagrodzić biednej dziewczynie zawód miłosny. Wiem, jak musi się czuć. Ja też przez całe życie byłem odrzucany, dlatego w jakiś szczególny, patologiczny sposób Malina jest mi bliska. Należymy do tej samej kategorii ludzi – trędowatych popaprańców.

Kiedy do nich wróciłem, Elka od razu zarzuciła mnie pretensjami:

– Dlaczego mi nie powiedziałeś, że masz dziewczynę???

Mało nie usiadłem na pierogach, bo nie byłem przygotowany na nokaut.

– Ale... ale ja nie mam dziewczyny.

– Jak to?!! – wykrzyknęły obydwie jednocześnie.

– Malinko – zaczerpnąłem tchu, postanawiając powiedzieć prawdę. – Sprawy mają się tak, po prostu... jak by to zgrabnie ująć... eee, uważam, że... – zawiesiłem głos dramatycznie jak na przyszłego geniusza aktorstwa przystało – nie jestem ciebie wart. Jesteś młoda, piękna i jeszcze ułożysz sobie życie z kimś bez zobowiązań. A ja, cóż... jestem mężczyzną po przejściach, z przeszłością, z bagażem bolesnych doświadczeń – tu wskazałem na brzuch Elki – w dodatku obarczony alimentami. Czy chcesz tkwić u boku faceta, który już do końca życia będzie łożył część swoich skromnych poborów na ułomne dziecko?

Myślałem, że Elka udławi się pierogami. Natomiast Malina wykonywała ciężką pracę myślową.

– Znaczy, że to ty zmajstrowałeś tego dzieciaka?

Nie chcąc brnąć dalej w kłamstwa, spuściłem skromnie oczy. W tym momencie drzwi od kuchni otworzyły się i ukazała się w nich szlachetna sylwetka Bulwiaczka niosącego w obu rękach talerze z dymiącymi omletami.

– Coś słodkiego dla słodkich dziewczątek. Do tego wiśniowa konfitura. – Uśmiechnął się promiennie, a mnie podsumował: – A cóż za androny wygaduje ten nieopierzony młokos? Nie wierzcie ani jednemu jego słowu, bo sprowadzi was z drogi cnoty. Potem spojrzał na brzemienną Elkę i dokonał korekty: – Ten, tego... W każdym razie nie wyjdzie wam to na dobre.

Gdyby Bulwiaczek znał treść naszej rozmowy, prędzej ugryzłby się w język, niż wypowiedział te jakże prawdziwe słowa. Malina tymczasem wpakowała sobie w usta kawał placka i wybełkotała, nie przestając przeżuwać:

– Może to i racja. Ja zresztą chcę sobie wybudować w przyszłości bliźniak i kupić samochód, no to mój chłop nie może płacić na cudze dzieciaki. To mi się nie opyla. Tatuś by na mnie wtedy nie przepisał naszej rodzinnej masarni.

O dzięki ci, Boże, żeś mnie w sylwestra uchronił przed pokusą nadgryzienia Maliny. W innym wypadku mógłbym jako jej przyszły mąż wylądować w rodzinnej fabryce i zamiast zdobywać światowe sceny, napychałbym świńskie kiszki pasztetową, kaszanką i kiełbasą firmową. Co za fart, że jestem seksualnie wstrzemięźliwy!

Nauka na przyszłość: zanim z kimś nawiążesz nić intymnej zażyłości, sprawdź najpierw, co przejmujesz z całym dobrodziejstwem inwentarza.

Reszta dnia upłynęła mi na relaksującym zmywaniu talerzy, kufli, filiżanek, kieliszków i popielniczek. Dlatego dostałem piany, gdy okazało się, że w domu czeka na mnie sterta brudnych garów.

– Nie umyłbyś, tak siłą rozpędu?

Siłą rozpędu to ja się mogę pociąć pod kolankami!

Niedziela

Za tydzień Wielkanoc. Mama dostała przedświątecznego amoku. Sprząta jak obłąkana. Ojciec i Gonzo też się przyłączyli do wiosennych porządków. Jeden dłubie w uchu, a drugi w komputerze. Znowu nam padła stacja dysków. Całe szczęście, że Gonzo zna się na mikroprocesorach. Uznałem, że dość już się nasprzątałem w swoim krótkim życiu i skoro moi rodzice stali się wreszcie mniej więcej samodzielni, mogę iść na spacer. Prawdopodobieństwo, że podczas mojej nieobecności puszczą dom z dymem, pozabijają się w afekcie, dokonają zamachu stanu lub przemycą kilogram kokainy, znacznie w ostatnim czasie zmalało. Chyba się starzeją. Zaczynam się obawiać, że umrę przy nich z nudów.

Romantyczna wiosna buchnęła z całą siłą. Uderzyła mi do głowy, namieszała w hormonach. Z dachów spadają lodowe sople, zaburzające na jakiś czas kontakt z rzeczywistością. Jednak najbardziej urzekający jest widok zeszłorocznych psich kup, które niczym dziwaczne przebiśniegi wyglądają spod topniejącej śniegowej brei. W tak pięknych okolicznościach przyrody od razu spada mi poziom testosteronu i czuję nieuzasadnioną przychylność dla świata.

Wyciągnąłem Elkę na relaksującą przechadzkę do ogrodu botanicznego. Szliśmy przez las ze dwie godziny, bo przyszła matka odpoczywała na każdej ławce, wdając się w kłopotliwe pogawędki z przygłuchymi staruszkami. Kiedy już dotarliśmy na miejsce, nie miałem szansy podziwiania dziewiczej świeżości kwitnących właśnie krzewów. Elka zażądała kiełbasy z rożna. Masz ci los! Skąd mam ją wytrzasnąć?

– Musisz, zabiję się bez kiełbasy!

No, chyba że tak. Przekalkulowałem sobie, że bardziej opłaca mi się znaleźć jakąś małą gastronomię, niż użerać się potem ze zwłokami Elki. Zostawiłem przyjaciółkę nieopodal oczka wodnego i pognałem z wywieszonym językiem w okolice amfiteatru. Z kiełbas był tylko żur na zakwasie, chociaż moim zdaniem Elka zasłużyła sobie na jad kiełbasiany. Pocieszam się, że już niedługo nie będę musiał spełniać jej zachcianek. Niech no tylko urodzi! Jeszcze na sali porodowej jej wygarnę! To niedopuszczalne, co ona ze mną wyprawia, traktuje mnie jak osobistego niewolnika! Te rozmyślania urozmaiciły mi monotonną drogę powrotną, którą pokonałem świńskim truchtem w dwadzieścia minut. Biorąc pod uwagę, że trzymałem przed sobą plastikową miseczkę z żurkiem, jest to niezły wynik. Elka trochę kręciła nosem, ale zagroziłem, że jak nie chce, to ja zjem. Trzeba było widzieć jej minę! Po posiłku zaproponowałem, że poczytam na głos gazetę. Niestety, miałem spory problem z dobo-

rem pozytywnych wiadomości. Same zagłady, katak-
lizmy, przekręty. Wreszcie wybrałem ciekawostkę
astronomiczną z działu „Nauka", bo wydała mi się
najbardziej optymistyczna.

– *Kosmiczny teleskop Chandra wykrył wielkie kos-
miczne tornado, którego powodem jest olbrzymia czarna
dziura w gromadzie galaktyk. Wypełnia ona wszystko
z wyjątkiem dwóch pustych bąbli, które zostały niejako
zwymiotowane przez dziurę. Te tzw. dżety są ubocznym
skutkiem wielkiego obżarstwa dziury i nie zostały już przez
nią wchłonięte do środka, tylko odbiły się w kosmosie
olbrzymim beknięciem...*

W tym momencie musiałem przerwać, bo Elka
zwymiotowała.

W domu czekały na mnie wszystkie okna do
umycia. Jak wyjaśniła mama:

– Zostawiliśmy coś dla ciebie, bo nie chcieliśmy,
żebyś się poczuł wykluczony z rodzinnego misterium
sprzątania. Rodzina powinna być całością i żaden z jej
członków nie może być dyskryminowany.

Naprawdę, jestem wzruszony, pani „psycho
killer".

24 marca. Pierwszy dzień przerwy
świątecznej

„Zdrada! Zdrada! Zdrada! Podstępne, zimne
oczy gada!"

Cały wieczór puszczam ojcu ten stary kawałek
Maanamu, bo nie mogę darować mu tego, co zrobił!
Nigdy! Ta zniewaga krwi wymaga!

Wieczorem

Ojciec, matka i wszyscy święci próbują staranować drzwi mojego pokoju, w którym się zabarykadowałem na znak protestu wobec haniebnej i śliskiej postawy ojca. Ukradł mi MOJE wypracowanie o sejmie i... przeczytał jako SWOJE. Widziałem to na własne oczy w telewizyjnej transmisji! A mimo to nie mogłem uwierzyć. Zwłaszcza że dostał owacje na stojąco. Jak mógł to zrobić? On, humanista w każdym calu, idealista, etyk, były pedagog! To jednak prawda, że praca w sejmie demoralizuje skuteczniej niż odsiadka w najbardziej zdegenerowanym zakładzie poprawczym. Nie interesują mnie jego tłumaczenia, że cała wypowiedź była cytatem i na końcu miał ujawnić autora, tylko nie zdążył, bo został bohaterem dnia i koledzy zaczęli go podrzucać do góry, zanim wyłączył mikrofon. To akurat częściowa prawda. Cała Polska mogła usłyszeć, jak próbował się im wyrwać („Kurwa, puśćcie mnie" – wołał).

Tak czy siak, to on jest teraz gwiazdą mediów, to do niego dzwonią dziennikarze, to o nim jutro napisze „Gazeta". Zamiast o mnie. I dlatego nie wybaczę mu tego do końca życia!

Uciekam z domu.

Godzinę później

Tylko dokąd?

Noc

Kiedy poprzednim razem uciekałem z domu, dotarłem tylko do Oziego. Tam zrobiliśmy sobie prawdziwie odjazdowy melanż, a rano nakryła nas moja mama, jak spaliśmy w brokatowych makijażach przykryci tylko atłasowym szlafroczkiem Ozyrysa. To były czasy! Dziś, gdy nie żyje już wspaniała i kochana Adela, a Ozi zdobywa Londyn, nie mam się gdzie podziać. U Bulwiaczka też nie mogę się schronić, bo zajmuje dawny pokoik babci na naszym ciasnym poddaszu. A odziedziczone przeze mnie w spadku po pani H. własnościowe M-2 z niedrożną kanalizacją zamieszkują teraz Hela z Filipem. Od kiedy mają tę przynoszącą straty knajpę, nie stać ich na wynajęcie innego lokum. Wygląda na to, że skończę na zapleczu tej podejrzanej spelunki. Co robić? Honor nie pozwala mi ustąpić.

Jestem cały w nerwach, więc z myślenia nici. Muszę koniecznie się przekimać.

Ranek

Znalazłem w Internecie na stronie poświęconej młodzieży w potrzebie adres jakiegoś ekosquatu. Odezwał się we mnie uśpiony gen anarchii. Jadę. Nie mogę przecież spędzić świąt pod mostem! Muszę tylko poczekać, aż w domu zrobi się pusto. Ojciec wsunął mi pod drzwi karteczkę: „Przepraszam". Niestety – daremne żale, próżny trud. Trzeba umieć ponosić konsekwencje własnych zbrodni.

Falenica pod Warszawą

Wysiadłem z rozsypującego się PKS-u. W jednej ręce miałem plecak, w drugiej sfatygowaną mapę. Trochę trudno było mi się rozeznać w terenie, bo mapa była wojskowa i pochodziła z 1943 roku. Zapytałem jakiegoś dziadulka pod sklepem o drogę.

– Aaaa, to o te wariaty pewnie chodzi? – upewnił się, po czym machnął ręką w bliżej nieokreślonym kierunku. – Pójdzie koło Antoszczaków, a potem bez lasek i o, będzie na miejscu.

Podziękowałem uprzejmie, bo nie wiadomo, jak długo tu zabawię, a warto żyć w przyjaźni z tubylcami. W sklepie ogólnospożywczo-monopolowo--chemicznym zakupiłem:
– kilo mąki,
– kilo cukru,
– płatki kukurydziane (fitness),
– proszek do prania,
– konserwy rybne,
– papier toaletowy,
– mydło mandarynkowe,
– dużą colę,
– lody pistacjowe,
– dwa bochenki chleba,
– kiść bananów.

Po kilku minutach, nie mogąc ruszyć z miejsca, w tym samym sklepie oddałem:
– kilo mąki,
– dużą colę,
– lody pistacjowe,
  kiść bananów,
– konserwy rybne,

– mydło mandarynkowe.

Sprzedawczyni była wściekła, bo nie umiała anulować transakcji i trzeba było lecieć po kierowniczkę. Wreszcie wyruszyłem na spotkanie mojego tułaczego żywota. Obawiałem się nieco, jak to będzie tak pojawić się bez zaproszenia, ale w końcu doszedłem do wniosku, że w takim squacie konwenanse są ostatnią rzeczą, na którą ktoś by zwracał uwagę. Już z daleka dobiegły mnie odgłosy energetyzującego uderzania w bęben. Minąłem suszące się na sznurku kalesony, bokserki, stringi i inne części intymnej, acz koedukacyjnej garderoby i znalazłem się na malowniczym podwórku mojego nowego domu. Panował tu beztroski bałagan zabarwiony nutką dekadenckiej rozpusty. Na wywleczonych z wnętrza fotelach i pomarańczowej wersalce siedziała kolorowa reprezentacja trudnej młodzieży i grała w pokera na mentosy. Już wkrótce mogłem się przekonać, że artykuły spożywcze są tu najbardziej pożądanym towarem. Wiosenne słońce igrało beztrosko w ich zmierzwionych irokezach. Dziewczyny wystawiały ciała na pierwsze promienie, eksponując bezpruderyjnie co bardziej smakowite partie. Powiem szczerze: od razu bardzo mi się tu spodobało. W duchu pobłogosławiłem też szalony geniusz Baby Łupało, która swego czasu wygryzła mi włosy, tworząc na głowie postmodernistyczny kołtun. Dzięki temu nie wyglądałem teraz na odszczepieńca, lecz na intrygującego outsidera z tendencją do filozoficznych dywagacji. Bębny zamilkły i wszystkie oczy zwróciły się w moim kierunku.

– Dzień dobry – powiedziałem, w ostatniej chwili powstrzymując się od dygnięcia nóżką.

– Masz fajki? Jestem Cezar – przedstawił się bębniarz.

– Nie palę... papierosów – bąknąłem, bo nie miałem pojęcia, jaka odpowiedź by ich usatysfakcjonowała.

– Gigant? Od kiedy?

– Od dziś. Zerwałem wszystkie kontakty z moją rodziną – kłamałem jak z nut.

– Zupełnie jak u mnie – zadumał się Cezar – starzy sprzedali na wódkę wszystkie moje płytki Sex Pistols. Tylko kurator mnie powstrzymał przed obcięciem im rąk. Teraz jestem tu. To Kajtek, Wątroba i Brukselka – wskazał na milutką czarnulkę z kolczykiem w języku. – Jak się nie będziesz ciskać i będziesz dokładać do kasy, to możesz z nami zostać. Psy wiedzą, że tu jesteś?

– Nie, skąd? Jeden leży zakopany w ogródku, a po drugiego przyjechali.

– Widzę, że jesteś chojrak. Ale my tu nie chcemy rozpierduchy. Żyjemy spokojnie. Tylko w każdy piątek zjeżdżają do nas skinole na turniej brydża. Grasz?

– Nie – odpowiadałem karnie na pytania, ale cały czas spoglądałem łakomie na Brukselkę.

Zbierała teraz z trzepaka różnobarwne patchworki i wnosiła do wnętrza domu. Za każdym razem, gdy przechodziła blisko, czułem intrygujący zapach paczuli. Cezar uchwycił moje spojrzenie.

– Zapomnij, to moja kobieta.

Wspaniale. Grunt to dobry początek.

Zjedliśmy już wszystko, co przywiozłem. Oprócz proszku do prania. Brukselka, gdy go zobaczyła, skakała z radości jak mała dziewczynka. Standard tego lokum jest mocno umiarkowany. Nie ma łazienki, kibel to wygódka z serduszkiem, a w każdym pokoju śpi po kilka osób. Niestety, Brukselka zajmuje z Cezarem osobną celę. Moi nowi przyjaciele są nieco starsi ode mnie, w każdym razie mają już dowody osobiste. Prowadzą stowarzyszenie ekologiczno-artystyczne Martwa Natura, utrzymują się z nagabywania tubylców i prowadzenia różnych warsztatów dla znudzonych szczurów biurowych. W ostatni weekend gościli na integracyjnym wyjeździe jedną ze znanych agencji reklamowych. Pobyt w spartańskich warunkach i partyjka brydża ze skinami zregenerowały ich skołatane nerwy i wyprane mózgi. Poza tym stowarzyszenie posiada pięć kóz (jedna ma właśnie na dniach rodzić) i nielegalną plantację marihuany, którą odkryłem przypadkiem w wysokich chaszczach za wychodkiem. Cezar twierdzi, że to tylko do użytku domowego.

Po kolacji pokazano mi mój pokój. Mam szczęście, bo chwilowo jest pusty. Większość niebieskich ptaków powróciła na łono rodziny zwabiona wizją świątecznych kiełbas i wielkanocnych bab. Rzuciłem pidżamę na wielobarwny materac, starając się nie dociekać pochodzenia licznych plam. Brukselka oddała mi swój jasiek.

– To za płatki fitness. Dawno nie jadłam czegoś równie smacznego.

Uśmiechnęła się do mnie tak promiennie, że na jej cześć zostałbym wojującym wegetarianinem lub plantatorem kapusty.

Noc

Gdzie ja jestem? Gdzie ja jestem?
Śniła mi się Brukselka. Przyszła do mnie i, nacierając się masłem i tartą bułką, mówiła: „Zjedz trochę witaminek".
Jeszcze ani razu nie pomyślałem o Łucji.

Ekologiczny poranek

Zbudził mnie tubalny głos Cezara:
– Za dziesięć minut zbiórka. Idziemy sadzić wierzby!
Zerwałem się na równe nogi i pobiegłem pod prowizoryczny prysznic na środku podwórka, który ogrodzony był dębowymi palami. Moje ciało zdecydowanie odzwyczaiło się od zimnej wody i świeżego powietrza. Na śniadanie mieliśmy jednego banana, suchy chleb i mleko od krowy. Trochę mało, jak na pięć osób. Po szybkim przełknięciu tych darów bożych pobiegliśmy kurcgalopkiem na podmokłe łąki. Szlag trafił moje nowe adidasy Pumy. Cezar rozdał każdemu z nas po wiązce sadzonek, łopatki i pojemniczki z krowimi kupami.
– Przypominam, że nasz doroczny rytuał sadzenia wierzb wpływa zbawiennie na równowagę biochemiczną gleby. Poza tym bezpośrednie obcowanie z ziemią ładuje nasz wewnętrzny akumulator i uwal-

nia od stresów dnia codziennego. Rudolf, zdejmij te rękawiczki, nie bój się gówna! Od razu poczujesz się wolny.

Hm, znam kilka lepszych sposobów na poczucie się wolnym, ale spojrzałem na resztę i podobnie jak oni zabrałem się do rozrabiania krowiego nawozu. To straszna frajda móc się tak taplać w... odchodach. Poza tym Brukselka była blisko mnie i przed zaśnięciem ratował mnie tylko hipnotyzujący zapach paczuli, jaki wokół siebie roztaczała. Dziwna rzecz, w jej towarzystwie ciągle chce mi się spać, a to oznacza, że zaczyna mi na niej naprawdę zależeć. Wylądowaliśmy na sąsiednich grządkach i pokazała mi, jak sprawnie wsadzić sadzonkę w ziemię. Potem przysypała ją nawozem, obficie podlała i zaproponowała, bym sam spróbował. Moją pierwszą samodzielnie posadzoną wierzbę nazwałem jej imieniem. Będę tu przyjeżdżał do końca życia i podziwiał, jak rośnie. Pokażę ją swoim dzieciom, wnukom i prawnukom. Jeśli dam radę spłodzić choć jedno. Wtedy zostanie mi już tylko wybudować dom, jeśli wcześniej nie wzbogacimy się na niemoralnej profesji mojego ojca – sprzedajnego posła. Na samo wspomnienie jego haniebnego czynu oblał mnie zimny pot, a Brukselka dała mi mentosa. Nigdy nie myślałem, że przebywanie z dziewczyną wśród krowich placków może być takie romantyczne. Zwierzyła mi się, że jest tu z powodu konfliktu z tatą. Ten emerytowany ordynator, specjalista chirurgii szczękowej, nie mógł jej darować, że się nie dostała na medycynę i woli zamiast tego wypalać ceramikę i chodzić boso. W rewanżu opowiedziałem jej wstrząsającą historię kradzieży dokonanej przez pana posła.

– Rodzice... – westchnęła smutno. – Traktują nas jak swoją własność i kochają tylko wtedy, gdy spełniamy ich wszystkie oczekiwania. Prawdziwa miłość jednak nie na tym polega.

Ach, jakbym chciał, żeby nie była smutna...

W dalszym ciągu nie myślę o Łucji. Ojciec przysłał mi SS-mana, że jeżeli nie wrócę do świąt, użyje wszystkich dostępnych mu form nacisku, nie wyłączając UOP-u. Na szczęście jego brudne macki nie sięgają do tej oazy harmonii i spokoju.

Wielka Sobota

Musiałem to wypowiedzieć w złą godzinę! Jak tylko poczuję się gdzieś dobrze i bezpiecznie, natychmiast musi się wydarzyć jakiś kataklizm. Myliśmy podłogę, gdy za oknem rozległ się radosny krzyk pana Józefa zasilającego naszą gromadkę w towary deficytowe, takie jak śmietana, świeże masło, twarożek. Pan Józef robi to z dobrego serca. Nigdy nie chciał żadnej zapłaty, wystarczyło mu tylko, że może z bliska popatrzeć na „te wariaty". Jego melodyjny zaśpiew niósł się nad polami, dolinami, rzekami i lasami.

– Jojka, jojecka ciepluśkie zem psynios! Chodźta, wariaty, chodźta, będziem pisanecki malowoć! Heeej!

Rzuciliśmy się jeden przez drugiego, bo wieczny głód nie pozwalał nam na zachowanie dystynkcji. Wypadłem na podwórze i nie zobaczyłem modrego nieba, pierwszych zielonych listków, ciepłego światła poranka. Zobaczyłem rzecz najstraszniejszą ze strasznych. Na połamanej ławce siedziało zadowolone z życia czupiradło. Sięgało do ustawionego nieopodal wiklinowego kosza z wiejskimi jajami, brało jedno z nich, sprawnie nakłuwało kolczykiem i wysysało zawartość z nieeleganckim gulgotem, wprawiając pana Józefa w zachwyt. Tym osobnikiem była moja mama.

Po odzyskaniu przytomności

Mama rozpakowała się w moim pokoju, zmuszając mnie tym samym, bym przeniósł się do Kajtka i Wątroby. Układając swoje łachy na jedynej półce, oznajmiła beztrosko:

– Ojciec chciał mnie zagonić do pieczenia bab w czasie, gdy on miał malować pisanki w sejmowej restauracji, a później w poselskim jacuzzi. Niedoczekanie tego patriarchalnego tyrana, by poskromił moją waleczną naturę! Poza tym mam chyba prawo spędzić święta z synem?

– Ale jak mnie znalazłaś? – zapytałem przerażony, a jednocześnie pełen podziwu dla jej inwigilacyjnych zdolności. – Przecież zatarłem za sobą wszystkie ślady!

– Gonzo włamał się na twoje konto i prześledził listę wizyt na stronach internetowych. Za dużo wirtualnego seksu, stanowczo za dużo.

Spiekłem raka, bo na samą myśl, że mama zna moje erotyczne fantazje, odechciało mi się seksu do końca życia. Mamy więc nowego lokatora. Cezar i inni są zachwyceni.

– Chyba masz nierówno pod sufitem, żeby spadać z domu, mając taką odjechaną mamuśkę.

– Krystyna jestem – spoufaliła się mama.

To już koniec świata, żeby psycholog, zamiast pomagać patologicznej młodzieży, przechodził z nią na ty. Może jeszcze zacznie doglądać ich plantacji zioła?

Brukselka zrobiła przepiękną święconkę i poszliśmy razem do kościoła. Modliłem się, by mama nie wpadła w szpony narkotykowego nałogu, a ojciec nie dał się skorumpować. Dla siebie poprosiłem o kilka chwil normalności. Staliśmy przy grobie Jezusa tak długo, aż kościelny przegonił nas miotłą. Przy Brukselce po raz pierwszy w życiu czuję się rozluźniony i zrelaksowany. Nie muszę udawać kogoś innego. Nareszcie jestem sobą – nudnym, przeciętnym megalomanem ze skłonnością do nieuleczalnego romantyzmu i porannych zaparć. Po powrocie długo siedzieliśmy na ganku, pijąc herbatę miętową. Właściwie nic do siebie nie mówiliśmy, ale kiedy ścisnęła mnie za rękę, poczułem, że dawno nikt mnie tak nie rozumiał jak ona. Cezar zerkał nerwowo w naszym kierunku, ale był unieruchomiony na kilka godzin, bo robił mamie dredy.

Niedziela wielkanocna

Ojciec bombarduje nas telefonami, pytając, czy może do nas przyjechać. Jeszcze tego brakowało! Mama odpowiedziała mu, żeby lepiej zrobił coś pożytecznego dla świata.

– Ale co? – zastanawiał się spanikowany.

Nie mam pojęcia. Moim zdaniem światu niewiele już pomoże i nikt, nawet łysy poseł z Polski Gaweł Gąbczak nie jest w stanie zatrzymać staczania się ludzkości po równi pochyłej. Zresztą w tej chwili nie interesuje mnie nic poza Brukselką. Upiekłem dla niej placek drożdżowy i schowałem u pana Józefa.

W przeciwnym razie ta wygłodniała tłuszcza pożarłaby go w jednej chwili. Pokażę go jej dziś o zachodzie słońca. Mam nadzieję, że uda nam się wymknąć niepostrzeżenie. Cezar jest pochłonięty swoją nową kumpelą Krystyną, przez co mamy nieco luzu. Mama od rana robi mu portret psychologiczny i ustawienie rodzinne. W rewanżu Cezar uczy ją grać na bębnach. Jak tak na nich patrzę, to odnoszę niepokojące wrażenie, że są dla siebie stworzeni.

Po tych kilku dniach przebywania z dala od zgiełku codziennego życia widzę, jak bardzo niedojrzałe było moje uczucie do Łucji. Potrzebowała mnie tylko po to, bym powiększył orszak jej rycerzy. Ale niestety, moja panno, nie będę dla jednego twojego spojrzenia zabijał smoka. Niech BB Blacha nadstawia swój blaszany łeb. Ja chcę być kochany, chcę, żeby mnie ktoś słuchał z zainteresowaniem, żeby śmiał się z moich dowcipów. Tak jak Brukselka. Mógłbym na nią patrzeć godzinami. Jest zupełnie inna niż wszystkie znane mi dziewczyny. Delikatna, a jednocześnie tak namacalna, intensywna, że kręci mi się w głowie. Kiedy się śmieje, ma cudne kurze łapki wokół oczu. Nigdy nie zbagatelizowała niczego, co powiedziałem. Swoją drogą za dużo nie mówię, bo szczęście odbiera mi głos. Ale z nią mogę milczeć bez końca. Sama jej obecność jest tak słodka i kojąca... Nawet mama, choć jest skoncentrowana na swojej nowej fryzurze i stylu życia, zauważyła z niepokojem:

– Jezu Chryste! Tyś się, chłopino, zakochał!

Śmigus-dyngus

Zupełnie straciłem głowę. Nie otrzeźwił mnie nawet kubeł zimnej wody, którym powitał mnie rano Cezar. Pewnie czuje pismo nosem. Całe szczęście, że mama odciąga jego uwagę od rozkwitającego między mną a Brukselką uczucia. Rodzina Cezara jest tak patologiczna, że jednorazowa porada psychologiczna nie wystarczy. Mama poświęca mu w związku z tym cały swój wolny czas. Tym bardziej że wieczorem powraca na łono rodziny. Musi się we wtorek stawić w pracy. Swoją drogą ciekawe, jak pacjenci i koledzy z poradni zdrowia psychicznego przyjmą jej dredy i kolczyk w nosie. A jak ja sobie przekłułem nos przed wylotem na Dominikanę, to zrobiła mi cały wykład o nadmiernym uzależnieniu od zewnętrznych atrybutów przynależności do określonej grupy społecznej. Ona jak zwykle ma więcej szczęścia ode mnie. Mnie nos ropiał wtedy przez miesiąc i wcale nie byłem sexy. Zresztą mama też nie jest. Przypomina raczej jakąś anarchistkę na emeryturze.

Brukselka wyprowadziła się z pokoju Cezara. Śpi teraz sama. Cały czas drżę, by mama nie zdradziła jej jakichś kompromitujących szczegółów z mojego życia. Chociaż kiedy wczoraj pokazałem jej placek drożdżowy, poczułem, że podbiłem jej serce na wieki. Miała w oczach łzy wzruszenia. Pan Józef zrobił nam do niego mleka z miodem i siedzieliśmy w kuchni, podczas gdy on oglądał jakieś zwariowane reality show, w którym banda samców alfa walczyła o względy modelki – kobiety w męskim ciele.

– O! Niby baba, a z siusiakiem... – dziwił się nasz gospodarz. – Sodoma i gomora!

To były najpiękniejsze święta w moim życiu!

Środa, 30 marca

Powinienem być dzisiaj w szkole, ale pierwszy raz w życiu wybrałem wagary bez strachu o konsekwencje. W razie czego powiem dyrowi, że zawieszając mnie, zdruzgotał moją psychikę i potrzebuję czasu, żeby dojść do siebie.

Jest pięknie. Czuję, że świat ma sens, i jest to dla mnie absolutnie nowe doznanie. Po śniadaniu idziemy z Brukselką wypasać kozy. Cezar za wszelką cenę chciał nam towarzyszyć, ale musiał przygotować dom na jutrzejszy przyjazd drużyny rugbystów. Są podobno wyniszczeni sterydami i przygnębieni spadkiem do czwartej ligi. Trzeba ich czymś zabawić. Razem z Wątrobą opracowują specjalny podnoszący na duchu program artystyczny.

Na łonie. Przyrody

Wypasanie kóz wcale nie jest czynnością relaksującą. Rozłażą się na wszystkie strony, jedzą porozrzucane po okolicy stare opony i ciągnie je w kierunku trasy szybkiego ruchu. Cztery razy zbiegałem ze szczytu naszego malowniczego wzniesienia, by uchronić te uparte zwierzęta przed śmiercią pod kołami rozpędzonego tira. Największe skłonności samobójcze wykazywała ta mająca lada dzień rodzić. Wcale jej się nie dziwię. Jej brzuch jest tak wielki, że prawie ciągnie nim po ziemi. Ma dziewczyna prawo się załamać!

Przez te wszystkie amory zapomniałem kompletnie o Elce. Targany wyrzutami sumienia wystukałem znajomy numer. Ledwie zabrzmiał sygnał, a już odezwał się pełen furii głos Elki.

– Gdzie ty się podziewasz, u diabła? Ja mogę w każdej chwili urodzić, bez przerwy wydaje mi się, że mi odchodzą wody, a ty sobie gdzieś wyjeżdżasz. No chyba jesteś mi coś winien!

Przez moment poczułem się jak wieloletni, marnotrawny małżonek Strasznej Elżbiety i już chciałem z rozpaczy rzucić się w przepaść, kiedy zobaczyłem, że Brukselka cichutko chichocze.

– Jako wykwalifikowana położna jesteś chyba teraz bardziej potrzebny tutaj. – I wskazała na ciężarną kozę, która położyła się na trawie i szorując po niej grzbietem, zaczęła robić bardzo dziwne miny.

– Ela... yyy, muszę kończyć, no bo... właśnie chyba ktoś cię już uprzedził – rzuciłem spanikowany do słuchawki.

– Kto???

– Koza.

Wiem, że mi nie uwierzy, ale teraz miałem na głowie o wiele ważniejsze sprawy niż jej dąsy. Opanowałem drżenie rąk i wewnętrzne poczucie kompletnej bezsilności. Spojrzałem na Brukselkę, a jej ciepły wzrok dodał mi takiej otuchy, że odkryłem w sobie niezłomne powołanie lekarza położnika. Podwinąłem rękawy i uklęknęliśmy blisko wierzgającego zwierzęcia. Pierwszy raz słyszałem, żeby rodząca koza... śpiewała! To było piękne i straszne zarazem. Nie bardzo wiedziałem, co robić, w końcu zdaliśmy się na naturalny instynkt. Brukselka głaskała umęczonego zwierzaka po pysku i czule do niego przemawiała. Kiedy wreszcie zaczęło pojawiać się małe koźlątko, złapałem je energicznie za ciepłe i mokre kopytka i wydarłem się, jakbym był co najmniej na jakichś światowych zawodach odbierania porodów.

– Przyj! Przyyyyyj!

Nie wiem, czy koza mnie zrozumiała, ale od tego momentu wszystko już poszło bardzo sprawnie. Jeden po drugim na świecie pojawiły się trzy skołowane maleństwa, które matka natychmiast wylizała do czysta. Zanim sama pozbierała się po porodzie, koźlątka już stawały na swoich rachitycznych nóżkach. Przewracając się co chwila, próbowały zrobić choć kilka kroków. Był to tak wzruszający widok, że oboje popłakaliśmy się niczym egzaltowani bohaterowie latynoskich telenowel. Brudni, spoceni wracaliśmy do domu, niosąc na rękach cały inwentarz. Kozia mama raz po raz z wdzięcznością oblizywała moją twarz. Starałem się nie myśleć o tym, że zaledwie kilka minut temu tym samym językiem uprzątała swoim dzieciom wszelkie nieczystości spod ogona.

Byliśmy z Brukselką tak szczęśliwi, jakby dzięki nam ocalał świat. Rozpierała nas duma z „naszych" dzieci. Przeżyliśmy razem cud narodzin i mieliśmy świadomość, że już na wieki łączy nas jakiś magiczny węzeł. Przecież nic tak nie zbliża kobiety i mężczyzny jak wspólny poród!

Piątek. Prima aprilis

Po całym squacie biegają podkręceni rugbyści. Każdy z tych stukilowych byków chce poniańczyć małe kózki. Cezar stwierdził, że odwaliłem kawał dobrej roboty. No proszę, widać mam w genach krzewienie pozytywnych doznań. Moja inicjatywa KOCHAJ MNIE! zaczyna przynosić owoce bez specjalnego wysiłku. Opowiedziałem o niej przy dzisiejszym obiedzie, na który z powodu gości wyjątkowo były schabowe. Przyjąłem je z wdzięcznością, bo dość już mam nijakich w smaku podpłomyków, kaszy jęczmiennej i marchewki z groszkiem. Zaproponowałem, żeby wobec powszechnego głodu uczuć i serdecznej czułości pozbawionej erotycznych podtekstów urządzić dziś wieczorem PRZYTULANKA PARTY. Każdy dostanie pluszową zabawkę i przytuliwszy się do niej, będzie mógł powrócić w błogie czasy sielskiego dzieciństwa. Obeszliśmy wieś i pożyczyliśmy od uczynnych sąsiadów, co się tylko dało: chodzące rosyjskie lalki, pluszowe misie, gumowe kaczki, nadmuchiwane świnki. Mój pomysł wywołał szczerą aprobatę tych potężnych chłopów.

– A mamusi nie dałoby się sprowadzić? – zapytał kolos z najbardziej marsowym obliczem.

Ale zgodnie stwierdziliśmy, że byłaby to już oczywista rozpusta i rozbój w biały dzień.

Kiedy nadszedł wieczór, stawiliśmy się w komplecie w największym pokoju. Wszyscy mieliśmy na sobie niegustowne pidżamy, żeby broń Boże nikomu nie zachciało się niemoralnych zabaw. Co prawda były tylko dwie kobiety: Brukselka i Wątroba, ale nigdy nic nie wiadomo. Nasze społeczeństwo pełne jest kryptogejów.

Cezar postawił na środku wielki worek z zabawkami i każdy z nas podchodził do niego z zawiązanymi oczami. Zanurzał rękę i losował przytulankę. Oczywiście jako Polacy nie bylibyśmy sobą, gdyby cała akcja nie przebiegała bez zakłóceń. Największe boje toczyły się o różowego króliczka wypełnionego grochem. Już myślałem, że zostanie rozerwany na strzępy! Wygrał trener rugbystów. Teraz z czułością tulił do zwalistej piersi mięciutkie stworzonko. Wreszcie zapaliliśmy nastrojowe kadzidełka, oliwne lampki i można było zajmować miejsca na ułożonych pod ścianą materacach. Brukselka położyła się przy samym brzegu, nakrywając wyszywaną w mandale narzutą. Spod innych koców dobiegały nerwowe chichoty. Patrząc na to trzeźwym okiem, można było odnieść wrażenie, że jesteśmy w jakimś żłobku dla mocno niedorozwiniętych dorosłych.

– A ty się nie kładziesz? – zapytał Cezar leżący w zdecydowanie zbyt bliskim sąsiedztwie swej dawnej dziewczyny.

– Mam jeszcze coś w zanadrzu – odpowiedziałem tajemniczo, budząc powszechne ożywienie pod kocami.

– Bajki na dobranoc – zdradziłem

– Eeeeee... – rozległ się jęk zawodu.

A czego niby się spodziewali? Że zrobię szpagat? Striptiz? Nadziewanego indyka z żurawiną? Co za malkontenci! Przysunąłem sobie stołek, usiadłem, przydeptując zbyt długie spodnie, i rozpocząłem opowieść.

– Dawno, dawno temu...

– Nudaaaa – przebiegło po sali niecierpliwe szemranie.

– ...żyła sobie piękna księżniczka płaska jak deska. Na imię miała... Pornolinka.

– Daleeej! Dawaj dalej!

Westchnąłem z żalem. Że też w towarzystwie mężczyzn nigdy nie może się obejść bez świństw! Dłuższą chwilę głowiłem się nad dalszą częścią bajki. Przecież powinienem ich raczej uśpić, niż rozkręcać.

– Pornolinka zobaczyła kiedyś na królewskim dziedzińcu unoszące się w powietrze kolorowe balony. To gnębieni poddani świętowali coroczny obowiązek daniny. Z całej okolicy ciągnęły do królestwa wozy darów. Wśród wędrowców znalazł się także słynny alchemik, który przemieniał błoto w złoto. Widząc zachwyt Pornolinki nad wielkimi balonikami, obiecał wyczarować jej takie same, by i ona budziła zachwyt w innych ludziach. Coś mu się jednak pochrzaniło w miksturze i naszej księżniczce wyrosły z przodu kule co prawda ogromne, ale ciężkie jak ołów. Biedna dziewczyna nie mogła dźwignąć ciężaru, który miał być jej chlubą, a stał się przekleństwem. Do końca życia chodziła zatem zgięta w pałąk i umarła, biedaczka, dziewicą, bo każdy rycerz bał się, że zginie przygnieciony jej olbrzymim biustem.

Ględziłem tak jeszcze z pół godziny, wymyślając coraz bardziej mrożące krew w żyłach historie, aż gdzieniegdzie dały się słyszeć najpierw pojedyncze, a potem zbiorowe pochrapywania. Jedynie Brukselka chichotała jak szalona.

– Rudolf, jesteś kompletnie zeschizowany! – Klasnęła w dłonie. – Nikt mnie nie umie rozbawić tak jak ty.

O! Tak mi mów, moja miła, niech ta chwila się nigdy nie skończy! Przyniosłem aparat cyfrowy Cezara i zrobiłem drobiazgową dokumentację naszego party. Cała czwarta liga polskiego rugby spała w najlepsze, wtulając nosy w swoje zabawki i słodko posapując przez sen. Przeszliśmy z Brukselką do pokoju obok. Byłem strasznie podekscytowany, więc ze wszystkich sił walczyłem z sennością. Ukradkiem wsadzałem sobie co jakiś czas palec w oko. Śmialiśmy się z mojej bajki i wkrótce ogarnął nas dziki przymus radosnej słowotwórczej zabawy.

– Była sobie... łysa kura – zaczął mój ideał kobiety.
– Niepodobna do... ogóra – dodałem i zwijając się ze śmiechu, kontynuowałem: – niepodobna do kangura, ale za to z mordką knura!

Mniej więcej po dwóch godzinach mieliśmy już pokaźny pakiet tej awangardowej poezji. Oto przykład:

Była sobie łysa kura
Niepodobna do kangura,
Bo nie miała żadnej torby,
W której mogła nosić bobry.
Siadła ona więc na grzędzie,
Zagdakała: co to będzie?

Smutna była i zmartwiona,
Bo szympansa narzeczona
Jej szepnęła: „Będzie bal",
I frunęła sobie w dal.
A na balu, dobrze wiecie,
Pięknych kobiet całe kwiecie.

A ta nasza łysa kura
Przypomina bardziej knura.
– Ach, mam pomysł – zawołała,
Do fryzjera podreptała.
I już siedzi w foteliku,
Szczotki leżą na stoliku.

Fryzjer dwoi się i troi,
Myśli: jak tu ją przystroić?
No bo łysa jak kolano,
A na balu chce być damą.

– Loki proszę, dużo loków,
A z tych loków sterty koków.

Dwie kokardy, cztery spinki,
Wszystkim wokół rzedną minki,
A najbardziej fryzjerowi,
No bo nie wie, co tu zrobić.
Myśli, myśli, czoło marszczy,
Coś pod nosem gniewnie warczy.

Włos swój mierzwi, szarpie brwi,
Kura mu napsuła krwi.
Więc udaje nieboraczek,
Że ją czesze już w zygzaczek.
Włos upina, tapiruje,
Ale sobie w brodę pluje.

Bo efektów ani śladu,
Kura nadal bez powabu.
Wnet wyłysiał ze zmartwienia,
Nie potrzeba mu grzebienia.
Patrzy, oczom swym nie wierzy,
Między nami, bądźmy szczerzy,

Łysy on i łysa ona,
Wymarzona to dlań żona.
I nazajutrz po południu
W środku maja, a nie w grudniu,
Łysy z łysą wzięli ślub
I kochali się po grób.

Bawiliśmy się fantastycznie. Tryskałem pomysłami jak opętany. Czułem się wulkanem intelektu i dowcipu. A potem, a potem... stało się coś bardzo pięknego i ważnego. Coś, co mogę określić jako

TRAVELLING WITHOUT MOVING. Podróżowałem po najodleglejszych zakątkach kosmosu, najczarowniejszych galaktykach. Widziałem najpiękniejsze gwiazdy i najbardziej gorące słońca...

Jedno jest pewne: nigdy, przenigdy (jeśli to, co mówił ten postrzelony neurolog, ma być prawdą) nie zasnę już w chwilach stresu! Ale z szacunku dla podniosłości chwili niech spadnie na to zasłona milczenia. Amen.

Nowe życie

Teraz widzę, jak bardzo szczeniacki był mój żywot. Od dziś zaczynam nową erę, nowe stulecie, nowe milenium. Jestem już dorosły w każdym tego słowa znaczeniu. Zaznałem smaku prawdziwego życia i bardzo mi się to podoba. Wiele spraw straciło swoją rangę, niektóre problemy wydają mi się takie małostkowe i infantylne. Na wszystko patrzę z perspektywy dorosłego faceta – z pełnym wyważenia dystansem. Kiedy pomyślę o moich kolegach, ogarnia mnie pusty śmiech. Co oni wiedzą o kobietach? Phi.

Noc

Nie mogę spać... Hm, naprawdę nie mogę spać. Nie mogę spać! Minęło!!!

Ranek

Brukselka spała w najlepsze. Przed jej drzwiami warował Cezar, odwalając poranne medytacje. Kiedy koło niego przechodziłem, zaniechał wydawania przeciągłych dźwięków OMMMM, otworzył jedno oko i rzucił mi przez zaciśnięte zęby:

– Chyba już pora, żebyś wracał do szkółki, chłoptasiu. Dobrze ci radzę, jeśli nie chcesz mieć problemów.

Ścierpły mi pośladki, bo zawsze tak reagowałem na jawne pogróżki. I to ma być buddysta! Mimo wszystko postanowiłem z narażeniem życia udać się do wsi po codzienną jałmużnę i przyrządzić Brukselce zdrowe, pożywne wiosenne śniadanie. Strasznie jest mizerna. Łopatki i żebra sterczą jej niczym sutki podstarzałej aktorki w jednym z seriali. Mam przez to cztery dorodne siniaki. Pielęgnuję je jednak ze wszystkich sił, bo są namacalnym dowodem na zdobytą sprawność mężczyzny i uratowany honor samca.

W drodze powrotnej czułem się jak człowiek jaskiniowy, który wraca do swej rodziny po ciężkim, ale udanym polowaniu. W plastikowej reklamówce niosłem z triumfem: świeże bułeczki, twarożek wiejski, mleko od krowy, miód, pęczek szczypiorku, rzodkiewki. Józef, miłośnik wariatów, dorzucił jeszcze dwa dojrzałe pomidory. Postanowiłem narwać polnych kwiatów i tym wspaniałym dowodem miłości osłodzić Brukselce poranną rumiankową herbatę. Pochyliłem się nad przydrożnym bajorem, którego błotniste brzegi porastały żółte kaczeńce. I dokładnie w tym momencie nastąpił nieoczekiwany i dramatyczny zwrot w moim jakże beztroskim życiu.

W limuzynie z przyciemnionymi szybami

– A prosiłem jak kogo dobrego. A ostrzegałem...
Powoli otrząsałem się z pierwszego szoku. Gdy mnie złapali eleganccy panowie w garniturach i wepchnęli brutalnie do samochodu, byłem pewien, że nastąpiła pomyłka i niebawem odzyskam wolność. Jednak teraz nie miałem żadnych wątpliwości. Na końcu świata poznałbym ten głos świadczący o lekkiej wadzie wymowy i polipach w nosie. Sprzedajny poseł, kłamliwy samiec, wyliniały dziad i samorodny capo di tutti capi. Jednym słowem – mój ojciec. Jego najbardziej charakterystyczną cechą jest to, że zawsze pojawia się nie w porę. Co tu dużo mówić, wszystkie jego inicjatywy zawsze były chybione. On jest mistrzem nieporozumień.

– Tato, czy ja cię prosiłem o pomoc? – zadałem retoryczne pytanie, ze wszystkich sił starając się nie drżeć na widok drabów w czerni. Mimo niepoczytalności ojca miałem nadzieję, że nie pozwoli, by mnie tu zamordowali z zimną krwią.

– Synu, wybacz, ale sytuacja wymaga twojej natychmiastowej pomocy. Nic teraz nie jest ważniejsze. W dziesięciostopniowej skali kataklizmów mamy 42.

Zastanawiałem się, co takiego mogło się wydarzyć, że ojciec uciekł się do kidnapingu, i doszedłem do wniosku, że babcia zmartwychwstała i przebudowała nasz dom na centrum lotów kosmicznych. W takim razie, faktycznie, nie ma żartów. Wrócę do mojej Brukselki, jak tylko założę całej rodzinie kaftan bezpieczeństwa, zamknę ją w lochu, a klucz powierzę niefrasobliwej pieczy Gonzo.

Na starych śmieciach

Kiedy wjeżdżaliśmy w nasz zaułek, we wszystkich oknach tkwiły ciekawskie twarze sąsiadów. Teraz, kiedy ojciec rozbija się limuzynami za pieniądze podatników, znów jesteśmy najbardziej znienawidzoną rodziną na naszej ulicy.

Skorzystałem z chwilowego spokoju przed burzą i podążyłem na górę, by w zamknięciu oddać się rozpaczy. Niestety, po drodze wpadłem na kłębiące się tony brudnych ubrań. Spojrzałem na ojca pytająco.

– No właśnie – bąknął.

– Co: no właśnie? – spytałem, czując zbliżającą się mrożącą krew w żyłach prawdę.

– No... tego... właśnie dlatego cię tu, hm... sprowadziłem.

– ???

– Bo nikt nie potrafi obsługiwać tej pralki – wydusił z siebie wreszcie.

No nie!!! Nie mogę uwierzyć, że moja pierwsza wielka miłość zawisła na włosku z powodu kilkunastu par brudnych gaci!!! Jak ojciec mógł mi to zrobić? Przecież sam jeszcze niedawno był zakochany w Hee Jong, więc powinien zrozumieć atomową siłę namiętności.

Dajcie mi karabin!!!

Bezsenna noc

Myślę o Brukselce. Co teraz robi? Czy o mnie jeszcze pamięta? Najgorsze jest to, że cała ta historia przypomina klasyczne relacje między kobietą i mężczyzną, kiedy to facet znika z horyzontu natychmiast po tym, jak ją wykorzystał. O Boże! Jaki perfidny jest los. Całe życie starałem się nie postępować wobec dziewczyn jak drań, a teraz wyszedłem na cynicznego łajdaka i bajeranta. A ja ją naprawdę kocham!!! Muszę natychmiast tam wrócić, wyjaśnić, błagać o przebaczenie. Odbudować ze zgliszcz mój związek, który skończył się, zanim na dobre się zaczął.

Niech no tylko uporam się z tym całym praniem! Poza tym dyro zagroził, że jeśli natychmiast nie stawię się przed jego obliczem, to skreśli mnie z listy uczniów i o maturze mogę tylko marzyć. To by mi strasznie skomplikowało moją karierę światowej sławy aktora.

Chociaż z drugiej strony, mógłbym rzucić dla Brukselki szkołę i wybudować skromny domek z prefabrykatów na przedmieściach, gdzie moja ukochana odda się swojej pasji garncarskiej, a ja będę płodził rozkoszne dzieci. Zapiszemy je potem do jakiejś agencji aktorskiej. Rzecz jasna po mnie odziedziczą talent, a po swej mamie urodę. Zestarzejemy się razem i wspólnie będziemy szukać swoich sztucznych szczęk. Po prostu bajka!

Wtorek, 5 kwietnia

Dzwonił BB Blacha. Wspomniał, że różnice ideologiczne nie powinny kłaść się cieniem na naszej dalszej współpracy w dziedzinie polskiego hip-hopu. Zwłaszcza że 24 kwietnia jest spektakularny warszawski przegląd formacji młodzieżowych i Blacha już wysłał tam nasze zgłoszenie. Mam nadzieję, że nas odwalą przy wstępnej selekcji. W obliczu tragicznych wydarzeń ostatnich dni straciłem serce do hip-hopu.

Dzwoniła Elka. Żąda, bym pojechał z jej mamą do Smyka i zakupił łóżeczko dla nieszczęsnego dziecka mającego wkrótce przyjść na świat oraz elektroniczny odciągacz pokarmu. Brr!!!

Czwartek, 7 kwietnia

Rozbierałem się niemrawo w szkolnej szatni, przygotowując własne jajka do skoku przez kozła, gdy wszedł nauczyciel wuefu i oznajmił, że wzywa mnie dyro. Hurra! Przynajmniej dziś mi się upiecze i nie będę musiał ujeżdżać tego sadystycznego obiektu na oczach klasy III b i c.

– Nie myśl, że zapomnę o zaliczeniu – ostrzegł mnie w drzwiach wuefista.

Czy belfry muszą mieć psychopatyczne skłonności? A może to po prostu choroba zawodowa? Jak patrzę na Gonzo, to na samą myśl, że wszyscy uczniowie są tacy, aktywują mi się głęboko skrywane mordercze skłonności. Hm... faktycznie, trudno dziwić się nauczycielom, że są tak zwyrodniali.

Dyro siedział za swoim dębowym biurkiem, które kosztowało tyle, że nie starczyło na drugą pracownię informatyczną. Kiedy wszedłem, natychmiast stanął w lekkim rozkroku, zamieniając się w Napoleona.

– Żołnierzu – zaczął.

Czułbym się znacznie pewniej, zostawiając otwarte drzwi do sekretariatu. Od dłuższego czasu prześladuje mnie myśl, że dyrektor mojej szkoły jest psychicznie chory. Muszę poddać radzie rodziców myśl, by zatrudnili dla niego osobistego psychiatrę z wielką strzykawą gotową do akcji.

Dyro za nic miał moje wewnętrzne rozterki, bo ciągnął w najlepsze:

– Jako wspaniały przywódca naszej dydaktycznej placówki, rzekłbym nawet wizjoner z wizją... yyy, tego, na czym to ja skończyłem?

O Boże! Jak on przechodzi przez te narady w kuratorium?

– Na wizji – podpowiedziałem, uzbrajając się w cierpliwość.

– No tak, więc mam wizję, żeby naszą szkołę wprowadzić do Europy frontowymi drzwiami. Zgłosiłem na organizowany przez Unię Europejską konkurs inicjatyw młodzieżowych naszą wspólną akcję KOCHAJ MNIE! I dostałem właśnie odpowiedź, że jesteśmy w finale!

– Jedziemy do Brukseli? – otworzyłem szeroko oczy, nie mogąc uwierzyć we własne szczęście. I bardzo dobrze, że nie uwierzyłem, bo radość byłaby przedwczesna.

– Tak jest – potwierdził dyro i zaraz sprecyzował: – To znaczy, ja jadę. Miejsce jest tylko dla jednej osoby, co prawda zapraszają autora, ale ty masz się uczyć, a nie rozbijać po Brukselach. Poza tym, gdyby nie mój pedagogiczny geniusz, nie byłoby twego... geniuszu.

Nie mogłem uwierzyć, że można być tak bezczelnym. Już drugi raz w życiu ktoś mi sprząta sprzed nosa moje dzieło i przedstawia jako własne. Chciałem zaprotestować, ale dyro odwrócił się do wielkiego kryształowego lustra wmontowanego w drzwi gdańskiej szafy i przystąpił do ćwiczenia cesarskiego pozdrowienia. Jednym słowem, kompletnie odleciał, więc wolałem go nie drażnić. W ostatniej chwili odwrócił się i okazując władczą hojność, spytał:

– Może ci coś przywieźć? Jakąś pamiątkę z Belgii?

– Dziękuję, wystarczy, że przywiezie mi pan nagrodę, którą powinienem otrzymać jako autor projektu.

Patrzyłem mu tak długo w oczy, aż usiadł ponownie za biurkiem i wymamrotał:

– Ach, jaka ta młodzież zepsuta. Nic za darmo, nic za darmo...

Jeszcze czego!

Noc jak zwykle bezsenna,
ale za to usiana gwiazdami,
bólem brzucha i wyrzutami sumienia

Przez tę całą Brukselę przypomniała mi się moja prywatna Brukselka. Co za pech, że tam nie ma telefonu. Jak można żyć w takim odcięciu od świata? Postanowiłem, że w najbliższy weekend pojadę do Falenicy. Nie mogę już dłużej znieść naszej rozłąki! Rzucimy się sobie w ramiona i będziemy kontynuować nasze romantyczne love story. A kiedy skończę osiemnaście lat, weźmiemy ślub po grób.

Sobota. Dzień, w którym wszystko
szlag trafił

Kiedy wysiadłem na znajomym przystanku w szczerym polu, ze wzruszenia nogi się pode mną ugięły. Potem mało ich nie połamałem, biegnąc na skróty przez tak dobrze mi znane rowy i bajora. Minąłem sklep spożywczy, a stojąca na ganku ekspedientka przyjaźnie pomachała mi ręką. Widocznie wyglądałem jak ucieleśnienie jej marzeń o romantycznym kochanku. Dzierżyłem bowiem w dłoni potężny bukiet fiołków alpejskich. Postanowiłem, że rzucę je Brukselce pod nogi i poproszę ją o rękę.

Gdy wbiegłem na zaniedbane, rozświetlone wiosennym słońcem podwórko, uderzyła mnie martwa cisza. Jakby jakaś bomba wymiotła wszystkich z tego padołu. Dopadłem drzwi i zmartwiałem. Nie tylko były zamknięte na cztery spusty, ale też zabite do połowy spróchniałą deską i ozdobione gwoździami.

To były gwoździe do trumny mojej nadziei. Nadziei na to, że złośliwy los odwrócił wreszcie ode mnie swoją szpetną gębę. Niestety! Po Brukselce, jej kole garncarskim, Cezarze, Wątrobie i Kajtku nie było śladu, choć cały czas czułem w powietrzu cudownie kojący zapach paczuli... A gdy zobaczyłem porzucony zielony szal mojej ukochanej, smętnie wiszący na sznurze od bielizny, nie mogłem powstrzymać łez. Czułem się, jakbym po latach wrócił na ojczyzny łono i zastał wypalone miejsce po rodzinnym domu. Zaglądałem i waliłem we wszystkie okna po kolei, ale bez rezultatu. To miejsce, jeszcze nie tak dawno tętniące nieskrępowaną młodzieńczą ekspresją, przypominało teraz pensjonat spokojnej starości podczas ciszy nocnej.

Stało się najgorsze. Już nigdy nie odnajdę Brukselki. Przepadła na wieki, a wraz z nią moja szansa na normalne życie. Osunąłem się po ścianie i tuląc zielony skarb, łkałem bezgłośnie tak długo, aż zasnąłem z wyczerpania. Marzyłem we śnie, by nigdy się już nie obudzić. Nikt już na mnie nie czekał, nikt już mnie nie kochał, nie było już nikogo, kto pieściłby z czułością moje nieproporcjonalne, pryszczate ciało.

O zmierzchu zbudził mnie krzyk:

– Olaboga! Toż to, wariacie, wilka dostaniesz, jak dupą na ziemi będziesz siedzioł. A zbiroj mi się w try miga! Idziem do dom.

To sam archanioł Gabriel zstąpił z nieba i pod postacią Józka walczył z szatanem o moją duszę. Szczerze mówiąc, było mi wszystko jedno, kto wygra tę bitwę. Józek niemal siłą zawlókł mnie przez pół wioski do swojej chałupy. Posadził przy stole, wyciągnął aluminiowy kubek i nalał do niego własnoręcznie pędzonego samogonu.

– Do dna!

Wypiłem. Straciłem oddech. Oczy wyszły mi z orbit. Spaliłem sobie przełyk i wnętrzności. A potem... poczułem błogie ciepło. Mój duch opiekuńczy spoglądał na mnie w milczeniu, raz po raz robiąc sobie skręta i zaciągając się cuchnącym dymem. Sprawiał wrażenie mędrca poddającego swojego najlepszego ucznia decydującej próbie. Przy węglowej kuchni spały kozie dzieci, które razem z Brukselką rodziliśmy na łące porośniętej kaczeńcami. Na samo wspomnienie chwyciłem butelkę z diabelskim trunkiem. Józef był jednak szybszy:

– Basta! Ino patrzeć, jak mi się ubzdryngolisz, a do domu trza wracać. Nic tu po tobie.

Potem opowiedział, jak zaraz po moim porwaniu rugbyści zaproponowali Cezarowi etat w swoim klubie. Miał razem z Kajtkiem i Wątrobą prowadzić sekcję odnowy duchowej. A po Brukselkę przyjechał jakiś siwy pan o wyglądzie chirurga szczękowego. I tym sposobem ekologiczna pozarządowa fundacja Martwa Natura zakończyła działalność, obdarzając Józka na pożegnanie żywym inwentarzem w postaci kilku kóz i woreczkiem najlepszej jakości marihuany. Od tamtego czasu ekstrawagancki miłośnik zwariowanej młodzieży pali tytoń wymieszany pół na pół z gandzią. Zapewne nie ma pojęcia o uzależniających właściwościach tej substancji, ale za to zyskał dzięki niej większy dystans do świata i błyskotliwe skojarzenia. Mam nadzieję, że nie skończy w Monarze.

Kiedy staliśmy na przystanku PKS-u, czekając na ostatni kurs do Warszawy, pogmerał niespiesznie w kieszeni i wyciągnął z niej niemiłosiernie sponiewierany i zatłuszczony kawałek papieru.

– A to zostawiła ta mała dziewuszka, co to za nią oczy wypatrywałeś, mało łba nie rozbiłeś, hi, hi, hi – zaśmiał się diabolicznie, pokazując dziąsła bez śladu jakiegokolwiek uzębienia.

Omal nie zemdlałem z wrażenia. Ręce trzęsły mi się jak alkoholikowi w ostatniej fazie delirium tremens. Dopiero teraz mi o tym mówi, ten stary sklerotyk uzależniony od narkotyków??? Byłbym go udusił, gdyby zza nieczynnej mleczarni nie wyjechał zabytkowy autobus – koszmar PRL-u. Pierdnął nam w twarz spalinami i otworzył drzwi, które i tak trzymały się na jednym zawiasie. Wsiadłem, trzymając w jednej ręce zielony szalik, a w drugiej liścik od ukochanej. Już za chwilę poznam jej adres, numer telefonu, konta i stanika. Jestem uratowany! Pokiwałem Józefowi przez szybę, obiecując, że będę go odwiedzał, i padłem na podarte siedzenie.

Za zakrętem (życiowym)

Przeczytałem karteczkę cztery razy. Chyba prze-
czytam piąty.

Mój słodki...
kiedy dostaniesz ten list, ja będę już daleko. Nie będzie
mnie ani w Twoim życiu, ani w Twoim śnie. Świat ofiaro-
wuje nam czasem przepiękny dar i tylko wtedy możemy go
zachować w sobie na zawsze, jeśli pozwolimy mu odejść.
Dlatego nie szukaj mnie.
Porzuciłam glinę i dawne ideały na rzecz chirurgii
szczękowej. Wyjeżdżam na stypendium do Bostonu. Nie
zostawiam Ci żadnych namiarów, żadnych śladów prócz
tych, które Ty nosisz w swoim sercu, a ja w swoim.
Wiem, że mnie zrozumiesz, bo jesteś niezwykłym
chłopcem. Być może jeszcze się kiedyś spotkamy. Jestem Ci
wdzięczna za każdą spędzoną wspólnie chwilę. Nigdy Cię
nie zapomnę.
Żegnaj
Brukselka

Chcę umrzeć.

Niedziela, 10 kwietnia

Mam czterdzieści stopni gorączki. Rzuciłem się
Gruczołowi na szyję, bo wziąłem go za moją ukochaną. Gruczoł pozostał niewzruszony. Nie zrobiło na
nim żadnego wrażenia, że umieram z rozpaczy.
W dodatku nie mogę spać.

Poniedziałek

Dlaczego??? Ach, dlaczego??? Gonzo obiecał
skombinować dla mnie cyjanek.

Wtorek

Przyszła Elka. Żeby mnie rozerwać, symulowała
poród. Pozostałem obojętny.

Środa. W dalszym ciągu zero snu

Ciągle nie mam cyjanku. To mnie załamuje.
Mama szuka specjalistów od myśli samobójczych.

Czwartek

Pierwszy specjalista wściekł się, kiedy poprosiłem, żeby nie siadał w swojej brudnej kurtce na mojej
pościeli.

Nadal chcę umrzeć. Obmyślam niezawodny sposób. Chyba poproszę Gonzo, żeby mi skonstruował
osobistą samoobsługową gilotynkę.

Depresja: cd.

O Boże...

Środek nocy

...ale się zmęczyłem tym...

Ranek

pisaniem...

Weekend

Udało mi się w końcu trochę przespać. Co za ulga! Już się przestraszyłem, że pozbywszy się jednej dolegliwości, zafundowałem sobie następną, będącą przeciwieństwem tej pierwszej. Dawniej zasypiałem w chwilach zdenerwowania, potem przeżyłem swój „pierwszy raz" (serce mi krwawi!!!) i narkolepsja zniknęła, to fakt, ale zacząłem za to cierpieć na chroniczną bezsenność. Na szczęście to pomału mija. A już się zamartwiałem, że naprawdę jestem jakimś czubkiem...

Szlag mnie nie trafił, chociaż wszystko się we mnie gotuje. Brukselka nie daje znaku życia, przyjaciele po kilku bezskutecznych próbach przywołania mnie do porządku wrócili do swoich spraw. Łucja jest na mnie śmiertelnie obrażona, bo dowiedziała się od Gonzo, że straciłem cnotę. W dodatku cyjanek jest nie do zdobycia.

Jeżeli jeszcze kiedykolwiek mam zobaczyć moją ukochaną, to muszę żyć, odrodzić się z popiołów jak mityczny Feniks. Wobec powyższych okoliczności doszedłem do wniosku, że nie opłaca mi się mieć depresji. Wracam do budy.

Okutałem sobie głowę w zielony jedwabny szal Brukselki, niczym magiczny talizman. Wyglądam jak idiota.

Poniedziałek, 18 kwietnia

Nikt nie zwrócił uwagi na mój orientalny turban, bo cała szkoła żyje wielkim skandalem! Cóż za miła odmiana po nudnym domowym życiu. Dyro z wielkim hukiem stracił posadę! Co prawda jest na razie tylko zawieszony w czynnościach, ale wątpię, by jeszcze do nas wrócił. Kuratorium nigdy na to nie pozwoli. Na pewno nie po takim numerze, jaki wywinął. Cała szkoła aż huczy od plotek. Elka miała nawet próbny alarm, tak się przejęła sytuacją. Na szczęście skurcze szybko minęły, jest w końcu jeszcze cały miesiąc do porodu. Siedzimy sobie teraz w szkolnej stołówce nad budyniem i analizujemy sprawę. Wszystko się wydało, gdy w lokalnej gazecie ukazał się artykuł o naszym liceum i panujących w nim układach. Oczywiście byłem tak pochłonięty swoją osobistą tragedią z Brukselką, że na nic więcej nie zwracałem uwagi. Tymczasem od dłuższego czasu do redakcji docierały anonimowe skargi naszego personelu technicznego na mobbing, molestowanie i wszelki ucisk stosowany przez dyra. Jeden z dziennikarzy zatrudnił się zatem w szkole jako czyściciel toalet i konserwator sprzętu gaśniczego. Już następnego dnia wezwano go do przełożonego, który w zamian za utrzymanie posady zażądał od niego... określonej usługi seksualnej! Niestety, w gazecie nie sprecyzowano, o co chodziło, i dlatego przez dobre cztery godziny rzucaliśmy różne propozycje, zaśmiewając się do łez.

Jednak później wcale nie było mi do śmiechu, kiedy uświadomiłem sobie, że wszystkie instytucje, jakie miały wpływ na moje wychowanie, kompletnie zawiodły. Okazało się, że zarówno rodzina, jak i szkoła są bardziej zdegenerowane niż moje najzuchwalsze erotyczne fantazje. Aż mi skóra cierpnie na myśl o tym, ile razy byłem z dyrem sam na sam w jego gabinecie!

Tęsknię za Brukselką tak bardzo, że prawie mam halucynacje. Widzę ją na każdym rogu, w każdej wystawie sklepowej. Kupiłem sobie olejek o zapachu paczuli i obficie skropiłem nim pościel. Tej samej nocy miałem pierwszy od niepamiętnych czasów kosmaty sen.

Czwartek

Coraz bliżej do naszego występu na przeglądzie muzycznym. Mam w głowie totalną pustkę. Nic dziwnego, moja muza przeminęła z wiatrem, który zawinął do dalekiego Bostonu. Muszę się wziąć w garść i napisać jakiś chwytliwy kawałek, bo inaczej Blacha mnie zmasakruje. On jest taki żądny sukcesu!

W szkole trwa nerwowe podniecenie z powodu afery obyczajowej. Podobno dwoje niezależnych biegłych stwierdziło u dyra zaawansowaną chorobę psychiczną, polegającą na rozszczepieniu jaźni. Podczas badania wymachiwał wyimaginowanymi cesarskimi insygniami i krzyczał na lekarzy, grożąc im wtrąceniem do lochu. Jeśli o mnie chodzi, to nie jestem zaskoczony. Zresztą cała szkoła od dawna wiedziała, że dyro to psychol. Niestety, powoli staje się to normą społeczną. Niedługo, żeby pełnić ważne funkcje państwowe, trzeba będzie przedstawić zaświadczenie od psychiatry, że nie jest się zupełnie normalnym.

Piątek

Poszedłem do sekretariatu dowiedzieć się, czy jest już jakieś info na temat tego konkursu w Brukseli. Nadal uważam, że inicjatywa KOCHAJ MNIE! zasługuje na światowy rozgłos, mimo że w Polsce umarła śmiercią naturalną. Mam po prostu zbyt wiele spraw na głowie, nie mogę ciągnąć wszystkiego sam, a następców, którzy dorównaliby mi geniuszem – jak na lekarstwo!

Sekretarka pogmerała w stercie faksów i wreszcie oświadczyła:

– Już wszystko jasne. Trzy pierwsze miejsca dostały stypendium.

– Hurra! – krzyknąłem, nie mogąc uwierzyć w łaskawość unijnych urzędników.

– Niestety, my zajęliśmy czwarte. A ono nie jest premiowane. Gratulacje przyślą pocztą. – Kobieta spojrzała na mnie smutno i dodała: – Bardzo mi przykro.

I vice versa, moja pani.

Sobota, 23 kwietnia

Nareszcie napisałem kawałek na jutrzejszy konkurs! To twórczość zaangażowana ideologicznie.

Wyjarane w kosmos szlugi
I nabite matce długi,
Techno party, dyskoteka,
I brak kasy – temat rzeka.
Foczki to niewierne szmaty,
Twoje życie jest na raty.

Ref:
Zwolnij, zatrzymaj ten bieg,
Popatrz na przelaną krew,
Na narody uciśnione,
Weź no, ziomo, je w obronę.
Irak, Sudan i Albania
W polityce anomalia.

Białych biją, kolorowych.
Eutanazja, problem z głowy.
Dzieci-śmieci na ulicach,
A posłowie w wypas-brykach.
Syf, Internet, klęski głodu
Dla Busha to za dużo zachodu.

Ref:
Zwolnij, zatrzymaj ten bieg...

1 maja

Nic nie notowałem przez tydzień, bo upajałem się cudownym smakiem sukcesu. I gdyby nie fakt, że dziś jest Święto Pracy, to opisałbym ze szczegółami, co się stało. Boję się jednak ducha Lenina, który nakazał masie pracującej, żeby w tym dniu odpoczywała.

Północ

Dobra, Święto Pracy odbębnione, mogę teraz zdradzić przebieg zeszłoniedzielnego przeglądu muzycznego.

BB Blacha przyjechał po mnie strasznie zdenerwowany.

– Jak nie wygramy, to kogoś chyba rozwalę – uprzedził na samym początku.

Nie muszę dodawać, że wspaniale poprawiło to moje samopoczucie. Od razu straciłem panowanie nad sobą. Blacha w chwilach ślepej furii jest nieobliczalny. Zupełnie nie wiem, skąd u niego ta żądza sukcesu i poklasku? Przecież jest rozpieszczonym bubkiem, rodzice go uwielbiają (co za brak krytycyzmu!), ma wszystko, czego ja nie mam i nigdy mieć nie będę. Jestem pewien, że przy naszym urodzeniu zaszła dramatyczna pomyłka i zostałem przydzielony do rodziny, która tak naprawdę należała się jemu. Widać w niebie też odwalają swoją robotę po łebkach...

Jak zawsze w takich sytuacjach towarzyszył nam Rysiek-Pysiek ze swoim obciachowym sprzętem. W zdezelowanej furgonetce zaprezentowałem im nasz konkursowy kawałek, ale Blacha jak zwykle kręcił nosem, że za bardzo przekombinowany.

– Trzeba nawijać o prawdziwym życiu – wyjaśnił.

No tak, a ja przecież napisałem o Królewnie Śnieżce! Zaproponowałem, żeby następnym razem sam coś wymyślił.

– Ja nie jestem tu od myślenia – odpowiedział mi z taką wyższością, że poczułem się jak meksykański czyściciel kocich kuwet w kalifornijskich rezydencjach. Niektóre odpowiedzi Blachy są tak absurdalne, że kompletnie zapominam języka w gębie, co niestety utwierdza go tylko jeszcze bardziej w poczuciu własnej wyjątkowości. Że też mnie nigdy nie stać na to, by być takim idiotą i mieć o sobie równocześnie tak dobre zdanie! Muszę się chyba zapisać na jakiś kurs szybkiego dowartościowania.

Pół godziny przed czasem byliśmy na miejscu. Dom kultury nosił proroczą nazwę Klątwa Ministra i stanowił namacalny dowód na dziurę budżetową w finansach naszego państwa. Popękane mury, tynk odpadający ze ścian, przedpotopowe krzesełka, z których większość stanowiła modernistyczną konstrukcję o trzech nogach. Modliłem się w duchu, by sufit zawalił się dopiero po skończeniu przeglądu.

Na widowni siedzieli radośni emeryci spragnieni muzycznych wrażeń. Wspaniała publiczność! Szkoda, że nie wplotłem do repertuaru kawałków Zbysia Wodeckiego albo Maryli Rodowicz. Od razu by załapali feeling. Naprawdę zwątpiłem w sens tego występu. Nie mam nic przeciwko starszym ludziom. Moi najlepsi kumple są tak starzy, że albo już nie żyją, albo są jedną nogą w grobie, ale ci tutaj prezentowali się wyjątkowo niepokojąco. Sprawiali wrażenie, jakby przyszli na jakiś wieczorek gastronomiczny – siedzieli przy intymnych stoliczkach i pożerali pączki, bezy i szarlotki, zapijając to jakimś miętowym likierem. Wygląda na to, że będziemy musieli rąbać klasyczną chałturę, czyli grać do kotleta. W dodatku za friko.

– Kurde... – rzucił Blacha swym głębokim barytonem.

Oprócz naszego zespołu była jeszcze jakaś smętna panienka z gitarą śpiewająca poezje, pełna wigoru kapela czerniakowska i przystojniaczek w brokatowej koszuli z wpatrzonym w niego narzeczonym. Mówiąc szczerze, wyglądaliśmy wśród tej plejady dziwolągów najbardziej egzotycznie. Po kilku minutach zmagania się z zepsutym mikrofonem kierownik tej budy zapowiedział uroczyste rozpoczęcie przeglądu o charakterze otwartym. Na pierwszy ogień poszła poetka, która zawodząc bełkotliwie o górach i wieczornym spacerze, uśpiła pół sali. Ta połowa, która nie spała, doznała wkrótce estetycznego szoku na widok karkołomnych układów choreograficznych brokatowego chłoptasia. Tak wywijał biodrami, że wreszcie nadwerężył sobie prawe i wśród gwizdów widowni schodził ze sceny, kuśtykając już bardzo nieerotycznie. Zgodnie z przewidywaniami kapela czerniakowska zrobiła prawdziwą furorę. Blacha tak się zniechęcił, że chciał zrezygnować z występu. Mówiąc szczerze, i ja byłem zdania, że nie mamy z nimi najmniejszych szans. Ale skoro już tu przyjechaliśmy, to w końcu weszliśmy niemrawo na scenę oglądani przez emerytów jak jakieś pozaziemskie zjawiska. Trzeba przyznać, że gdziekolwiek pojawiamy się z Blachą, wzbudzamy niezdrową sensację. Może nie należymy do ładnych, ale też nie jesteśmy przesadnie szpetni. Zwłaszcza ja.

Rozstawialiśmy się więc w atmosferze wrogiej ciszy i może dlatego, na przekór przeszkodom, daliśmy z siebie wszystko. Nasza piosenka jako twórczość ideologicznie zaangażowana trafiła widowni do serca. A kto mówił, że ich interesuje tylko kwatera cmentarna i ceny nagrobka? Nigdy nie można oceniać ludzi po wieku. Na przykład jak się na mnie patrzy, to nikt by się nie domyślił, że mimo młodych lat mam mentalność zgryźliwego starca! Cała sala śpiewała mój refren! Niestety, część osób była przygłucha i zamiast:

Irak, Sudan i Albania
w polityce anomalia

zawodzili:

Irek, sutek, przechowalnia
Jezu, Chryste, wolna pralnia

Hm... też fajnie! Koniec końców zdobyliśmy nagrodę publiczności, którą był talon na darmowe pierogi w barze mlecznym.

Wtorek, 3 maja. Wieczorem

Leżałem na łóżku i bawiłem się zielonym szalikiem. Coraz mniej pachnie Brukselką... Zrezygnowałem z noszenia go w postaci turbanu (ta forma nakrycia głowy nie znajduje zrozumienia w oczach opinii publicznej. Cóż, nie pierwszy raz się przekonuję, że Polacy są bardzo ksenofobiczną nacją). Jednak dalej nocami mam go przy sobie. Zasypiam z nosem w moim zielonym skarbie, w mojej nadziei na spotkanie z Brukselką, gdzieś tam, na bezdrożach losu. Mama twierdzi, że jestem fetyszystą, a to podobno jakiś rodzaj dewiacji.

No więc leżałem i leżałem i już mi się zaczynało trochę nudzić, a tu drzwi się nieśmiało uchylają i staje w nich Łucja. Wyglądała ślicznie, to prawda, ale chyba pierwszy raz w życiu jej widok nie wprawił mnie w stan bezpośredniego zagrożenia życia. Zawsze reagowałem na nią podwyższonym ciśnieniem i stanem przedzawałowym. Łucja podeszła bliżej i usiadła na krawędzi łóżka, równocześnie nerwowo trzepocząc rzęsami.

– Coś ci wpadło do oka? – zapytałem, bo nigdy tak nie mrugała. – Jak chcesz, to mogę ci wydłubać.

Ale nie chciała. Zamiast tego zrobiła niewyraźną minę i pokręciła się trochę po pokoju, nie mogąc znaleźć sobie miejsca.

– Tak przechodziłam... i myślę: wstąpię, zobaczę, co u m o j e g o Rudolfa... – I znowu: trzep, trzep rzęsami.

Hm... jakaś dziwna jest. Wstałem, bo znowu przy mnie usiadła i odniosłem niepokojące wrażenie, że jest gotowa na wszystko. Odrzuciła włosy do tyłu gestem, który odbierał mi dawniej zdolność oddychania bez respiratora, i oświadczyła:

– Zawsze cię lubiłam... Jesteś... taki intrygujący. Może nieraz byłam dla ciebie trochę niedobra, ale tylko tak się droczyłam, hi, hi.

Byłem poważnie zaniepokojony. Nigdy tak się nie wdzięczyła. Nabija się ze mnie czy co?

– A właściwie, to o co ci chodzi? – zapytałem gotowy przyjąć najgorszą prawdę.

– O to... – wyrzuciła z siebie i robiąc z ust „kaczorka", ruszyła ku mnie z impetem. Przy okazji dziabnęła mnie niechcący w oko.

– Auuuuć! – wrzasnąłem, zalewając się łzami.

Łucja przyglądała mi się z taką nienawiścią, że już byłem pewien, iż postradała zmysły.

– Jak ty nic nie rozumiesz, ty... ty... samcu!!! – krzyknęła z wyrzutem i tyle ją widziałem.

No i czy kobiety są normalne?

5 m a j a

Stało się to, co wcześniej czy później stać się musiało. Rodzice zostali wezwani do szkolnego pedagoga w sprawie poważnych problemów wychowawczych z ich wnukiem. Gonzo funduje im takie atrakcje już ze stałą częstotliwością. Tym razem upiorny Wiktorek wdał się we wnikliwą polemikę na temat szeroko pojętego seksu. Polemika toczyła się z katechetką na lekcji religii. Zagadnięta przez jedno z dzieci pani tłumaczyła, że seks to forma miłości między mężczyzną i kobietą, którą Bóg wynagradza dziećmi. Gonzo, mały miłośnik markiza de Sade i przeciwnik wszelkich nieścisłości, przystąpił do ofensywy. Cała klasa mogła się dzięki temu dowiedzieć, że seks dotyczy nie tylko mężczyzny i kobiety, ale też:

– mężczyzny i trzech kobiet,

– dwóch kobiet,

– dwóch mężczyzn itd.

Katechetka zemdlała dopiero przy wariancie: cztery pary mieszane i jeden Murzyn.

Mama jest zdruzgotana. Jednak jako rodzinny psycholog zaliczyła brawurową porażkę dopiero przy rozbrajającym oświadczeniu naszego pupilka:

– Babciu, czy możesz mi spojrzeć prosto w oczy i powiedzieć, że nie miałem racji?

Mama, rzecz jasna, nie spojrzała mu w oczy, tylko nerwowo rozplątywała sobie dredy. Gonzo tymczasem efektownie finiszował:

– Ludzie to idioci. Wciąż im się wydaje, że jak o czymś nie będą mówić, to to nie istnieje...

I oddalił się z godnością, by użyźniać mogiłę śp. Opony porosłą bratkami i bujnym filodendronem.

Sobota

Gonzo ma areszt domowy. Znosi to nadspodziewanie dobrze. Po zwleczeniu do naszego ogródka całego nawozu z okolicznych skwerów zaczął masową produkcję laleczek wudu. Chciałem u niego zamówić jedną, ale z przykrością stwierdziłem, że jestem tak samotny, że nie mam nawet własnego wroga. To straszne!

Elka zachowuje się skandalicznie. Co chwila straszy nas, że zaczyna rodzić. Chcieliśmy siłą umieścić ją w szpitalu, ale powiedziano nam, że przed czasem przyjmują tylko w przypadku, gdy:

– dziecko może umrzeć,

– matka może umrzeć,

– nikt nie umiera, ale za to widać już główkę.

Ale czyją???

Niedzielny wieczór

Spędziłem ten dzień bezproduktywnie jak ostatni pasożyt. Nie zrobiłem nic prócz tego, że doprowadziłem Łucję do płaczu. Zadzwoniła do mnie zbulwersowana:

– Czy ty naprawdę masz dziewczynę i już się we mnie nie kochasz?

Ach, więc o to jej chodziło kilka dni temu?

– To prawda – przyznałem.

Po drugiej stronie słuchawki zabrzmiała tak złowroga cisza, że myślałem już o przeprowadzeniu zdecydowanej akcji reanimacyjnej na odległość. Wreszcie dał się słyszeć stłumiony szloch:

– Nigdy, przenigdy nie spotkałam tak bezczelnego typa jak ty!

Zbaraniałem. Przez kilka lat daje mi kosza i wręcz błaga, bym się odkochał, a jak spełniam jej życzenie, to robi mi scenę! Jednak najlepsze było na końcu:

– Zrywam z tobą!

Fantastycznie! Po dwóch latach usychania z nie-odwzajemnionej miłości wreszcie się dowiaduję, że przez cały ten czas chodziliśmy ze sobą! Jeżeli ktoś kiedykolwiek zrozumie, jak funkcjonuje kobiecy mózg, niech mi natychmiast da znać!!!

Zwierzyłem się ojcu z moich rozterek. Wyrywał sobie właśnie siwe włosy z torsu.

– Synu, błagam cię! – zaczął melodramatycznie.

– Nigdy nie próbuj ich zrozumieć. Ani się obejrzysz, jak wylądujesz w wariatkowie. One są walnięte... no bo kto normalny, mówiąc TAK, myśli NIE, i na odwrót?

10 maja. Pasożytniczy tryb życia, cd.

Nic mi się nie chce. Tylko bym leżał albo spał, albo tęsknił za Brukselką, albo myślał o seksie, albo się zamartwiał, że mi w życiu nie wyjdzie.

Nawet telewizyjne wiadomości przestały mnie cieszyć. Chyba mam majowe przesilenie. Ale nie pójdę do Gruczoła, bo po wizycie u niego zawsze drastycznie spada mi samoocena. On ma nazistowską osobowość.

Czwartek

Coraz częściej odwiedzam Elkę. Zrobiła się bar-dzo brutalna.

– Idź już sobie, działasz mi na nerwy!

Na szczęście mam świadomość, że słów kobiet (zwłaszcza ciężarnych) nie należy brać serio. Inaczej mógłbym poczuć się urażony.

Wspólnie z Filipem i Bulwiaczkiem przygotowaliśmy już prawie cały pokój na przybycie dziecka. Nowe tapety w żółte pasy sprawiają, że panuje tu pogodny i optymistyczny nastrój. Mam nadzieję, że latorośl Elki i Oziego jak najdłużej będzie cieszyć się iluzją, że życie jest pasmem radości i szczęścia.

Ozyrys dzwoni teraz kilka razy dziennie. Obiecałem mu, że nie dam Elce zrobić krzywdy i będę ją wspierał. Mam też go natychmiast zaalarmować, gdy rozpocznie się akcja. Wsiądzie wtedy w samolot i przyleci przegryźć pępowinę. Trochę mnie to niepokoi, bo Elka nie chce widzieć na oczy samca, który najpierw osobiście ją zapłodnił, a później osobiście porzucił.

Cały wolny czas poświęcam na psychiczne przygotowanie się do porodu. Chyba jednak za bardzo to przeżywam, bo wydaje mi się, że mam pokarm w sutkach.

Noc

A jeśli naprawdę zamienię się w matkę karmiącą?! Przecież teoretycznie wszystko może się zdarzyć! Czytałem kiedyś taką książkę Philipa Rotha o znanym naukowcu i macho, który położył się spać, a rano zamiast owłosionym samcem był jedną wielką kobiecą piersią. Jedynym wspomnieniem po jego władczym penisie był nabrzmiały mlekiem, sterczący sutek! Boże!

Maj. Półmetek

Oglądałem dziś fascynujący dwugodzinny dokument o najgorszych filmach dwudziestego wieku. Jestem jednak zbulwersowany jawną ignorancją jego autorów. W całym rankingu nie było ani jednego polskiego knota!!! A przecież co jak co, ale zepsuć film to my, Polacy, potrafimy jak mało kto. Blacha twierdzi, że jestem nienormalny. On uwielbia polskie kino. No, ale jest na takim samym poziomie umysłowym jak niektórzy reżyserzy, więc się nie dziwię. Ja jestem fanem kina lat siedemdziesiątych i osiemdziesiątych, o którym nikt z moich rówieśników nawet nie słyszał. Mam nadzieję, że doczekam się jeszcze kilku dzieł na miarę Marczewskiego, Kieślowskiego, Kutza. Trzymam kciuki za garstkę tych ambitnych frustratów, którzy wierzą w kino jako sztukę, a nie jarmark. Chciałbym, by zdążyli zrobić jakiś film, nim umrą z wyczerpania, żebrząc o pieniądze u nieśmiertelnych niczym egipskie mumie telewizyjnych, kinematograficznych i ministerialnych bonzów. Może wreszcie dadzą im robić prawdziwe kino. A ta cała samozwańcza reszta niech otworzy sobie swoje aktorskie i reżyserskie szkoły. Jest nadzieja, że przynajmniej nauczą się w nich wreszcie rzemiosła.

Tak się zdenerwowałem, że aż się cały spociłem i poczerwieniałem na twarzy... niczym wojująca o morale posłanka Ligi Polskich Rodzin.

A propos posłowania: ojciec odmówił zdefraudowania partyjnych funduszy i lobbowania w sejmie na rzecz uwolnienia posła Pętaka. W swoim ugrupowaniu ma przerąbane. Wczoraj stanął przed komisją dyscyplinarną za łamanie wytycznych.

Cóż, wypasionego domu już się chyba nie dorobimy, ale za to wraca mi wiara w szlachetność własnego ojca. Szykuje się cudowne nawrócenie.

Środa

No i stało się. Ojciec z hukiem złożył rezygnację z członkostwa w Partii Sejmowego Planktonu.

– Jestem jednak ideowcem – stwierdził ze smutkiem. – Nie zrobię w tym kraju kariery.

Rozpiera mnie duma, chwała mu za to! Chociaż trochę żal tych wszystkich przywilejów, przekrętów i nadużyć, których moglibyśmy wspólnie dokonać... Ale skoro nie ma się w życiu nic prócz resztek godności, trzeba o to dbać ze szczególną troskliwością.

Wszystko wskazuje na to, że mnie też przyjdzie niebawem zająć konkretne stanowisko. W imię obywatelskiej przyzwoitości będę musiał reaktywować humanitarną inicjatywę KOCHAJ MNIE! W Krakowie szykuje się Marsz Równości. Jest co prawda organizowany przez ugrupowania gejowskie, ale ma na celu pokojowe zamanifestowanie prawa wszystkich ludzi do wyrażania swoich poglądów. Bez dyskryminacji, nierówności, rasizmu i homofobii. Jako Polak świadomy podstawowych wartości ogólnoludzkich, a także wyzwań współczesnej demokracji, muszę tam jechać. Uważam, że to mój obowiązek. Zwłaszcza teraz, gdy w tym kraju tak łatwo wpaść w szpony ślepej nienawiści i ultraprawicowego fanatyzmu. Poza tym każda ilość zdrowych szarych komórek przyda się w starciu z ojczystymi „Batalionami Walki z Występkiem". Chociaż przyznam się, że dużo bardziej drżę przed starczą furią miłośników pewnego radia niż przed wąskimi horyzontami młodzieńców zbrojnych w czarno-biały obraz świata. Tak się, niestety, kończą zaniedbania z dzieciństwa. Gdyby tych chłopców ktoś naprawdę kochał, nie zialiby siarką wobec każdego, kto jest weselszy, szczęśliwszy i bardziej pożądany od nich.

Hm... z drugiej strony widzę, że moja teoria ma luki, bo gdyby faktycznie Młodzież Ziem Przodków skupiała same odrzucone dusze, to byłbym dziś ich największym wodzem. Ale ja jestem niepowtarzalny i wymykam się wszelkim klasyfikacjom. To już dawno stwierdziła mama, gdy robiła mi test na zaburzenia wieku dojrzewania.

19 maja

Wielka paranoja z wolna ogarnia królewskie miasto Kraków. Media wciąż nakręcają panikę, pokazując prawicowych polityków na zmianę z nazistowskimi defiladami. Skojarzenie jest oczywiste. Mieszkańcy pradawnego grodu szykują się do masowych wyjazdów weekendowych. Prezydent Krakowa ogłosił przetarg na ewakuację Wawelu. Starsi ludzie wykupują ze sklepów paczkowaną żywność i butelkowaną wodę. Można by przysiąc, że wybuchła trzecia wojna światowa. Jestem niezwykle podniecony na myśl o tym, że wezmę udział w tych historycznych wydarzeniach. Mam nadzieję, że ONZ przyśle swoich obserwatorów i nie dopuści do masakry.

Elka i Bulwiak koniecznie chcą jechać. Wytłumaczyłem im, że rodząca kobieta i na wpół ślepy starzec nie bardzo nadają się do szturmu. Obiecali, że będą wobec tego cały dzień warować przy TVN 24 i kibicować słusznej sprawie.

– Można by zapytać, która sprawa jest słuszna... – mama jak zwykle zaczęła siać ferment.

– Krysiu, jako mąż twojej rozpasanej obyczajowo teściowej, nie mam żadnych wątpliwości. Ach... – Bulwiak westchnął z taką tęsknotą, że natychmiast wszyscy poczuliśmy bolesny brak ekscentrycznych babcinych skandali.

– A ja urodzę czarne dziecko – przypomniała Elka, choć nikt ani na moment o tym nie zapomniał. – Muszę walczyć o jego prawo do godnego życia.

Największe rozterki przeżywał Gonzo. Z jednej strony wychował się w bądź co bądź inteligenckiej i światopoglądowo tolerancyjnej rodzinie, z drugiej zaś wredna natura i skłonność do okrucieństwa robiły swoje. Już raz Blacha zasiał cuchnące ziarno nienawiści w tej podatnej dziecięcej glebie. Mimo swego niezdecydowania był z technicznego punktu widzenia przygotowany perfekcyjnie.

– Ku pamięci warszawskich powstańców – uśmiechał się od ucha do ucha, prezentując dumnie dwie butelki z benzyną zatkane szmatami.

Jezu kochany! Wysadzi cały ekspres do Krakowa, nim to dowiezie na miejsce! Nie jadę z nim!

Piątek

Ze strachu przed niepoczytalnością Gonzo cały dzień symulowałem chorobę. Na szczęście mama zabroniła mu wyjazdu. Choć raz zachowała się w miarę przytomnie. Niestety, dzieciak jest zrozpaczony.

– Ja się zabiję!!!

Już godzinę tarza się po dywanie i grozi samobój-
stwem. Uspokoił go dopiero ojciec, który obiecał mu,
że w sobotę pójdą do zoo obejrzeć węże boa.

– Ale w porze karmienia? – upewnił się rozkoszny
cherubinek.

Tata znowu będzie przez tydzień zdruzgotany.
Ostatnim razem, jak wrzucali do terrarium króliki,
dostał prawie histerii. Ale miłość dziadka do wnuczka
zniesie wszystko. Odetchnąłem z ulgą. Będę miał o jeden kłopot mniej. Zresztą Gonzo znalazł sobie ostatnio nowe, fascynujące zajęcie. Co wieczór chodzi do
Elki i czyta jej przed snem *Encyklopedię patologii noworodka.*

Trochę mi smutno, że jadę sam. Gdyby był tu Ozi,
stworzylibyśmy wspaniały tandem. Tak samo jak
dwa lata temu na manifie feministycznej. Pokazali nas
nawet w telewizji jako przykład zmaskulinizowanych
kobiet.

Sobota, Dworzec Centralny

Mam już bilet i mocne przekonanie o słuszności
moich poglądów. Wierzę, że to wystarczy, bym wrócił
żywy. Kiedy pociąg wjechał na peron, wsiadłem na
wszelki wypadek do pierwszego wagonu, najbliżej
służbowego przedziału. Zawsze w PKP czuję się nie-
swojo. Ogarnia mnie niepohamowany lęk, że na miejsce dojadę w takim samym stanie jak kolejowe toalety
– zbrukany i wyeksploatowany do granic przyzwoitości. Całą drogę kombinowałem, czy wmieszać się
w tłum, czy też dać się porwać mojej patetycznej
skłonności do przesady i ryzykować własne życie
w imię wyższych wartości. Im byłem bliżej Krakowa,

tym większe poczucie osamotnienia chwytało mnie za gardło. Wszyscy na pewno przybędą w otoczeniu swoich grup wsparcia, przyjaciół i rodziny, tylko ja wciąż sam jak palec. Dlatego kiedy znalazłem się na stacji Kraków Główny, mało nie padłem z radością w objęcia BB Blachy, który nerwowo wykrzykiwał coś do swojej komórki:

– Co? O której? Gdzie? Jakie hasło? Aha... nie zabijać od razu?

Wraz z dobiegającymi do mnie fragmentami rozmowy ulatywał ze mnie pierwotny entuzjazm i radość z tego nieoczekiwanego spotkania. Stało się dla mnie jasne, że BB Blacha i ja będziemy na tej manifestacji reprezentować antagonistyczne ugrupowania.

– A co ty, do diabła, robisz na mojej zadymie? – zapytał rezolutnie, kiedy wreszcie rozłączył się ze swoim centrum dowodzenia.

– Przyjechałem, żeby podobnie jak ty dać wyraz swoim poglądom. Ale różni nas to, że ja mam zamiar zrobić to w sposób cywilizowany jako humanistyczny...

– Nie chrzań – przerwał – szamać mi się chce.

Powlekliśmy się do baru dworcowego, gdzie natychmiast wylegitymował nas patrol policyjny. No i ja, jako nieletni, skończyłbym na tym swoją misję zbawiania świata, gdyby znad gigantycznego hot doga nie przemówił mój wróg numer 1.

– Wszystko gra, panie władzo. Ja jestem pełnoletni, a ten dzieciak jest tu pod moją opieką. Przyjechaliśmy do cioci na imieniny.

– Adres cioci – zapytał policjant, który widać był bardziej przebiegły niż Blacha.

Na szczęście w tym samym momencie w pobliskim koszu nastąpiła drobna eksplozja i wszystkie siły bezpieczeństwa pobiegły w tamtą stronę. Zdrętwiałem z przerażenia, ale szybko uzmysłowiłem sobie, że przecież Gonzo został w domu. Przez tego potwora reaguję na wszystkie wybuchy jak pies Pawłowa – śliniąc się ze strachu.

O godzinie 11.50 wkroczyliśmy z Blachą na szacowny bruk krakowskiego Rynku i na tym cała dystynkcja się skończyła. Znalazłem się na linii napierających na siebie dwóch prądów – z jednej strony malowniczy tłum niosący tęczowe transparenty, a z drugiej bezlitośni młodzieńcy w podkutych butach i starsze panie wymachujące laskami w rytm okrzyku:

Nie-od-da-my-Pol-ski-cio-tom
Wo-lę-żyć-dać-swo-im-ko-tom

Słowotwórcze zdolności tej agresywnej frakcji zrobiły na mnie duże wrażenie, choć natychmiast ze strony „tęczowych" nastąpił równie wyszukany rewanż:

Czy-ko-bie-ta-czy-męż-czyz-na
Waż-na-dla-nas-też-oj-czyz-na
hej-Po-la-ku-ka-to-li-ku
ka-żdy-lu-bi-fi-ku-mi-ku

Ta oczywista prawda narobiła dużego zamieszania w szeregach narodowców. Nastąpiło małe rozprężenie, ale kiedy organizatorzy marszu zaczęli czytać przez megafon prawa, jakich się domagają, w ich stronę poleciały pierwsze kamienie i zabytkowy bruk uliczny. Policja z trudem starała się zapanować nad sytuacją. Niestety, było już za późno. Ułańska fantazja i narodowa skłonność do burd wzięły górę nad tysiącami lat cywilizacji. Tłum ruszył, a ja wraz z nim niesiony siłą odśrodkową. Mignął mi przed oczami Blacha, który wyglądał na równie zdezorientowanego. Pewnie został odcięty od swego sztabu głównego i nie wiedział, co ma dalej robić oraz myśleć. Tymczasem wpadliśmy w boczną uliczkę ścigani przez kibiców Wisły Kraków. Zrobiło się niewesoło, bo powszechnie wiadomo, że kibice działają do ostatniej kropli krwi. Przeciwnika. Wraz z przerażoną krakowską rodziną wracającą sobie spokojnie ze spaceru przycupnęliśmy za krzakiem bukszpanu. Jeden z łysych czubków dopadł do nas i zaczął szarpać faceta, nie zważając na jego przerażone dziecko. Mimo że prawie posikałem się ze strachu, musiałem przecież coś zrobić! Zamknąłem oczy i z całej siły zamachnąłem się nogą, kopiąc w piszczel przeciwnika. Kiedy zgiął się z bólu, wsadziłem mu dwa palce do otworów w nosie i tak jak mnie uczył Gonzo, pociągnąłem do góry. I tyle było mojego zwycięstwa, bo zaraz zarobiłem taką fangę w swoje otwory nosowe, że krew poleciała z nich niczym kaukaska ropa z odkręconego przez Putina kurka. I pewnie poległbym tam zmasakrowany za cudzą skłonność do rozpusty, gdyby nie niezawodny w takich sytuacjach mój wspaniały ziomo BB Blacha 450. To, co zrobił, przyprawiłoby o skowyt zawiści samego Jean-Claude'a van Damme'a. Nie tylko odparł atak, ale też wciągnął mnie do pobliskiej restauracji, gdzie litościwa właścicielka pozwoliła nam zmyć z siebie ślady jatki.

– Dzięki – wydusiłem z siebie pomiędzy jednym a drugim szlochem. – Uratowałeś mi życie.

— Spoko — powiedział Blacha głosem Hannibala po wygranej bitwie. — Miałem pozwolić, żeby jakieś kapsle zmasakrowały mi kumpla?

I ścierając z mojej twarzy resztki godności, dodał z zupełnie niepotrzebnym uśmiechem:

— Ci goście to trepy. Załatwili ci facjatę na amen. Pamiętaj, trzymaj się Blachy. On nigdy nie zostawia swoich ziomów w potrzebie.

Poniedziałek

Mama na mój widok prawie zemdlała. Blacha był jednak tak taktowny, że znacznie uszczuplił swój wkład w ocalenie mi życia. Dzięki temu mogłem nieco podkolorować własne zasługi na polu walki z ideologicznym faszyzmem. Niestety, mam tak opuchniętą gębę, że prawie nic nie widzę. Może dlatego udało mi się wreszcie zaliczyć skok przez kozła. Hurra!!!

Wtorek, 24 maja. Cudownych nawróceń ciąg dalszy

Moja dobra passa trwa. Po szkole lotem błyskawicy rozeszła się wieść o mojej bezkompromisowej postawie i odwadze cywilnej. Jestem już zbyt zmęczony sławą, aby prostować przekłamania. Czuję się jak bohater bitwy pod Stalingradem. Dziś jakaś wariatka z pierwszej klasy poprosiła mnie nawet o autograf!

Wieczorem przyszedł Blacha.

— Martwiłem się o ciebie — zaczął niebezpiecznie sentymentalnym tonem. — Czasem po takim łomocie to są jakieś zmiany w mózgu. No to przyszłem zobaczyć, czy cię nie pogięło...

– Przyszedłem... – poprawiłem odruchowo mimo zapuchniętych warg.

– Przyszłeś? – zaciekawił się znienacka.

– Mówi się „przyszedłem", a nie „przyszłem" – wyjaśniłem, choć każde słowo sprawiało mi trudność. Mam nadzieję, że nie odbije się to na mojej już i tak felernej dykcji.

Blacha wykonał ciężką pracę myślową, wreszcie skonstatował:

– No... przyszłem...

– Przyszedłem – rozpocząłem nową rundę.

– Ale gdzie przyszłeś? – Blacha był już bliski rozpaczy.

Pomyślałem, że jeszcze chwila, a zacznę krzyczeć. Poczułem się jak na jakiejś sadystycznej karuzeli, gdzie do końca życia będziemy toczyć ten idiotyczny i absurdalny dialog.

– Dobra, wszystko jedno – poddałem się. – Chcę ci jeszcze raz bardzo podziękować. Bez ciebie nie dałbym rady.

– No, ja myślę! – przyznał skromnie. – Ale i tak już mi się znudziła taka nawalanka. Jeśli o mnie chodzi, to ja nic do tych homosów i Murzynów nie mam. Każdy chce żyć, prawda? – Wlepił we mnie pełne nadziei spojrzenie.

– Tak, każdy chce żyć. Bardzo dobrze myślisz.

– Nie pójdę już więcej na zebrania do Młodzieży Ziem Przodków. Zresztą i tak mnie tam nie słuchają. Myślą, że jak jestem mięśniakiem, to muszę być głupi. Skierowali mnie do Frakcji Działań Ulicznych, a ja już dość mam krwi... – żalił się wstydliwie.

Patrzyłem, jak w tym blaszanym łebku rodzi się pomału obywatelska, humanitarna postawa, i przypomniałem sobie, jaki był, kiedy go poznałem. Budził wtedy ogromne przerażenie i nie rokował żadnych nadziei na rozwój. Poczułem dumę z niego i z siebie, bo w pewnym sensie jego mozolna przemiana z bestii w człowieka była też moją zasługą. To ja z narażeniem życia spędzałem z nim mnóstwo czasu, walcząc o jego ciemną duszę.

– To co będziesz teraz robił? – zapytałem ze szczerym zainteresowaniem.

– Nie wiem, może będę chodził do tych dzieciaków w szpitalu? To ma przynajmniej jakiś sens.

Wstałem i wziąłem mego wspaniałego przyjaciela w ramiona. Zrobiłem z nim klasycznego „misia" i po raz pierwszy w życiu nie bałem się, że zmiażdży mnie w uścisku. Potem odprowadziłem go do furtki i wracając, spojrzałem w niebo. Była piękna i ciepła majowa noc. Gwiazdy świeciły jak w finałowej scenie jakiejś hollywoodzkiej produkcji, pachniała maciejka. Zachciało mi się żyć. Zamiast do domu, poszedłem na tyły naszego zaniedbanego ogrodu posiedzieć jeszcze w tej czarownej i pełnej nadziei ciszy.

– No nareszcie – usłyszałem skrzekliwy, choć znajomy głos. – Już myślałam, że się zanudzę na... śmierć!

Babcia! A raczej... jej duch. W okolicach zachwaszczonego krzaka bzu unosiła się błękitna pozaziemska poświata. W środku majaczył eteryczny kształt okutany fioletowym boa.

– Nudno mi – wyznała zjawa. – Nie mogę się pogodzić z faktem, że już nie żyję.

Pokonując lekkie onieśmielenie, przysiadłem nieopodal. Starałem się nie pognieść niebieskiej poświaty.

– Ależ babciu, miałaś tak fantastyczne życie...

– I właśnie dlatego żałuję, że już się skończyło – westchnęła.

– A... TAM? – zadałem to jedno z najważniejszych pytań, które od zawsze nurtuje ludzkość.

– Przereklamowane. Wyobraź sobie, że jest cisza nocna! Ale mam pewne nowatorskie pomysły. – Mrugnęła filuternie okiem. – Mam zamiar przedłożyć je na najbliższym zebraniu Najwyższej Instancji. Bo my tam też mamy demokrację – wyjaśniła, widząc moje zdumienie – tylko na znacznie wyższym poziomie.

Zamyśliła się, a ja, targany tęsknotą, dotknąłem jej ręki. Niestety, babcia już od dawna była zjawiskiem niematerialnym. W dotyku przypominała poranną mgłę.

– Ale wam wykręciłam numer z tym Mediolanem, co? Hi, hi... Biedny Bulwiaczek... nie miałam pojęcia, że tak mnie kochał.

Zerwałem się na równe nogi.

– Babciu, to ja może po niego pobiegnę? Usycha z tęsknoty za tobą!

Ale Filomena Gąbczak raz jeszcze dała wyraz swej legendarnej niezależności.

– Daj spokój. Nie można mu teraz fundować silnych wzruszeń. Jeszcze się przeniesie na tamten świat.

– Wspaniale! – wykrzyknąłem. – Będziecie wreszcie razem!

– Zwariowałeś? Ty wiesz, jaki on jest zazdrosny? Nie miałabym tam życia. Niech jeszcze sobie tu z wami pobędzie. Ja się muszę najpierw trochę wyszaleć.

Cała babcia! Nawet po śmierci nie spokorniała. Patrząc na nią, nie mogłem pojąć, jakim cudem ma tyle wigoru.

– Po prostu kocham życie – odpowiedziała, bo jako zjawisko parapsychologiczne czytała w moich myślach. – Wszystko jedno, tu czy tam.

– Gdybym mógł, zamieniłbym się z tobą. Moje życie jest takie nudne i bezbarwne. Mam wrażenie, że je marnotrawię...

Babcia nagle spoważniała i położyła mi dłoń (która była teraz pozaziemskim chłodem) na ramieniu.

– Każde życie jest piękne i każde życie ma sens. Ty dopiero zaczynasz smakować tę wspaniałą, zadziwiającą i wykwintną potrawę. Nigdy nie wiesz, czy następny dzień nie niesie ze sobą czegoś, co już do końca życia będziesz wspominał z błogim uśmiechem. Poza tym szczęście jest pojęciem względnym.

Znowu na jej przezroczystą twarz powrócił szelmowski uśmieszek.

– Zdradzę ci w zaufaniu, drogi wnusiu, że twoje życie będzie na pewno bardzo... fascynujące. Wiem, co mówię. My mamy TAM wieżę obserwacyjną. A z góry jest lepszy widok na to, co się dopiero wam tutaj przydarzy.

I zanim zdążyłem zapytać o szczegóły, zamieniła się w dynamiczną trąbę powietrzną. Zniknęła, zostawiając po sobie niedosyt i jakąś przedziwną pewność, że będzie dobrze.

26 maja, Dzień Matki

Alaaaarm!!! Elka pojechała do szpitala. A więc wybiła godzina zero! Swoją drogą, niezły dzień sobie wybrała. Dzwoniłem do Ozyrysa, choć wątpię, czy zdąży w tak ekspresowym tempie załatwić przelot z Londynu do Warszawy.

– Błagam cię na Allaha, obiecaj, że będziesz przy niej, gdybym się nie wyrobił na czas. Tu chodzi o moje dziecko!

Ponieważ jestem empatyczny, jego histeria szybko mi się udzieliła.

– O Boże! Ale ja nie chodziłem do szkoły rodzenia, poza tym ja się boję!

– Jak możesz myśleć w tej chwili o własnym strachu? – Ozi sprowadził mnie na ziemię. – My, mężczyźni, musimy być twardzi w obliczu epokowych wydarzeń.

Może to i prawda, chociaż w całym swoim życiu nie spotkałem jeszcze faceta, który by sprostał tej nieludzkiej maksymie. Postanowiłem jednak zachować spokój i przygotować się na wielką niewiadomą. Mama uspokoiła mnie, że jest z Elką w stałym kontakcie i nic się jeszcze nie wykluwa. Poszedłem wobec tego pod prysznic i jak tylko namydliłem obficie całe ciało, ojciec załomotał do drzwi:

– Zaczęło się! Halo! Słyszysz mnie? Ratunku! Pożar! Zaczęło się!!!

W metrze

Spokój, spokój, tylko spokój może nas uratować. Ze zdenerwowania wyłamałem sobie wszystkie palce ze stawów. Komórka Oziego jest wciąż zajęta. Elka swojej nie odbiera. Co mam robić? Nie mam żadnej wprawy w odbieraniu porodu! Coś mi się mgliście kojarzyło, że najpierw trzeba dziecku usunąć ze skrzeli resztki wód płodowych, a potem przyłożyć matce do piersi. W celu uruchomienia odruchu ssania. Na szczęście uzmysłowiłem sobie, że nie będę osobiście odbierał tego porodu, klęcząc gdzieś w środku amazońskiej dżungli, tylko Elką zajmie się profesjonalny zespół specjalistów z Warszawskiej Kliniki Położniczej. Odetchnąłem z ulgą i rozejrzałem się po wagonie. Naprzeciwko mnie stało dziwne indywiduum i od dłuższego czasu wykonywało nerwowe, lekko nieskoordynowane gesty. Większość pasażerów odsunęła się od niego w obawie o swoje bezpieczeństwo. Tym bardziej że przyciągający uwagę mężczyzna wyglądał jak pensjonariusz oddziału dla niebezpiecznych przestępców w Tworkach. Miał ogoloną na zero i pokrytą licznymi bliznami głowę, w kąciе oka tak zwaną cynkówkę, czyli kropkę oznaczającą git-ludzi, i bardzo nieprzyjazne spojrzenie. Co chwila podrzucał nerwowo ramionami i rozglądał się, szukając zaczepki. Na jeden, krótki i mrożący krew w żyłach moment nasze spojrzenia się spotkały. Postanowiłem natychmiast wysiąść, tym bardziej że była już stacja, przy której znajduje się szpital. Wstałem i kładąc rękę na metalowej barierce, czekałem, aż otworzą się drzwi. Drzwi się otworzyły i w tej samej chwili poczułem kajdanki zatrzaskujące się na nadgarstku. Jedna obręcz więziła mnie, a druga mojego oprawcę, który wysiadł razem ze mną i nie wiedzieć czemu uśmiechał się pełen dziecięcej ufności. Metro odjechało, a ja zostałem na peronie sam z moim nowym znajomym.

– Szajbus jestem – przedstawił się kulturalnie.

Nie zemdlałem tylko dlatego, że dzwoniła Elka, ponaglając mnie dzikim i pełnym zwierzęcego cierpienia okrzykiem:

– Szybciej, do cholery!

Godzina 12.03, blok porodowy „A"

Sprawy przedstawiały się gorzej, niż myślałem. Elka miała już skurcze i bóle krzyżowe. Ze wszystkich stron dobiegało nas przejmujące wycie rodzących. Przez moment miałem wrażenie, że jesteśmy w rzeźni. Jakaś zniecierpliwiona położna zapytała o nazwisko Elki i porwała nas z Szajbusem do specjalnej szatni. Tam umyliśmy ręce środkiem dezynfekującym, dostaliśmy specjalne zielone fartuchy i sterylne kapcie. Przebieraliśmy się pokornie, ze wszystkich sił starając się ukryć kajdanki. Wypełniająca papiery pielęgniarka mamrotała pod nosem zgorszona:

– Aż dwóch! Znowu to samo, znowu nie wiadomo, który jest ojcem. Te dziewczyny są dziś niemożliwe!

Zanim się obejrzałem, wepchnięto nas do windy i zawieziono tam, gdzie z jednej strony wchodzi kobieta z brzuchem, a z drugiej wychodzi kobieta bez brzucha. Za to z dzieckiem. Spojrzałem na Szajbusa, o którym przez to całe zamieszanie prawie zapomniałem. Był zachwycony!

Godzina 12.40

W sali oczekujących na poród kobiet było cicho i kameralnie. Nasze wejście – a zwłaszcza wygląd Szajbusa – wywołało pewien popłoch. Do tego wszystkiego, przechodząc koło telefonu, tak niefortunnie zahaczyłem nogą o sznur, że wyrwałem z kontaktu całe gniazdko. Rozmawiająca właśnie niewiasta zastygła z głuchą słuchawką w ręku i wyrazem przerażenia w oczach. Tylko Elka nie zwracała na nas uwagi, bo robiła się na twarzy to czerwona, to sina. Jej mama była bliska omdlenia ze zdenerwowania.

– Ach, Rudolfie, ja tego nie zniosę. To jest ponad moje siły!

Przypomniałem jej, że jeszcze kilkanaście lat temu sama była w podobnej sytuacji i dała radę.

– Faktycznie – zreflektowała się i rąbnęła jak długa na podłogę.

– To tutaj normalne – flegmatycznie poinformowali przybyli na miejsce sanitariusze i zabrali ją na izbę przyjęć.

Kiedy położna zanurkowała Elce pod kołdrę, każąc nam na czas badania wyjść z sali, uświadomiłem sobie, że już tylko na nas dwóch spoczywa cały ciężar towarzyszenia Elce w porodzie aż do szczęśliwego zakończenia. Szajbus ścisnął mnie za ramię:

– Szafa gra. Szajbus jest przy tobie.

Niestety, jakoś wcale nie dodało mi to otuchy. Wręcz przeciwnie.

Godzina 14.35

Już prawie dwie godziny spacerujemy z Elką po korytarzu, starając się wedle lekarskich wskazówek przyspieszyć jakieś „rozwarcie". Za każdym razem, kiedy próbowałem jej przedstawić Szajbusa, darła się:

– Cicho!!! Jak się odzywasz, to mnie bardziej boli.

Jak tam sobie chce. Myślę tylko, że to jednak trochę głupio rodzić swoje pierwsze dziecko w towarzystwie nieznajomego świra. Bądź co bądź to jednak czynność intymna. Widać kobietom w czasie porodu jest już wszystko jedno. Muszę jednak przyznać, że Szajbus uszanował powagę sytuacji, bo zachowywał się bardzo taktownie. Jakby go wcale nie było. Tylko ucisk w nadgarstku przypominał mi o jego obecności.

Godzina 15.12. Nie wiadomo gdzie

Jestem w panice. Zawędrowaliśmy w jakiś odludny zakątek szpitala, bo Elka mogła iść tylko prosto. Przy każdej próbie skręcenia lub zawrócenia rzucała się Szajbusowi na szyję i tak, wisząc niczym połeć wieprzowiny w sklepie mięsnym, wyła bezgłośnie i prawie traciła przytomność. No to szliśmy tylko po linii prostej. Efekt jest taki, że znajdujemy się w jakimś opustoszałym bloku „B", gdzie, sądząc po bałaganie, odbywa się remont generalny. Kiedy już byłem pewien, że przyjdzie nam odbierać dziecko wśród wiader z farbą i worków z cementem, jakby na potwierdzenie moich myśli spod Elki wychlusnęła nagle olbrzymia ilość bezbarwnej cieczy.

– Wody płodowe – stwierdził Szajbus i zaordynował stanowczo: – Chodu z powrotem!

Godzina 15.30. U kresu sił

Zaraz zemdleję. Ozi dzwonił, że utknął na Heath-row, bo bagażowi znowu strajkują. Elka żąda, bym jako najbliższa jej osoba był obecny przy porodzie. Chyba postradała zmysły!

– Nie może pan odmówić. To spowoduje szok i katatonię – ostrzegł lekarz.

– Ja się zgadzam – zaofiarował się Szajbus.

No i co z tego? Wcale mnie nie urządza takie roz-wiązanie, skoro kajdanki łączą nas być może na wieki niczym ekscentrycznych braci syjamskich. Ale i tak było już za późno na dywagacje, bo położna krzyknę-ła, że główka się pokazuje. Elka nie chciała jednak zdjąć majtek, a jest to czynność przy porodzie – tak sa-mo jak przy seksie – po prostu niezbędna. Kiedy na-chyliłem się nad nią, by namówić ją do zaprzestania oporu, chwyciła mnie z całej siły za włosy i unierucha-miając przy swojej szpitalnej koszuli, ograniczyła mi tak bardzo swobodę ruchów, że nie mogłem nawet drgnąć. Po piętnastu koszmarnych minutach, o godzi-nie 15.50 usłyszałem w następującej kolejności:

– krzyk położnej: „No, ostatni raz!",

– krzyk Elki: „Nigdy więcej seksu!",

– krzyk Szajbusa: „Czekoladowe, ja pier...lę!",

– krzyk tej maleńkiej, nowo narodzonej kruszyn-ki.

Litościwi lekarze przecięli chirurgicznymi noży-cami najpierw pępowinę, potem nasze kajdanki i wreszcie byłem wolny. Wolny, szczęśliwy i choler-nie wzruszony. Zresztą wszyscy płakaliśmy jak bob-ry, a Szajbus koniecznie chciał być ojcem chrzestnym. Mogę z dumą ogłosić, że urodziliśmy wspólnie duże-

go, zdrowego i pięknego jak czarny diament chło-
paka!

Elka wyglądała jak po wybuchu bomby atomo-
wej, ale spojrzała na mnie z wdzięcznością i uśmiechając się, wyszeptała:

– Będzie miał na imię Rudolf...

O nie! No to ma dzieciak przerąbane!

JOANNA FABICKA
SZALONE ŻYCIE RUDOLFA

JOANNA FABICKA
ŚWIŃSKIM TRUCHTEM

JOANNA FABICKA
SEKS I INNE PRZYKROŚCI

JOANNA FABICKA
TANGO ORTODONTO

Książki oraz bezpłatny katalog Wydawnictwa W.A.B.
można zamówić pod adresem:
02-386 Warszawa, ul. Usypiskowa 5
oraz pod telefonem 0 801 989 870
handlowy@wab.com.pl
www.wab.com.pl

Redakcja: Katarzyna Leżeńska
Korekta: Małgorzata Mysłowska, Grażyna Nawrocka
Redakcja techniczna: Urszula Ziętek

Projekt okładki i stron tytułowych: Rene Wawrzkiewicz
Fotografia autorki: © Piotr Gęsicki

Wydawnictwo W.A.B.
02-386 Warszawa, Usypiskowa 5
tel./fax (22) 646 01 74, 646 01 75, 646 05 10, 646 05 11
wab@wab.com.pl
wab.com.pl

Wydrukowano na papierze Creamy 70 g/m², wol 2.0
zing dostępnym w ofercie Zing Sp. z o.o.
www.zing.com.pl • Infolinia 801 322 333

Skład i łamanie: Komputerowe Usługi Poligraficzne
Piaseczno, Żółkiewskiego 7
Druk i oprawa: Drukarnia Wydawnicza
im. W.L. Anczyca S.A., Kraków

ISBN 978-83-7747-614-7